清秋子　著

汉家天下

第三部

吕氏兴衰

河南文艺出版社
·郑州·

图书在版编目（CIP）数据

吕氏兴衰/清秋子著. —郑州:河南文艺出版社,
2018.1

（汉家天下）

ISBN 978-7-5559-0599-8

Ⅰ.①吕…　Ⅱ.①清…　Ⅲ.①长篇历史小说-中
国-当代　Ⅳ.①I247.5

中国版本图书馆 CIP 数据核字（2017）第 261524 号

出版发行	河南文艺出版社
本社地址	郑州市鑫苑路 18 号 11 栋
邮政编码	450011
售书热线	0371-65379196
承印单位	河南瑞之光印刷股份有限公司
经销单位	新华书店
开　　本	787 毫米×1092 毫米　1/16
印　　张	17
字　　数	245 000
版　　次	2018 年 1 月第 1 版
印　　次	2018 年 1 月第 1 次印刷
定　　价	39.80 元

目　　录

* * * * * *

序　汉家雄风今犹在

作家清秋子的长篇历史小说《汉家天下》第一部在出版之前,出版社编辑给我看了原稿,并嘱我写一篇文字加以评说。我却之不恭,于是遵嘱,在这里写一点读后的感想。

注意到清秋子的历史写作,是在数年前,我曾应邀为他所撰的历史人物传记《武则天》写过一篇短序,对他在写史方面的功力颇有印象。如今翻开他这部厚重的书稿,粗读一遍,感觉他的写作在数年间大有精进,已深得历史小说写作的堂奥。

《汉家天下》从"楚汉争锋"开始写起,作者用文学的形式表现了那一段金戈铁马的风云史。自司马迁的《史记》问世以来,这段扣人心弦的历史可谓家喻户晓,若想在史料基础上加以生发,不是一件容易的事,故而初展卷之时,我不免替作者担心。然而在看过数页之后,便立刻放下心来——作者书写历史故事的才华,当下能及者甚少。

读此稿,令我印象深刻的,首先是书中人物的鲜活。写历史小说,难就难在这里,主人公们必须是古代的人,但又要让今人能够理解。读者读过之后,要对他们的一言一行、一颦一笑能够会心。本书作者在司马迁给出的史料基础上,大大发挥了他独到的文学想象力,使得刘邦、项羽及一大批那个时代的风云人物活了起来。可以说,《汉家天下》的写作,是"有温度"的历史写作,古籍上的人物,到了这部书里,有了血肉,有了声音,有了清晰可感的动态形象。以刘邦为例,他的那种痞、那种韧性、那种包容的胸怀,都是通过各种生动的细节表现出来的。通过一个个的具体细节,一个活脱脱的平民皇帝便跃然纸上。

我一向认为,写历史小说切忌表面的热闹,历史叙事应该有一个鲜明而强大的内核,也就是如何提炼主题。我感觉清秋子在这方面是颇为用心的。西哲有言曰:"所有的历史都是当代史。"此话有一定道理。历史是有传承的,传统的文化几千年来绵延不绝,至今对我们日常生活的影响还很大。清秋子在本书中所强调的"民本"意识,读来触动人心,令人浮想联翩。我想,这就是历史小说不可或缺的魂魄。

本书令我感喟的,还有作者在叙事结构上不凡的功力。楚汉之争期间,战争频仍,许多战役的线索本来就错综复杂,如何将这些事件逐个讲清楚,又不能让事件淹没了人物,作者在这方面处理得非常好。对于多场战争的描绘,详略得当,各有侧重,毫无重复之感;并且经过精心的结构布局,使人物性格在战争场面中逐步延伸展开,直至揭开人物的内心世界。

再有,即是本书在虚实方面的处理也很妥帖。可以说,从总体框架看,《汉家天下》是严格按照历史事实来写作的,即使是想象发挥,也都是有所本的,是一种文学性的"复原",完全可以把它当作史实来读。但是其中有几个虚拟人物的随机出场,又似神来之笔,恰到好处地烘托了真实的历史人物,于厚重之中又添了几分飘逸。

读这部书稿,我数度有放不下的感觉。作者延续了我国古代章回小说的传统写法,融会贯通,加以发扬。其场面的逼真,情节的跌宕,叙说的流畅,都可作为一流文字来欣赏。在当代,能读到如此古朴而又灵动的文字,是一件令人惊喜的事情。

在当今,关于历史的书写可谓浩如烟海,在众多的作品中,《汉家天下》是一部极有个性的作品,那么当然会在当代历史小说的创作史上留下印记。

数年之前,我曾如此评价过清秋子的写作:"在他的书里,历史是经,文学是纬,从而使一般读者认为十分枯燥的历史,有了血肉,有了温度,能够走进人心里。"在今天,我仍是这种感觉。

据称,《汉家天下》是一部长篇系列历史小说,后面可能还有更精彩的描写。我愿等待作者一部部地写出来,好好把它通读一遍,以享受这种历史与文学的融合之美。

一　春歌一曲成绝唱

刘邦驾崩这日,正是高帝十二年(公元前195年)四月,风日晴和,天已渐热。长安城内,官民心虽悬悬,却未曾察觉有何异常。那长乐宫中,有近臣周緤、徐厉披甲持剑,把守在前殿门。甲辰这一日,忽见涓人籍孺悲泣奔出,徐厉便知大事不好,弃剑于地,放声大哭。吕后在殿内听闻哀声,顿时心生怒意,抢步出了殿门来,厉声喝住。

见周、徐二人值守殿门多日,形容憔悴,吕后这才容色稍缓,训诫道:"二位将军,今上之安危,老身比你二位忧心更甚。堂堂伟丈夫,理当多担待,何必做哀哀小儿女状?你等都是老臣了,跟从陛下日久,如何事到临头就慌了手脚?陛下自有天佑,匈奴单于尚奈何不得他,区区箭伤,如何就能掀翻了他?"

两人闻听此言,面露狐疑。徐厉拾起掉在地上的剑,插入剑鞘,拱手一揖,回道:"陛下圣躬有恙,臣一月以来寝食难安,唯恐有失。今闻皇后之言……陛下之恙,似无大碍?"

吕后便叱道:"徐厉,莫非你也通医术?如若不通,今上的病况,你便无须多嘴,只守牢了这宫禁,便是大功。自今日起,长乐宫内外戒严,非持我所颁符节者,不得出入。所有宫门落锁,唯留北阙进出。你二人,将卧榻也移至北阙下,昼夜轮替,一刻也不要合了眼。有私自出入者,先斩了再说!"

　　周緤、徐厉互望一眼，心怀惴惴，勉强领了命，正要转身退下，吕后又唤住二人，从袖中取出一个错金符节来，吩咐道："速去宣辟阳侯来。"

　　周緤接过符节，略一迟疑："唯辟阳侯一人吗？"

　　吕后面露威严，高声道："正是！你二位记住，唯此一人，可任由出入宫禁。今日起，便无须老身另行宣召了。"

　　二人闻命，面色都一沉，虽有满心的怨愤，也只得唯唯而退，自去布置了。

　　吕后见二人走下阶陛，方转身回殿，集齐了前殿的涓人，疾言厉色道："今上虽已宾天，然天下事并非乱了章法，自有哀家一人担待，无须惊惶。自今日起，前殿诸人不得出殿，有事在殿门交代谒者，饭食由御厨送入。殿内之变，若有一人泄露，诸人都连坐，尽数笞死，并夷三族，谁个也逃不了！莫怪我今日话没说到。"

　　众涓人听了，心知吕后欲瞒住皇帝死讯，不拟发丧，便都面色惨白。犹豫片刻，终不敢言声，只能伏地应诺。仅有亲信宦者宣弃奴，壮起胆子道："启禀皇后，时交孟夏，天气已渐热了……"

　　吕后浑身一颤，怒视宣弃奴一眼，喝道："还禀报甚么！速令少府多送冰来，堆在榻上。"

　　掌灯时分，审食其奉吕后宣召，仓皇来至宫内。在寝宫门口，见吕后一脸肃杀，心知情形不妙，正要开口问，却见吕后目光凌厉，高声道："如何来得这般迟？快随我来，去偏殿商议。"

　　至偏殿，两人屏退左右，隔案坐下。吕后便扯住审食其衣袖，急道："审郎，今夜起，这天下，便由你我二人共担了！"

　　审食其不由大惊失色："甚么？今上他……"

　　"不错。那失心翁，终是走了。白日里，我已吩咐好，阻断了宫内外交通，圣驾宾天之事，一时尚不至外泄。这汉家天下，该如何摆布，今夜里，你我就要有个章法出来。"

　　审食其闻言，登时汗出如雨，结结巴巴道："万事如麻，教臣如何说起？不知皇后有何打算？"

吕后甩开审食其衣袖，叱道："我已不是皇后，今日起便是女主了！生死安危，与你也大有干系。你只须说，那老翁一走，天下以何事为大？"

"自然是太子继位，总要坐得稳方可。"

吕后眉毛一挑，诧异道："太子乃刘氏嫡长子，如何便坐不稳？"

审食其摇头道："只恐功臣诸将，没有几人能服……"

吕后不由面露怒意："彼等皆封侯食禄，光耀门楣，连子孙万代都得福荫了，还有何不服？"

"不然。皇后请思之：沛县举事之时，诸将与先帝皆为秦编户民，名分无有高下；只怕是萧何、曹参之辈，身份还在先帝之上。然举事以来，这班故旧北面为臣，能不常怀怏怏？想那未封侯之际，在洛阳南宫外，即有旧部聚议欲谋反。今先帝升遐，诸臣改事少主，他们不谋反才怪！"

吕后不禁惊惧而起，倒抽一口凉气："如此说来，哀家身旁，尽是些虎狼之辈了？"

审食其沉吟片刻，应道："皇后明见。那秦二世在位时，陈胜吴广之流，尽都在野；而今刘盈继位，陈胜吴广辈，却早已在庙堂之上了。"

吕后浑身一震，双目灼灼，直盯住审食其道："与你相识二十余年，终听你说了句有见识的话！你意是说……诸功臣故旧，若不趁这几日族诛，则天下便永不得安宁了？"

此时偏殿内外，沉寂如死，案上一盏膏油灯摇摇曳曳。审食其惶悚起身，浑身战栗，应道："理是此理，然生杀之谋断，皆操于皇后。"

吕后睨视审食其一眼，嗤笑道："你这人，就是胆小！哀家若有不测，你还活得了吗？如今倒要谢那失心翁了，将彭越、英布除掉了才走，不然若倚赖你去杀贼，只怕是比登天还难了！"

审食其脸色发白，仍不能回神，只试探道："皇后如有决断，今夜当如何布置？"

吕后便拉了审食其一同坐下，缓缓道："失心翁在世时，我常怪他心不狠，今日方知：他到底还是厉害！没有了他，诸事顿觉不易摆布。好在除了前殿涓人之外，世上还无人知皇帝已升天,这几日,我挟他威名,内外还是镇得住的。今日这诛功臣之计,乃惊天大计,容不得有半分疏漏。失心翁病危之际,曾遣陈平、周勃往燕地樊哙军前;临驾崩,又急召陈平转回,与灌婴同率十万军驻荥阳,不知布的是甚么局?你我这几日,且谋划周全再说。"

审食其低头想想,道:"虽有那几人在外,然功臣大多在朝,总比彭越、英布之流好应付。可依照除韩信之计,诈称圣躬恢复,集诸将于殿前朝贺。届时,只须百十个禁军甲士,便可一并了结。在外统兵的那几人,只须遣使持节前往,矫诏密诛,就如探囊取物耳。事毕,再拟先帝遗诏,布告天下,举哀立嗣,其后之事便都顺了。"

"话虽如此,亦不可急。且以从容示外,免得惊动了诸将,坏了大事。"

"那么今夜……"

吕后睨视审食其一眼:"这几日,你不可再留宿宫中了!宫内外交通已断,我二人若都住在宫中,不知长安城内情势缓急,岂不是双双成了盲聋?"

审食其连忙一揖:"臣知道了。臣这便回去,与家人好好商议。"

"诸吕那里,也须由你分头去知会。切记,谋而后动。事成与否,不在这一两日内,只不要泄露风声才好。唉!上苍逼我,竟要做出这等鬼祟事。当年被囚楚营,常听刘太公唠叨,唯恐刘邦身边有赵高,败坏大事。今日想来,若大事逼到头上,人也只能做赵高了!"

审食其不禁瞠目:"这……这是哪里话!以皇后之尊,扶正祛邪,万不可以赵高自比。"

吕后冷冷一笑:"只须做成了事,便不是赵高!"

审食其不由一凛,凝视吕后良久,纳罕道:"臣已追随皇后多年,自以为知皇后者,莫如臣,然……帝未崩时,却为何不见皇后胸中有如此大格局?"

"不见?你以为我乃小家妇吗?"

"这……"

吕后便又笑:"审郎,你看得倒准。不错,哀家就是小家妇!只知姑嫂勃豀,婆媳斗法。然哀家出身,岂是刘氏卖饼之家可比,又怎能是个小家妇?"

审食其慌忙道:"先帝他……毕竟有特异之才。"

"哼,不通文墨之家,所生之子,其俗在骨。少时或还天真,老来做事便无一不俗。那失心翁不顾道统,宠姬妾而欲废太子,哪有甚么特异之才?"

"先帝治天下,到底还是有胸襟。"

"他那胸襟,苟苟且且,连山贼英布都不服他。"

"垂拱而治,天下除先帝而外,却也再无第二人了。"

"垂甚么拱? 你只蒙了眼说话。他在位,今日这里反,明日那里反,终究还不是被英布射死? 看老娘我今后治天下,才要端坐垂拱,令四方无刀兵之险,必不似他那般狼狈。"

审食其又是一惊,不由起身,失声道:"皇后,你……你往日为何深藏不露?"

吕后便仰头大笑:"审郎,你看我自归汉营以来,是否愈发粗蠢了?"

审食其嗫嚅道:"确是见你器局日渐小了……"

吕后便逼视审食其,低声道:"你终究还是不聪明。器局不小,哀家还能活到今日吗?"

审食其立时倒吸一口凉气:"原来如此! 皇后处世,原是如此不易!"

吕后忽就闭口默然,半晌才道:"还说那些做甚? 我那老父,也算是县中名门了,可怜我这名门闺秀,却受了那田舍翁半辈子的气,连妖姬都敢来撒泼。算了,不提了! 今日事,才是生死攸关。你且回吧。诸将心机,都似山贼一般,不知有几百个洞眼,万勿看轻了。白日里,要多多打探,明晚再来。"

审食其抹了抹额上汗,唯唯而退,急忙出了宫门。

听那谯楼上传来更鼓,此时已近夜半。审食其心中忐忑,不欲回家,便吩咐御者,驱车直奔建成侯吕释之的府邸。

且说吕氏这一门,乃单父(今山东单县)吕公之后,有两男两女。吕后排行第三,上有二兄,长兄吕泽,昔年驻军下邑,曾接应过刘邦败军,后封为周吕侯,惜命祚不长,已于高帝八年战殁了,所生两子吕台、吕产,皆为侯。

吕后次兄吕释之尚健在,封为建成侯,此人生性勇武,可以倚赖。前不久,因废立太子事，吕释之曾出面为胞妹解难，逼迫张良献计，请了"商山四皓"出来，护佑刘盈坐稳了太子位。如今皇帝崩逝，变故迫在眉睫，诛功臣之密议，当然要首先告知吕释之。

此时，吕释之早已睡下，在梦中被家仆唤醒，闻说是审食其登门，便知宫中有大事，连忙披衣起身，迎至中庭。见了审食其，心照不宣，拉了他步入密室，屏退了左右。

审食其四下看看，犹自不安。吕释之便笑笑，一掌拍在审食其肩头："审公，你慌个甚么？我这里，鬼都不敢隔墙来听。吾阿娣有何吩咐，你只管说来。"

审食其这才安下心来，移膝向前，附于吕释之耳畔，将吕后诛杀功臣之计，轻声道出。

吕释之好似听到惊雷一般，霎时双目圆睁，拍掌道："宫中近日无声无息，满长安都在猜疑，妹夫果然是宾天了。好啊，好啊！皇后有这般旨意，我诸吕当仁不让，率些家丁入宫去相助，自是不费事的。"

审食其便深深一拜："在下以为，宫中之事，有百十名甲士便可办妥；然诸将即便杀光，仍有文臣在，恐须建成侯亲率家臣，前去进占相国府、太尉府、御史台等处，以震慑朝野。此事倒也急不得，这几日，且召诸吕子弟商议好。宫中如今已不准出入，唯我一人可以通行；明日起，我每日必来贵府一趟，为两厢传递消息。"

"如此甚好。事成，审公功高盖世，权位当是不输于萧、曹了。"

审食其一笑，起身告辞道："有皇后在内，将军在外，事焉有不成之理？只是万勿泄露风声，以免惊动了诸将，那倒是难以收拾了。"

吕释之笑道："今上未崩时，我还可让他们一让；今上驾崩了，一群织席卖浆者流，我还怕他们甚么？"

送审食其出门，吕释之返身回来，便去叫起长子吕则、次子吕禄，进了密室，父子三人商议至天明。待平旦时分，又差人去唤了吕泽次子吕产来，一同谋划。

如此秘不发丧，挨过了三日。长安官民早便有疑惑，这几日又见宫城戒严，宫门紧闭，无半个人影出入，就越发惊疑。市上流言四起，都在揣测皇帝生死。有那胆小的商家为祈福，在门前焚起香来，随即家家效仿，香烟四溢。远望闾巷内，竟如冬至祭日般，一派氤氲。

却不料，吕后千叮咛万嘱咐"事机务密，不得走风"，这深宫帷幄中的密谋，偏就泄露了出去。

原来，老将军郦商之子郦寄，与吕禄年纪相仿，平素两人走得近，斗鸡走狗，驰骋鹰扬，几乎无日无之。刘邦崩后第四日，郦寄又邀吕禄出城围猎，却见吕禄睡眼惺忪出来，不大有精神。郦寄心生疑惑，便打趣道："吕兄，昨夜良宵，又收了美姬入帐吗？竟是这般气色。"

吕禄闻此问，精神便一振："哪里！郦兄请上马，你我去郊外说话。"

两人带了家臣，驰往骊山脚下。驰至半途，见随从渐渐甩得远了，吕禄便面露诡异之色，望住郦寄道："天下从前姓刘，自今日起，天下便要姓吕了。日后，我免不了要封王，也须为郦兄讨个王来做做。"

那郦寄本是机敏之人，听出弦外之音，立时勒住马，脱口道："吕兄不可玩笑！你是说，君上他……"

吕禄也勒了马，前后瞄瞄，压低声音道："君上已宾天四日，宫中戒严，瞒过了四海万民。汉家天下，如今只由皇后一人做主了。"

"哦！这个……秘不发丧，皇后是何打算？"

"那刘盈小儿，懂得甚么？如何坐得稳皇位？皇后所谋，还不是要诛尽功臣，讨个眼前清净。"

郦寄闻言，顿时脸色发白："功臣遍布朝中，如何能诛得尽？"

吕禄便一扬鞭，催郦寄疾行："走走！你怎就吓得丧胆了？可知韩信是如何伏诛的，还不是如狐兔入笼一般？皇帝生死，并无人知，诈称今已病愈，命诸将入宫谒见，诸将岂能有疑？到时有百十个甲士动手，任他是顶破了天的列侯，也要乖乖交出头颅来。"

郦寄便不再言语，满面都是阴霾色。吕禄见了，不禁纳罕："郦兄怎的了？诛功臣，与你有何干？"

郦寄便道:"吾父亦是功臣。"

吕禄一怔,随即仰头大笑,指点着郦寄,责怪道:"你这人,真是呆了!你我莫逆之交,我怎能听任皇后杀你父?且安度几日吧,转告令尊切勿进宫,在家中静候,自有消息。"

郦寄心中大骇,与吕禄敷衍了一回,草草射了几只鼠兔,便匆忙赶回府邸,滚下马来,疾奔入中庭,大呼道:"阿翁!阿翁!"

郦商闻声出来,厉声呵斥道:"如此高声,还有体统吗?"

郦寄连忙跪下,顾不得左右有人,急禀道:"阿翁,事急矣!适才闻吕禄相告,今上已驾崩四日,皇后秘不发丧,欲尽诛诸将,将这天下交付诸吕。"

郦商便一震:"当真?"

"乃吕禄亲口所言。"

郦商早也是疑心重重,闻此言,恍然大悟,不由大骂道:"皇后焉能狠辣如此?又是审食其那个鬼……你马匹还在门外吗?"

"在。"

"今日事,教左右随从禁言。有泄露者,笞死不饶!我且赴辟阳侯府邸说话。"郦商吩咐毕,便大步抢出门外,跃上马背,连连加鞭而去。

到得审食其府门,正是夕食过后,日将斜时。阍人识得郦商,连忙迎上,郦商跳下马来,将缰绳甩给阍人,口称:"下臣郦商,前来拜见审公!"便大步迈入门内,于中庭背手而立。

阍人拴好马,急忙入内室通报,那审食其正与几个心腹商议,闻曲周侯来访,心里就一跳,连忙教众人散了,自己出中庭来迎。

连日来,为谋诛功臣,审氏阖府都在磨刀霍霍。此时见郦商突至,其面色如铁,审食其不由心就虚了,连忙赔笑道:"曲周侯屈尊前来,真是喜事临头。请,请!且入内室相谈。"

郦商只略略一揖,双脚并不挪动,道:"免了免了!我来,哪里有喜事?只恐是有祸事临头。你我皆君子,不必去密室说话,就在这天日底下好了。"

见郦商来者不善,审食其只得强作镇静,吩咐仆人,将案几搬至庭树下,端上瓜果盘,两人便隔案坐下。

甫落座,审食其便连连拜道:"将军近年随君上,连破臧荼、陈豨、英布三贼,功高惊世,封邑五千一百户,当世有几人能及?在下每与人论及,诸人无不折服。"

郦商也未客套,只仰天望望,叹口气道:"老矣!明日,恐要随君上赴黄泉了。"

审食其闻言大惊,竟冒出一头汗来:"将军,此事可玩笑不得!"

"哼!玩笑不玩笑,旁人不知,辟阳侯你也不知吗?"

审食其听出不是言语,连忙屏退左右,恭恭敬敬拜道:"愿闻将军赐教。"

"吾今日闻传言,君上已驾崩!居然四日不发表,却是何故?又闻皇后与足下密议,欲尽诛诸将,讨个眼前干净。此固是好计,然此计若成,天下恐就再无宁日了。"

审食其脸色一白,心头乱跳,几欲瘫倒在茵席上,暗暗骂诸吕口风太松。

郦商见审食其失色,这才略略一笑:"足下多谋,朝野尽知。老臣这里有些道理,要说与足下听。今有灌婴,接任太尉职,将兵十万,守于荥阳,由陈平辅之;又有樊哙、周勃讨伐卢绾,统二十万兵游于燕代。汉家雄兵,尽在彼处,即便要与项王对阵,也是足够了。这几人在外,若闻皇帝已崩,诸将尽诛,能坐以待毙吗?彼等必连兵回乡,直捣关中。届时,文臣叛于内,悍将反于外,足下之亡,跷足可待也。审公,你究竟是何居心?回看秦末,二世而亡,不就是你这等人弄出来的吗?"

审食其惶悚不敢抬眼,知此事抵死不能认账,便低首嗫嚅道:"将军所言,当是至理;然将军所闻,或为谣诼。在下……在下实不曾闻有此等事,或是诸将心焦,才疑皇后刻薄。在下以为,事必不至此,稍后我即入宫,向皇后谏言。"

郦商望住审食其,笑道:"是谣诼最好!只怕是箭在弦上,也由不得你了。皇后若事败,足下岂可独活?想来,足下必不会做蠢事;不如趁天色未暮,火速入宫,劝一劝皇后。"

审食其脱口道:"在下愿从命。"

郦商便起身,似不经意间,看了看席上案几,赞道:"好案,好个老榆木!"

审食其笑道："将军好眼光。此乃秦宫之旧物，流落民间，在下以重金购得，今愿奉送将军。"

却不料，郦商猛地抬起脚，朝木案一只腿狠狠踹去！只听"咔嚓"一声，案足折断，案板倾覆，瓜果散落了一地。

审食其大惊，大张口不能合拢。

郦商便回首道："足下看到了？若断了案足，这案，还叫个甚么案？"说完，便冷笑一声，拂袖而去。

审食其这才领悟，连忙起身，追上郦商，送至府门外，拱手谢道："将军救我于险境，实乃天助我审某！"

郦商摆摆手道："虚言大可不必了。吾与诸吕，亦是情同手足。今日与你所言，天知地知而已，也请足下放心。"说罢便上了马，扬鞭而去。

那审食其已全无主张，急唤家臣备好车驾，片刻未停，便驰往长乐宫去了。

待郦商返家时，恰好日暮，见郦寄率家臣聚于府门，持剑而立，便觉奇怪，忙问道："孩儿，这般张皇，有何变故吗？"

郦寄便迎上前道："阿翁若再有片时不归，我便要往辟阳侯邸，向他索人了。"

郦商叱道："莽撞！他敢把我怎样？"

"那辟阳侯，连皇帝都敢欺，又有何事做不出来？"

郦商笑笑，拉了郦寄进门，低声嘱道："都散了吧。若是陈平、周勃谋诛功臣，你我逃也逃不掉。今是妇人帷幄中密谋，事泄，便不敢再下手了。你只管好好去睡觉。"

郦寄领首会意，恨恨道："诸吕心狠，再不可与之为友了！"

郦商却道："吾与诸吕，素无仇隙。看今日情势，更是不可得罪，你且装作无事，照常交往便是。"

且说那厢，审食其连夜奔入长乐宫，见了吕后，将郦商造访之事详尽道出。

吕后怫然大怒道："那郦商怎得闻之？定是吕禄辈得意忘形，随口泄露。如此豚犬，其命也薄！这天下，如何还敢托付于他们竖子辈！"

审食其连忙劝道："皇后息怒,也不必责备子侄了。事既泄,便不能防人之口,想那诸将闻风,必也有所防备,或早已勾连了陈平、周勃也未可知。郦商所言,确也不谬,如今再假称陛下康复,诓功臣进宫来,哪个还敢来? 矫诏一出,必生激变,不如就此作罢。待来日,慢慢栽培诸吕子侄,封王封侯,占据要津,又何愁功臣不服?"

吕后向后一仰,背靠木几上,颓然道："近路不走,偏要走远路,枉费了我一场心思,如今也只得忍下,再与功臣慢慢较量。你今夜,也无须合眼了,去召叔孙通来,共拟出先帝遗诏吧。"

至次日,宫中果然有遗诏发出,为先帝发丧,大赦天下,并召百官众臣入宫哭灵。百官闻之,虽早在预料之中,却也不无震恐。

丁未日,正是吉日,入殓之后,楠木梓宫便移置于前殿正中。太子太傅叔孙通,率百余名弟子,素服免冠,为先帝守灵。百官依序上殿,伏地致哀,一时素服如雪,哀声震天。

百余名功臣全不知这几日蹊跷,都争相进殿,伏地恸哭。唯有郦商托病不入,只在家中焚香,流泪遥祭。

如此哭祭了二十余日,至五月丙寅日,大行奉安,在长安城北下葬,号为"长陵"①。

长陵所在,离长安三十五里,在渭水之北,背山面水,端的是一块宝地。当年萧何修建长乐宫时,此陵地便已择好,与宫室同时起造,费时五年方告完工。此陵东西长一百二十步,高十三丈,状如覆斗,夯土而成。其规制宏大,好似城邑一座,其顶摩天,望之俨然。历两千年风雨剥蚀,至今犹存,堪与骊山始皇陵相媲美。

经萧何筹划,在陵北还建有城邑一座,是为陵邑。数年间徙来齐楚大姓、功臣贵戚,计有数万人。此时进了陵邑,满眼都是朱檐彩栋、深宅广院,路上车马相接、人烟稠密,已俨然一处大邑矣。

陵园之东,日后便成了功臣勋戚的陪葬地。后世有人曾作《长陵诗》曰:"长陵

---

① 位于今咸阳市秦都区窑店乡三义村附近。

高阙此安刘,附葬累累尽列侯。"想来,刘邦长眠于此,终日可与臣属相对,倒也不至于寂寞了。

出殡这天,骄阳似火,长安城内却如阴霾压顶。闾巷歇市,酒肆关门,百姓争相伏于道旁送灵。卤簿过处,一片哀声,老幼妇孺亦涕泗不止。此时长安尚未修起城垣,四周仅以壁垒设防。出殡队列自北阙出,穿过市廛街衢,从木栅门出城,却见栅旁有数十名监门卒,伏地哀哭,如丧考妣。

原来,刘邦起自乡野,深知民间疾苦,做了皇帝,也并未气焰熏天,总不忘恤孤怜寡。每逢过城门时,见戍卒辛苦,都要招呼一声。戍卒皆知皇帝亲切,无不心怀感念,当此际,自是悲从中来,大哭不止。

这日,众人在炎阳下缓缓而行,绵延竟有十里之长。前导引幡为六十四人,所执铭旌、绢马、雪柳等物,繁密如同一片雪海。继之为千人卤簿,浩浩荡荡,一如刘邦生前。

卤簿过后,才是"大杠",三百八十名壮士皆左袒,轮流抬着梓宫前行。梓宫之后,紧随大队文武百官、皇亲国戚,人数不知凡几,各队之间,都杂有吹鼓倡优,一路奏乐,不绝于耳。

队伍行走了一整日,至暮,在渭水畔歇宿。次日晨,人马渡过渭水,抵达陵寝,依礼入葬,由太子刘盈主祭。诸臣闻少年储君读悼文,读到"吾恐不足以胜天下之重",忽觉凄凉,便一齐大放悲声。那萧何原本就体虚,恸哭片刻,竟险些瘫倒,众人连忙上前,七手八脚将他扶下。

落葬毕,群臣拥刘盈返城。越两日,又赴太上皇庙,告祭祖先,并为刘邦拟议庙号。叔孙通代群臣上奏道:"帝起自细微之民,拨乱反正,平定天下,为汉太祖,功最高。应上尊号'高皇帝'。如此,上合三王之礼,下抚万民之情。"

刘盈此时年方十七,尚未弱冠,然与叔孙通日夕相处,也深明老师这一套奥妙所在,当下便应允:"诸臣既已议妥,事不宜迟,可急上尊号,以示中外,尽早安抚人心。"

刘邦谥号,便由此议定,以太子诏令颁布天下。汉初的高帝纪年,便是缘于此。

因刘邦为汉之始祖,故后世都习称他为"汉高祖",相沿至今。

此诏之中,又令各郡国修建高帝庙,岁时祭享,不得轻慢。后又过了数年,刘盈想起,乃父曾在沛县洒泪作《大风歌》,大有深意在。便又降诏,在沛县亦建起高帝庙一座,以不忘根本。刘邦曾教过的歌儿一百二十名,皆收为庙中乐手。

告庙当日,刘盈继位,尊吕后为皇太后;赐所有官吏都升爵一级,又特意重赏了郎官、宦官、谒者、太子骖乘等官,各赐爵二三级,并赦免天下轻罪刑徒,显是有一番布德行仁的用心。因刘盈身后庙号为"惠",故史家便称他为"惠帝"。

一代豪雄刘邦,至此盖棺论定。

高祖此人,起于草野间,提三尺剑而定天下,为华夏史上首位布衣出身的帝王。一生行迹,多在战阵上驰骋,起伏跌宕,终成万世大业。晚年虽多有疑心,诛杀了几个功臣,然尚不至于滥杀。终其一生,位虽高而知悲悯,对百姓常存怜惜之心。以往秦税"十收其五",汉家则"十五税一",两厢有天渊之别,庶民得以脱离暴秦之苦,享仁政之惠,才算是不再做猪狗,而做回了人来。高祖知民间疾苦,登帝位后,起居仍尚俭,不忍建造奢华殿宇,亦可见一片仁心。

太史公司马迁论及高祖,推崇有加,称上古三代忠敬崇文,至周秦间,世风日下,小人屡使诡诈,秦政又大施酷刑,便越发地不堪了。幸而有高祖扭转世风,重开礼教,方得延续大统。

史家班固亦赞曰高祖虽"不修文学",然生性明达,好谋断,能听谏。曾命萧何、韩信、张苍、叔孙通、陆贾等各司其职,明定法令仪礼之规,可谓筹划宏远,惠及万代。

这些史家之论,还是很有道理的。

话说刘邦驾崩一事,传遍天下,百姓唏嘘感叹,私心里却掂量不出:老皇帝走了,究竟是祸是福? 然而世上有两个人,却是立即察觉:时运变了!

这头一个人,便是卢绾。

卢绾身为燕王,经略北地,无端被刘邦猜疑,满心都是委屈。灰颓之余,弃国政于不顾,在属臣范齐家中躲藏了多日。忽闻朝中以樊哙为将,率汉军十万东出,会同代赵之兵,前来征讨,就更是悲愤满腔。他既不甘心就擒,亦不愿公然叛汉,只得率了亲眷故旧数千骑,逃往塞下,在长城一线游弋,不与汉军相抗。

如此飘荡两月余,睁眼即见荒草遍地,故国之思愈难遏制,便想等到刘邦病愈,索性自缚了,去朝中谢罪,要死要活,随他刘季处置便罢。却不料,入夏五月,忽然闻刘邦驾崩,卢绾失神良久,方对亲信范齐道:"刘季若在,念及乡谊,必不欲置我于死地。今太子继位,小儿懂得甚么,还不是吕后专国政!我若复归,必入虎口,看来只能投匈奴了。"

范齐道:"昔日臣劝谏主公,可召汉使审食其、赵尧,当面剖白,主公不愿屈从。今日回汉之路,眼见是断了。"

卢绾举目怅望南方良久,双泪横流道:"我投匈奴,逐水草而居,幕天席地,倒也罢了,不过是受些风霜之苦。而要抛了祖宗衣冠,更换胡服,那才是锥心之痛!"哀伤多日后,才狠了狠心,召集部下,言明苦衷,率众人拔营而去,投了冒顿单于。

冒顿年前在燕代失地折将,心中多有怨恨,闻汉帝崩,正喜上心头,忽又见卢绾率众来投,更是大喜,当即封卢绾为东胡卢王。

卢绾安顿下之后,诸事却并不遂心,所率旧部仅数千,终究势单力薄,寄人篱下,常为周围杂胡所侵扰,不胜其烦。蜷曲在穹庐中借酒浇愁,不由就生出了复归之意来,然想到吕后刻薄,又不敢贸然返归。如此迁延一年有余,竟病死于塞外,终难瞑目,此为后话不提。

另一个为刘邦死讯所惊动之人,便是陈平。

陈平佯作押解樊哙,实则与樊哙每日酣醉,走走停停,等的就是朝中传来丧报。

这日,一行人驱车至汜水关西,见日头已偏斜,便早早入住馆驿。眼见前面是崤函古道,过了古道,便是关中,没有多少时日可以延宕了。在馆驿门前,陈平眺望西边叠嶂万重,心中不免焦躁。

正在此时,忽见有一大队使者,各骑快马,旋风般驰来。于馆驿门前停住,打尖换马。因嫌驿吏接应不周,众使者呼喝连声,颐指气使,猛地见陈平在此,这才敛了声,都上前来揖礼问候。

陈平心中一动,忙问:"何事东去?"

为首使者答道:"禀曲逆侯:今上已于日前驾崩。我等奉遗诏,分赴各郡国宣谕。"

陈平心头一震,勉强忍住狂喜,故意板起脸,申斥道:"这等大事,片刻也延误不得,你等在此处吵闹甚么? 快换了马,即刻上路!"

使者闻言,不敢怠慢,都赶紧换好马,匆匆走了。望望使者渐远,陈平这才抢步进了馆驿,拉住樊哙道:"今上已宾天数日了! 樊兄你这条性命,算是从黄泉底下拾了回来。我为樊兄庆幸,然也心忧——若是皇后迁怒于我,反倒是我命难保了! 我意先行一步,返长安面谒皇后,尽力辩白。随从、囚车都留与你,你且慢行。"

樊哙闻言,恍如梦寐,也不知该忧该喜,久久未发一语。陈平也顾不得他了,唤住一辆过路的邮传车,亮了亮符节,便命邮传吏掉头载他回长安,限期抵达。那邮传吏领了命,连忙掉转车头,准备启行。忽又有一使者乘车而至,远远望见陈平,连声大呼道:"有诏下,请曲逆侯接旨!"

陈平连忙恭立听旨。原来,此诏乃刘邦驾崩前一日,仓促所下,命陈平与新晋太尉灌婴,率十万军往驻荥阳。樊哙首级,则交与来使携回。

陈平听罢宣诏,脱口便问:"灌婴将军今在何处?"

使者答道:"已集齐人马,取道武关东行了。"

陈平沉吟片刻,对那使者道:"足下使命已毕,可转回长安,然相国樊哙并无首级,活人倒有一个,就在这馆驿中待罪。今上驾崩,事急如火,我须抢先一步回朝。将那樊相国托付于你,请好生伺候,乘车于后,缓缓还都。"

那使者摸不着头脑,正欲细问,陈平却不容他再问,跳上邮传车,便喝令邮传吏加鞭,一阵烟尘远去了。

诏使望住陈平背影,惊得张口不能合拢。此时,樊哙从馆驿内慢慢踱出,拍了拍使者肩膀:"呆甚么? 我这里好酒甚多,足下陪我,饮好了再走。"

三日后,陈平乘邮传车进了长安,便疾奔入宫,趋至前殿高祖灵位前,伏地大哭,痛不欲生。未料在殿上哭了很久,却不见吕后出来,陈平便使足了力气,号啕大哭,其声之嘹亮,惊动了左右殿。

在椒房殿,吕后早已闻报,知陈平已归,因心中厌恶旧臣,便不欲立即召见。此时听陈平哭得越发没了节制,几成民间号丧,这成何体统?便只得换了装束,来至前殿宣慰。

吕后立在帷幕后,侧耳听了片刻,才走出来,问道:"陈平,日前先帝密遣你赴燕,宫中盛传,乃是奉诏问樊哙之罪,可有此事?"

陈平止住号啕,抹一把泪,答道:"臣确曾奉密诏,与周勃同赴军前,要立斩樊哙……"

吕后脸色便一白,打了个趔趄,险些站立不稳:"大胆!你、你果然将那樊哙杀了?"

"臣岂敢?臣念及樊相国功高,不忍行刑,只想汉家岂能自毁干城,于是与周勃商议,抗旨不遵,由周勃在军前代将,臣擅自偕樊相国回朝。行至半途,忽闻先帝驾崩,臣如闻天塌,急急赶回,赴灵前举哀。因囚车迟缓,故樊相国尚在路上,三五日内即至。"

吕后抚了抚胸口,脸色方转白为红,喘了几口气道:"这失心翁,吓人不浅!只不知他如何竟要杀樊哙?"

"这……诏旨上并未言明。"

"未言明?我看,他卧入楠木棺材,你也还是怕他!杀樊哙,莫非为赵王母子?"

陈平不敢答,只伏地俯首,算是默认了。

吕后便微微一笑:"原来如此!君与周勃,到底是老臣,知道深浅。那失心翁的乱命,你抗得好!无怪他弥留之际,嘱哀家重用你等老臣。你有如此大功,哀家心甚慰,改日定要厚赏。"

陈平知此事已无险,心便放下,又伏地哀哭,叩首叩得咚咚作响。吕后看了一会儿,心中不忍,嘱咐道:"君劳累了,且出宫,歇几日再说吧。"

陈平止住哭声,沉吟片刻,心中仍是悬悬——想自己一旦出宫,便只能任由人摆布,若樊哙之妻吕媭进谗言,则不等辩白,人头恐早已落地了。于是忍泣请道:"臣投汉家,寸功未建,便蒙先帝一手提拔,荣宠备至。先帝猝然升天,臣实不舍,请太后允臣在宫中宿卫,陪伴先帝神位数月。再者,宫内逢大丧,万事如麻,臣为新帝执戟,也是理所当然事。"

吕后不知陈平暗藏的心思,见他神情哀戚,话又说得恳切,便道:"君若有此心,也好。哀家便加你为郎中令,名正言顺,统领宫禁守卫,护我母子,有闲暇则教我儿读书。我儿虽做了皇帝,文武却都还欠缺,你只管将那种种诡计教予他。世上之诈,非君莫属;此儿之愚,也是非君不能救也。"

陈平强掩住内心之喜,抹干了泪,向高祖灵位拜了三拜,才领命退下。

待陈平领了郎中令职,便去找了王卫尉,将宫中禁卫重新布置,守护更加严密。自此时起,陈平亲执长戟,自率郎卫一队,于北阙值守,宫内外气象便顿觉森严。

如此值守才两日,果然见吕媭乘车前来,叩门求见皇太后。那吕媭见了陈平,眼角瞟也没瞟一下,便昂然直入,至椒房殿,急急对吕后道:"阿姊,都中盛传,先帝升天之前,曾遣陈平持密诏往军前,要拿问樊哙,果有此事吗?"

吕后道:"岂止是拿问,是要当场砍头!"

吕媭脸色便一白,险些瘫倒:"啊?那么真的砍了?"

"你慌甚么?陈平并未遵旨,樊哙现已押回,不日即至。"

吕媭便怒道:"那陈平,是个甚么货色?这主意,定是他出的!不然,姐夫何能恨樊哙至此?陈平未遵旨,是闻听姐夫崩了,他还有胆量杀樊哙吗?"

吕后便上前,拉了吕媭坐下,劝慰道:"阿娣,你且息怒,我说与你听。先帝恨樊哙,还能是何事?还不是为妇人之事……"

"哦!是为戚夫人?"

"不错。樊哙不知走漏了甚么风,惹得你姐夫震怒,遣陈平、周勃往军前,要就地诛杀。"

"那也无怪乎。樊哙与我,当众咒戚夫人死,已不知有多少回了。"

"好在赴燕途中,陈、周二人商议,不忍骨肉自残,于是抗旨,由陈平将樊哙带回。燕地距此,相隔几千里,陈平便是再有神通,如何又能知先帝驾崩?你若怪罪陈平,那便是错了。先帝临终托孤,只点了萧何、曹参、王陵、陈平、周勃这几人,眼光还不差。若非陈平老成,你那夫婿回不回得来,倒还难说了。"

"宫门前我见了陈平,他既回来,樊哙又何在?"

"只在这几日吧,也该到了。待樊哙回来,我立赦他无罪,官复原职,就此百事皆消,你倒要好好谢陈平了。"

吕嬃脸色虽缓了下来,却仍含有余恨:"他那个鬼,总不会出好主意。不敢杀樊哙,也还是惧怕阿姊你。今番算他押对了赌注,然也轮不到我去谢他。"

吕后便起身,笑道:"夫婿毫发未损,这总是好事! 你快回家去等着,见了面,叮嘱那粗人,不要再酒后狂言了。这次险些掉头颅,全因祸从口出。"

吕嬃气不平,道:"今日姐夫走了,天下便是阿姊的,我又有何惧?"

吕后便指点吕嬃额头,笑道:"今日说这话,算得甚么胆量? 我在往日,还不是要装作村妇,不然那老翁窥破我心机,不一刀斩了我才怪。今日你虽无险了,也要知收敛才是,阿姊岂是能活万年的?"

吕嬃哪里听得进,只觉天地皆已在股掌之中,笑个不止。出宫时,见陈平还在值守,便疾步上前,似有话要说。陈平回首望见,吃了一惊,以为吕嬃要破口大骂。却不料,吕嬃来至陈平面前,也不搭话,只白了一眼,又道了一个万福,转身便走了。

如此三日过后,朝使果然将樊哙送回。车至霸上,朝使招呼御者停车,与樊哙商议道:"相国,前日之诏,乃夺足下所有爵邑并立斩,迄今未有赦免令下来。今日还都,恐还须委屈足下,在后面囚车里歇息片刻。入宫后,且听太后吩咐。"

樊哙本不耐烦,然想到朝使一路上待己甚恭,仪规亦不好违拗,只得自己脱去衮服,钻进囚车里坐了,又笑问了一声:"还须绑缚吗?"

那朝使忙满脸赔笑道:"哪里哪里!"

车行至长乐宫北阙,谒者通报进去,未及片刻,便有太后懿旨出来,命赦免樊哙之罪,复爵位食邑如故,立即宣召。

樊哙听了,哈哈大笑,一脚踹开囚车栅门,跳下车来,穿好衮服,大摇大摆进了宫。

见了吕后，樊哙一改往日粗鲁，伏地行了大礼，口称："罪臣樊哙，谢太后大恩。"

吕后便笑："几日不见，你倒改了不少山林气。"

樊哙道："哪里改得掉？实不惯称阿姊为太后，好似称呼老妪一般。"

吕后笑笑，忽而敛容问道："可知你鬼门关上走了一回，是何人护佑你无事？"

"唯有阿姊了。能救我命者，天下还能有谁？"

"岂止是我？还有陈平呢！你那昏头姐夫，当日发的密诏，命陈平赴军前。我与吕媭全然不知，故也救不得你。往日斩首令一下，任你是王侯公卿，也要头颅落地；你侥幸得保全，多亏了陈平知权变。"

樊哙这才想起，拍额道："阿姊若不提，我倒还忘了。陈平本是奉诏去索我命的，他刀下救了我，我哪里能忘？只不知姐夫如何就迷了心窍，连自家人也要杀？"

吕后便嗔道："你那大嘴，有多少海水怕也要漏光了！我问你，是何时咒了戚夫人？"

"岂止是咒？那几日，我逢人便讲：姐夫一走，我便要夺那母子的命。"

"果然如此！粗人，成得了甚么大事？且回府去吧，告诫你那浑家，不要再忌恨陈平了。再来乱讲，便是进谗，我绝不能容。"

樊哙诺了一声："这个自然。"

"你受惊吓不小，且于家中将养些时日。那相国一职，你还是不要做了，弄得险些掉了头颅。你同周勃，能操练兵马就好。天下事琐碎，武人摆不平，还是由萧何来办吧。"

樊哙便笑："甚好甚好！我也觉弄不妥朝中事，还是随了周勃，操练兵马去为好。"

"那便如此，近畿一带兵马，即由你二人统带。你掌兵，便是吕氏掌兵，我也睡得安稳。"

"但问阿姊，姐夫走了，天下事何者为大，我也好鼎力相助。"

"我倒要问你：你日前缘何险些丧命？此事，就最大。"

"哦！是戚夫人……"樊哙忽然领悟，连忙将后面的话咽下了。

"不错。那失心翁生前，几个宠姬何其张扬，动辄给老娘脸色看，不想也有今日！明日起，便教那戚夫人，还有魏王豹撇下的甚么管夫人、赵子儿、唐山夫人之流，尽都幽禁在宫中，不得出入。何日死了，何日了之。"

樊哙一惊，想了想便道："自魏王豹后宫掳来的美人，固不足惜，然那薄夫人仁善，不与诸姬同，朝野口碑都还好，今随代王在边地，也要召回吗？"

吕后一笑："薄夫人？就免了吧。哀家也知，失心翁最不怜爱的，便是薄夫人，直与我同病相怜。今日在代国为王太后，也算苦尽甘来了，且予优容便是。"

樊哙便道："阿姊之意，我明白了。戚夫人如何，你尽管处置；群臣中敢有说不的，管教他吃我一通老拳！"

此时的长信殿中，却是另一番景象。戚夫人自刘邦驾崩后，终日埋首垂泪，只觉万事浑浑噩噩。在长信殿各处走动，触目都是伤情，晨昏起居，了无滋味。欲在梁上结一个缳，随夫君一走了之，却又舍不得如意，只盼将来母子能重聚。

想那先帝在时，自己恃宠而为，两次闹出废立之争来，那吕后焉能不衔恨？日后在宫中的日子，怕是不好过了，少不得要看悍妇脸色。想到吕后那副狠恶嘴脸，戚夫人便打了个寒战，日后，还不知会生出些甚么祸端来。然转念想道：自己毕竟是先帝宠姬，得专宠于一身，天下无人不知。吕后再如何霸道，也要顾及先帝脸面，或不致公然凌辱，自己只须收敛些便是了。

却不料，高祖下葬尚未出一旬，长信殿内便闯入一群宦者来，手持绳索，如狼似虎。戚夫人见厄运来得如此之快，脸色骤变，厉声喝问："何人胆大？敢来此地撒泼？"

为首的宦者宣弃奴，斜睨戚夫人一眼，冷笑道："还以为是昨日吗？"便凶神恶煞般冲过来，将手中符节一举，"戚夫人听旨，新帝有诏：戚氏秽乱宫闱，罪不容赦，着即发往永巷刑役。"

戚夫人抢前一步，戟指宣弃奴鼻尖，大声叱道："新帝仁厚，怎能有如此乱命？

先帝尸骨未寒,你们便如此待我,纲常何在? 廉耻又何在?"

宣弃奴叉手腰间,傲慢答道:"戚夫人如有话说,可往黄泉禀告先帝。我等今日奉诏行事,劝夫人还是听旨为好,免得我手下人动粗!"说罢一招手,众宦者便一拥而上,要来拿人。

戚夫人愤然道:"放肆! 往永巷,我自去好了。世事虽变,此处还是汉家,先帝之灵,饶不过你这等鼠辈!"

刚刚走了几步,便听宣弃奴又一声令下:"所有戚氏宫婢,全数拿下,送往后庭勒毙。"

戚夫人大惊,回首骂道:"宫人何罪,竟遭此毒手! 堂堂太后,可还存一丝天良吗?"

话音还未落,众宦者便捂住戚夫人口,捉手捉脚,拖出殿去了。

那永巷,乃是宫中一条长巷,有屋舍若干,平时有宦者在此,专门打理宫人各项事宜。依旧例,亦常在此处关押有罪宫人。

戚夫人被推至永巷,尚未回过神来,宣弃奴便下令道:"援照髡钳之例,着戚氏在此舂米①服役,日有定限,不得偷懒。"

那戚夫人一惊,正要挣扎,却被数名宦者紧紧捉住,拿了剃刀便剃;眨眼之间,一头青丝已落地。少顷,又有数名宫女上来,掳去戚夫人身上锦衣,换了刑徒的赭衣。

戚夫人不禁仰天悲鸣一声:"夫君……"本欲破口大骂,然想到吕后并不在此,宦竖们只是鹰犬,骂亦无用,只得忍了,任那泪流如注。

自这日起,戚夫人便形同囚徒,整日粗茶淡饭,舂米不停。至日暮时分,若定限未及舂完,监守阉宦便黑着脸上前,破口大骂。

那戚夫人本为小户女子,擅长弹唱,平素只知邀宠,在朝臣当中全无奥援,尤与沛县旧部素无往来,待刘邦一走,便顿失庇荫。心腹又全数被处死,失了耳目,已与

───────────────

① 舂(chōng)米,在石臼内捣击谷物,使之粉碎或去皮。

一无助平民妇人无异。

后宫诸宫人闻之,都大起恐慌,纷纷缄口,谁也不敢多言。如此,一场宫闱变故,就成了一桩隐秘,外面大臣无从得知。坊间虽有些传闻,然谁都不愿为后宫事惹祸上身,也就无人为戚夫人鸣不平了。

天气渐渐入暑,酷热难当。那永巷苦刑,从早到晚,更是生不如死。不过才数日,戚夫人便形销骨立,往日光彩尽失。那一双纤纤素手,能举起木杵来,就已属不易;在石臼中千万次地捣,更是力不能胜,思之愈加痛楚,唯有以泪洗面。有那老宫人前来送饭,看得心酸,只能悄悄劝慰:“夫人且自宽心。太后严令,无人能违;我辈有心相助,也是不敢。”

戚夫人不胜劳苦,想起刘邦生前优柔寡断,不由心生怨意,脱口恨道:“那彭越、英布远在天边,能害得了谁? 你去杀了他们,有何用处……”

又想起老父戚太公已病殁,定陶(今属山东省菏泽市)故里,已不可归。这世上,唯有爱子如意在赵地,算是有个依托,然山河阻隔,却是难见一面。想到此,心中便愈加哀伤。自编了一支歌谣,且春米且吟唱,以抒怨愤。那歌词曰:

　　　子为王,母为虏。终日春薄暮,常与死为伍。相离三千里,当使谁告汝?

此歌于后世收入《乐府诗集》,名为《戚夫人歌》,又名《春歌》。当日戚夫人唱起,其声哀婉,回荡于永巷内,邻近宫人听了,无不心伤。

如此唱了数日,便有好事的宦者,暗伏于墙后,将歌词默记,禀报了吕后。吕后听了,大怒:“妖姬,还想倚赖你那儿子吗?‘当使谁告汝’? 我便来告诉他! 来人!”当下,便遣了使者往邯郸,召赵王如意入朝;打算等如意归来,便在宫中诛杀,以断了戚氏的侥幸之念。

哪知两旬之后,使者垂头丧气而返,禀报道:“赵相国周昌抗旨,不允赵王入朝。”

吕后怔了一怔,倒也未恼怒,笑道:“这个木强人!”遂又遣一使者快马北上,嘱使者务必言明，是皇太后宣召赵王。

如是三回，迁延半年有余，三名使者均碰了壁。那周昌只对使者道："吾遵先帝之命，辅佐赵王。赵王之安危，乃臣之性命所系，你辈区区一个朝使，便想拿走我的命吗？若戚夫人召，倒还有个道理。太后素怨戚夫人，今召赵王归，则老臣就是个痴子，也知这是要谋害赵王。你只管折返回去，空手复命，就说赵王有病，不能成行，日后亦如是。只要老臣在，赵王便不可离赵，何日老臣死了，再任你们摆布！"

周昌强直，朝野无人敢与之相抗，使者亦不敢多言，只得怏怏而归，照实复命。

吕后闻报，大怒而起："这个老榆木！"随手摔烂了一个羹碗，正想发狠话，忽想起周昌昔年曾力保刘盈嗣位，不禁又摇头苦笑，"罢罢，不去惹这老木头了，老娘另想办法。"

转年初春，周昌忽然收到朝中传诏，命他速返长安，新帝要面询匈奴事宜。

周昌满怀狐疑，只恐有诈，然朝令既至，又不得不遵，只得先至赵王宫中，嘱如意要小心，严加禁卫。国中诸事，待他返回后再行举措。

那如意仅为十三岁少年，远离戚氏在邯郸起居，全赖周昌照料。平素待周昌如同事父，乍闻周昌要入朝，不禁惶恐："相国入朝，请勿淹留过久。"

周昌便笑道："新帝召我，并无大事。老臣任赵相多年，国中上下要枢，皆为我亲信，大王只须在邯郸不动，便可保万全。"

入夏后，周昌一路劳顿，驰入长安待召。当日，并未闻惠帝宣召，传他入宫的，却是吕后。

在长乐宫偏殿，吕后见了周昌，神色便颇不悦："周昌，你是先帝老臣了，如何却不懂规矩？年前，朝使三赴邯郸，召赵王入朝询问，你倒推三阻四的做甚么？"

周昌心中有数，一揖答道："禀太后，臣系沛县旧臣，岂不知所任天下之责？汉家寸土，皆是先帝率臣等流血夺得，欲保这天下，便要尊崇先帝。先帝曾嘱我，须以命保赵王，臣岂敢任由赵王身赴险境？"

吕后闻言，立即变色："清平年月，入朝如何就成了赴险境？"

"臣昨入长安，四下里打探戚夫人消息，竟无一人知晓。想那戚夫人曾经专宠，先帝一去,则命如飘蓬,不知现下安危如何?赵王如意若贸然返长安,何人又能为他护翼?"

"周昌,你许是老糊涂了?先帝在时,你尚能抗命,力阻废长立幼,保全太子嗣位;如今先帝崩了,你却为何要袒护那妖姬之子?"

周昌将脖颈一挺,亢声道:"太后圣明!知老臣心中唯有道统。赵王如意,乃新帝手足,亦是先帝骨血。先帝生前,对之钟爱有加,将我外放赵地,实是为赵王计。老臣昔年护太子,是为道统;今日护赵王,也是为道统。汉家新立,天下都在看这一朝能否长久。臣以为:长久不长久,全看这道统立与不立。若太后不问道统,只问亲疏,则周某……期期以为不可!老臣之心,望太后察之。"

这一番廷争,竟说得吕后哑口无言,只是呆望周昌。瞠目半晌,才愤愤道:"沛县旧臣,怎的多是你这般老榆木!罢了罢了,你且回家中歇几日吧,赵地之事,暂无须费心了。"

周昌立时警觉:"太后,若朝中无事,臣即返国。那匈奴未服,边事不可疏忽。"

吕后便起身,一挥袖道:"你且退下,朝中怎能无事?"

待周昌回到府邸宿下,一觉醒来,发觉门外有执戟郎把守,奉诏不许周昌外出。周昌大怒道:"是将我软禁了吗?"

为首一员中郎将,即是赫赫有名的季布,此时上前一步,不卑不亢道:"太后有令,称足下辛劳,须闭门歇息,无诏令不得外出。我等在此,是为拦阻访客,免得打扰足下。"

周昌当即血脉偾张,叱道:"惜死之徒,有何颜面与我说话!"遂以掌猛击大门,连声大呼道:"先帝,先帝!我一沛县旧臣,不能保你子嗣,反为一个楚降将所制。此等悖谬,到何处去寻天……天理呀!"边呼边击,竟拍至掌心开裂,血流不止。从人见了,慌忙上前劝阻,将他扶入了室内。

吕后将周昌扣在长安,一面就遣使赴邯郸,假惠帝之名,命赵王入朝。如意接到诏令,六神无主,问来使道:"周相国何在?"来使自是巧言哄骗,只说惠帝留住周昌,正在详询边务。

如意迟疑了两日，未有答复，朝使便数度入宫相催，软硬兼施，问道："大王不欲见戚夫人乎？"如意便想：有阿娘与相国在长安，入朝之事，当无甚大风险。若抗旨不入朝，终不是事。只得允了来使，与之同返长安，去见惠帝。

且说那惠帝年幼时，虽不得刘邦喜爱，然其生性十分宽厚，颇识大体。日前闻母后将戚夫人打入永巷，心下便大不以为然，以为失之过苛。只在心里盘算：总要寻个时机，将那戚夫人赦出来，不能教天下人在背后指戳脊梁。这日忽又闻报：赵王如意奉诏入朝，已近长安。不由心下一惊，知是母后谋划，要加害这位幼弟了。

当下惠帝便传令左右，备好轻辇一乘，要亲赴霸上迎接。未等吕后耳目传信，惠帝便亲率郎卫一队，微服出了宫，急赴霸上等候。

待如意车驾至，惠帝便在辇上连连招呼，如意抬眼望见，大喜过望。两人便都跳下车来，执手寒暄，一刻也不愿松开手。

两人幼年时，常不在一处，对长辈间的纠葛，亦不甚了了。如今阿翁不在了，兄弟两人相见，便更觉有骨肉之亲。惠帝问过路上辛劳，拉住如意之手，登上车辇，一起入宫去见吕后。

吕后万料不到惠帝有如此心机，只在心中暗骂："小崽儿！你阿翁在时，怎的就没有这等心机？"然碍于体统，又发作不得，只得假意问东问西，对如意安抚了几句。

未等吕后想出头绪来，惠帝便抢先奏请："母后，如意弟千里入朝，实为不易；请允他与孩儿同住前殿，一般起居，我兄弟两人也好朝夕相叙。"

吕后心中恼恨，强忍着未脱口骂出，一拂袖，算是允了。

惠帝得了准许，故意不看阿娘脸色，拉了如意便走。出得椒房殿来，便大笑道："如意弟，记得幼年时，阿翁常怪我懦弱少武，夸你是个好坯子。如今我亦常自强，每隔三五日，便要围猎，身手大有长进。你今后与我同住，万事休问，只好好教我武艺便罢。"

见惠帝诚恳，如意心中才觉稍安。惠帝先前妃子吴氏，不久前已病故，此时尚未立皇后，寝宫只他一人独住，此时便吩咐涓人：赵王来此，起居饮食，一律与自己相同，不得慢待。

　　如此住下,兄弟间有说有笑,倒也安然。如意惦记阿娘,又甚想见到周昌,然稍一提及,惠帝便婉言打住:"如意弟,这个不要急。既回了宫中,只管赏花饮酒便是,诸事容日后再安排。"

　　如意甚是疑心:莫不是阿娘已遭了大难? 然又不敢追问,只得忍下,终日陪着惠帝宴乐。那惠帝也知母后心思,不敢去劝谏,只能处处护住如意,形影不离。吕后得知,只恨不能一口吃掉如意,然亦深知,此事不可用强。只得吩咐宫中耳目,多多打探两兄弟消息,容日后再说。

　　如此一来,欲加害如意一事,便搁置下来。吕后想起便苦笑:"这崽崽,倒与我斗起智来!"索性将此事放下,反倒常遣宦者前来嘘寒问暖,又时有酒肉赐予如意,似已捐弃前嫌。惠帝却不敢大意,凡太后有酒肉送至,必令近侍先尝,再令来人回去复命。如此周折,只为防着母后暗中下毒。

　　如此过了夏秋,倒也无事,惠帝渐渐放下心来,想着顽石亦可感,何况人心乎? 母后既知我与如意相投,天长日久,必也能淡忘往日怨恨。想到此,心头便敞亮起来。

　　至惠帝元年十二月中,正是天寒地冻时。这日惠帝兴起,要去郊外狩猎,依例起了个大早。看看天色未明,如意还在酣睡,实不忍心将他唤醒。想想狩猎也不过大半日,午后便可归来,这半日,森严宫禁之内,还能生出何事来? 于是任由如意贪睡,不去唤醒,自顾披挂整齐,带了左右出城而去。

　　待到午后,惠帝兴尽而归,马背上驮了些黄羊野雉,要与如意一同烤来吃。进得殿来,只见涓人神色惶惶,问之,皆支吾不能答,心下不由大惊,便直奔寝宫。见榻上帷帘低垂,宦者宫女全都闪避一旁,当下情知不妙,抢步上去,撩起帷帘来,只见如意卧于榻上,七窍流血,躯体已然僵直了!

　　惠帝慌了,忙伸手去探如意鼻孔,哪里还有呼吸?

　　数月来,仅离开这大半日,如意便莫名暴毙。这等惨事,人何以堪? 惠帝痛彻肺腑,抱尸大哭,心中也恨不能立即去死。

由暮入夜,也不知哭了多少时辰,有涓人看不过,上前劝慰。惠帝也不理,喝退众人,只留了一个心腹近侍闳孺,为如意清洗了身体。

见如意面如白垩,双目紧闭,如酣睡未醒,惠帝便更是心痛,压低声音问那闳孺道:"这半日,有甚外人进殿?"

闳孺悄声回道:"晨间天明后,椒房殿有太后身边一宦者至,携醴酒一卮,说是由长沙王进献,太后命专赐赵王。时赵王方醒,不欲饮酒;那宦者疾言厉色,喝令赵王当即饮下,说是太后立等复命。赵王不得已饮了,复又大睡。未几,小人掀帘探看,见赵王伏于榻上,情形有异。小的连唤数声,也未见动静,忙将他翻过身来看,竟是七窍流血了……"

惠帝不由大怒:"殿中近侍甚多,为何不拦住那贼子?"

"陛下不在,何人敢阻挡太后身边人?"

"赵王便乖乖喝了?"

"哪里,哀恳半晌,却通融不得。"

"赵王如何说?"

"赵王求告道:'小主人请求宽恕,带话给太后,如意愿为黑犬黄狸,为太后效命。'"

惠帝闻之,泪如雨下,道:"如此竟不放过?"

闳孺回道:"来人只是恶语叱道:'皇子金贵,做狗也无须你来做!'便强灌毒酒与赵王。"

"那人是何姓名?"

"名唤田细儿。"

惠帝瘫坐于地,呆望殿角半晌,心知是母后趁隙下的毒手,倘若下令追究,又有谁敢去查?遂长叹一声,挥退了闳孺,复又流泪不止,独自抱着如意尸身至深夜。待眼泪流干,才唤涓人进来,料理赵王入殓事。又传令下去,明日为如意发丧,只说是因病暴薨,以王礼下葬。着人立时赴叔孙通府邸,将噩耗告知,征询应如何加谥。待天明,涓人回报:叔孙先生查了典籍,回复说应谥为"隐王"。

如意下葬当日,惠帝悲若失魂,又执意下诏:遍赏官吏,各赐爵一级;民有死罪者,可出重金免死。长安官民对赵王之死,原就多有猜测,此恩赏诏一下,众人更是感叹唏嘘。

忙碌完毕,惠帝唤来闳孺,命他密遣得力人手,窥得田细儿行踪,可放手惩处。

这闳孺,本是个少年郎官,聪明伶俐,容貌俊美。惠帝身边宫女虽众多,却独钟这俊美娈童。此人装束几近妖冶,冠插雉羽,带嵌珠贝,惠帝看了甚喜欢。于是,近侍诸郎也都纷纷效仿,一时间,未央宫内外,满眼都是摇摇曳曳。吕后见不得此等情景,却也无奈,只赌气不给这些郎官好脸色。

却说闳孺领了命,揣摩惠帝心思,决意要下个狠手。便带了几个少年宦者,在宫内僻静处看准,猛地拦下了田细儿。

那田细儿正行走间,忽遭人呵斥,抬头一看,见是惠帝亲信拦路,各个都虎视眈眈,心中便暗叫不好。只听闳孺低声喝道:"贼子!那赵王金枝玉叶,你也配来谋害?"

田细儿吓得面无人色,连连求饶道:"小人怎敢有此狗胆?我是奉……"未等他一句说完,闳孺便飞起一脚,将他踹翻。众人扑上来,剥去外衣,一顿乱拳狠脚。

田细儿吃不住痛,连声哀叫:"诸位阿翁,饶命,饶命呀!"

闳孺冷笑一声:"我饶得你,那赵王却饶不得你。"

田细儿情知闳孺要下死手,慌忙扯开喉咙大叫:"太后呀,救我——"

闳孺叱道:"天王老子,也救不得你了!"说罢,便朝左右一使眼色。

众少年宦者会意,各个从身上掣出短棍来,死命殴击。那田细儿瘫倒在地,起先还能哀号数声,到后来渐渐声弱,动也动不得了。只片刻工夫,竟活活被殴死!

闳孺上前,踹了田细儿两下,冷笑一声:"狗仗人势,也须是一条中用的狗!"便下令将尸身装入布袋藏了起来,又将田细儿的腰牌、鞋靴抛在宫墙下,布了个疑阵。

候到天黑,闳孺带领一众宦者,持了惠帝符节,谎称搬运细软,将布袋运至未央宫,坠上巨石,抛下太液池中去了。

虽如此,惠帝仍不能解心中之恨,神色常带忧戚,在长乐宫游走,无时不想到如意音容。旬日之后，竟是越发不能忍耐，便向母后奏请，要搬去未央宫起居，不愿再见长乐宫旧物。

吕后吃了一惊，冷笑道："你羽翼才丰满，便不想再见老娘这张脸了。可叹当初，为保你太子位，费了我多少心机！"

惠帝却淡淡道："此乃无利不起早也，就如商贾事。保住我太子位，便也保住了母后之位，这有何奇怪？"

吕后闻言，险些气结，指着惠帝鼻子叱道："竖子！竟如此说话！你这屠头，当年我若再生一子，也轮不到你做皇帝！"

宣弃奴见不是事，忙过来打圆场，朝吕后叩头道："儿大不由母，在民间也是常事，太后请息怒。新帝岂能不念母恩？不过是一时言语相激，有所唐突。想那天地之大，谁还能比嫡亲更亲？不在一处住，反倒天天想着，岂不是更好？"

吕后闻言，转念想了想，也乐得让儿子搬走，自己若与审郎行乐，将更是无顾忌，于是便允了："也罢，那未央宫原本就是为你建的，空闲了多年，岂不可惜？既搬过去起居，不妨就在那边理政，两宫之间，涓人多跑腿就是，我看也好！"

惠帝长出一口气，连忙谢恩道："儿初掌朝政，母后还须多多教诲。"

吕后便嗔道："你阿翁尚且教不好你，我又哪里能成？天下太平，你只管依着黄老之术做事，不折腾，不瞎闹，便是个好。那个……你如意弟既已病殁，哀也无益。你幼弟刘友，人还懂事，可由淮阳王徙为赵王，免得北地无主。"

惠帝遵命退下，等不及涓人搬运细软，当日就住进了未央宫。因未央宫在长乐宫之西，故君臣也将此处称为"西宫"。

惠帝在未央宫安顿好，便不再每日向母后请安。初几日，吕后颇感不安，然数日之后，觉眼前清净了许多，便不再多想。这日，忽有宫人来禀报：宦者田细儿不见了踪影，唯留有腰牌等物，弃置于宫墙下，疑似外逃了。

"他如何要逃？"吕后心中疑惑，忽地想起当日，田细儿来报，说如意饮下毒酒前，曾哀告"愿做黑犬黄狸以效命"。莫非如意于地下作祟？

略想了想，吕后便又摇头，自语道："新死之鬼，哪里有本事作祟？"不由得自语，

"定是他着了暗算……此等事,定是那刘盈所为!"便在室内徘徊,有心要追查,又恐牵连出毒酒案来,在众臣面前便不好看,想想只得作罢,遥望西宫冷笑道,"小儿辈,杀了我的人,倒还有些性子! 只可惜,你诡计百出,能阻得住他母子死吗?"

想到此,当即便唤来宣弃奴,命将戚夫人严刑处置。

宣弃奴道:"此事易耳! 然如何严刑,请太后吩咐,小的必亲手处置。"

"以烟火熏聋耳!"

"诺。"

"灌下致哑药!"

"诺。"

"剜去双眼!"

"这个……"

"再斩去手足!"

"……"

"扔到茅厕中去,任由生死。"

宣弃奴闻听此命,脸色便渐至惨白,伏地不起,久久未应命。

吕后心中纳罕,问道:"你怕的甚?"

"回太后,小的……想起了田细儿。"

吕后便拍案叱道:"想起他做甚? 新帝已迁去西宫,如何还能再来捣鬼? 你畏惧新帝,难道就不怕哀家吗?"

宣弃奴连忙叩首道:"不敢。小的这便遵命,只是……赐戚夫人死,一绳索便罢,何须这许多手段?"

"放肆! 莫非你也心存怜惜? 你今日怜他人,他人却未曾怜你。不见那戚氏猖獗之日,老娘我也只能佯作泼妇,稍露谋略,便是个死!"

宣弃奴听得愕然,大张口不能闭,良久才道:"事竟如此? 太后往日委屈,小的实不知。我这便去处置戚夫人!"

吕后又喝道:"且慢! 先传令下去:自今日起,便不再有甚么戚夫人了,只叫个

'人彘①'就好!"

这日在永巷中,宣弃奴带了一群阉宦,如狼似虎般闯入,拽起戚夫人来,一语不发,便七手八脚行刑。几刀下去,便见血如喷泉。那戚夫人惨呼了十数声,便痛昏过去,再也无动静了。众阉宦弄了许久,才照吕后所嘱,将戚夫人弄成个"人彘",抛在了茅厕里。

寂寂长巷,从此不再有《春歌》回荡。巷内宫人闻知变故,无不神色凄惨,都不忍望那茅厕一眼。

如此过了数日,惠帝正与闳孺互倚着赏花,忽有宣弃奴来求见,称奉太后旨意,请惠帝去看"人彘"。

惠帝大奇,不由问道:"朕狩猎数年,未曾闻有'人彘',此为何物?"

宣弃奴俯首答道:"太后有诏,陛下见了便知。"

惠帝便带了闳孺,从飞阁复道来至长乐宫。宣弃奴一语不发,只顾在前头引路。堪堪走近了永巷,惠帝便起疑:"引朕来这里做甚?"

宣弃奴紧走两步,一指茅厕道:"太后吩咐,请陛下自看。"

惠帝狠狠盯了宣弃奴一眼,掩了鼻子,从茅厕门伸头进去看,见有一物蠕动,不觉便吃了一惊,急唤道:"闳孺,闳孺,你来看,这是甚么?"

闳孺探头去看了,疑疑惑惑道:"是人?"

惠帝便厉声问宣弃奴道:"此乃何人?"

"回陛下,此乃……戚、戚夫人。"

惠帝面露惊怖,呆了一呆,随即撕肝裂胆地叫道:"天呀,天呀!"便瘫倒在地,放声人哭。

闳孺大惊失色,连忙去扶。宣弃奴也慌了,正欲伸手相助,闳孺忽地拦住,怒道:"你吓到了陛下,即是有九条命,也万难抵罪!"说罢,便一用力,将惠帝扶起,匆匆回了未央宫。

———————————

① 彘(zhì),本指大猪,后泛指一般的猪。

受此惊吓,惠帝便一病不起,每日只能卧于榻上,时哭时笑。几日后,方清醒过来,思之愈愤,便命闳孺去向吕后传话:"此非人所为,天地亦不能容。臣为太后之子,终不能再治天下了。"

闳孺闻此言,双腿战栗,畏葸不敢从命。

惠帝怒道:"你便照此去说! 太后还能吃了你吗?"

闳孺无奈,只得壮起胆来,去见吕后,将惠帝言辞复述了一遍。

吕后听了,果然未怪罪闳孺,只微微一笑:"竖子不愿治天下了? 那么也罢,老娘亲为好了。"言毕即起身,踱至殿门,大笑两声,望空大呼道:"失心翁,那黄泉底下,你可遂了心愿乎?"

正所谓:人有百样,命有千种。吕后这边得意时,可怜那边戚夫人,却是酷刑加身,又熬了不知有几多时日,才无声无息地消殒。

回想自彭城之战起,戚氏以一民家弱女,攀上了刘邦这旷世雄主,数年间,享尽了人间头等的荣华,也算是运气奇佳。向日在洛阳南宫,更是夫唱妇随,堪比神仙眷侣,平常人哪得此种福分? 然其终系小家妇,心无远虑,为爱子之故,在宫闱争斗中强出头,将那帝王家事,混同了寻常大小妇之争,一旦夫亡,便顿成囚徒,可谓小智而不察大道。唯其受辱之时,昂然不屈,作《春歌》以抒忧愤,竟遭酷刑而死,又着实令人怜悯。

如意母子死后,周昌于府邸闻之,大恸,伏地望北泣道:"季兄,周昌负你,又怎有脸面苟活?"自此闭门不上朝,任凭吕后如何宣召,他只是不应。在家三年,竟至郁郁而终。

那惠帝受了一场惊吓,亦是身心俱损,卧倒不起,竟然病了一年有余。病愈后,亦不愿再理政,只日日纵酒淫乐,此为后话了。

二　刘肥自辱免祸殃

至惠帝元年春正月，处置戚氏母子事告罢。群臣风闻此事，心中震恐，全未料吕后手段如此迅疾且狠辣，这才知太后绝非寻常悍妇，真是极有城府的一个女主，便都各自加了小心。朝堂之上，都不敢轻言是非，朝政便也渐渐安稳了下来。

吕后心中大畅，时逢上元佳节，便夜召审食其入宫，披裘衣，于长信殿廊下小酌。

此时天尚微寒，静夜无风，有圆月清辉洒在庭中。树丛中，数盏鎏金宫灯，微光摇曳，可谓清雅之至。吕后饮得高兴，对审食其慨叹道："此乃何处？长信殿也。一年前此间人，已下九泉对酌去了。"

审食其面露尴尬，清咳一声道："先帝终究圣明，所虑甚周。今四海之内，已无枭雄，太后方可得坐享清平。"

吕后便嗔道："清平个甚？彭越、英布之流，固然灭尽；然刘氏子弟诸王，与我吕家皆无血脉之亲，哪个可与我一心？齐王刘肥，乃外妇子也，我做新妇时，便看他不惯。代王刘恒，薄夫人子也，唯这一个尚知本分。余者梁王刘恢、淮阳王刘友、淮南王刘长、新封燕王刘建，全为妖姬所生。母既无品，子必无行，占去了好端端的半个天下，我岂能放心？"

"那淮南王刘长，乃故赵姬之子，由太后养大，恐不致有异心。"

"刘长不至于反,其余者,则实难料也。"

"太后请无虑,抱定'无为而无不为'之旨便好。"

吕后直视审食其半晌,嗔道:"你是佯装糊涂吗,我岂能不为?"

审食其笑笑,回道:"刘氏子弟,蔓草也,难成大才,留待他日除之亦不迟。倒是这长安新都,四面无城墙,万一匈奴南来,怕是要动摇社稷根本。"

"不错!明日起,便征发长安一带男丁,起造城墙。天下之都,岂能以壁垒、木栅护卫之?"

"起造城墙,无论如何,也需丁壮十万以上。长安乃新辟,左近男丁能有多少?恐人数不够。"

"那就连男带女,一并征发。"

"造城征发妇女?史无先例吧?不如尽发关中及陇西男丁。"

"那不成。从陇西征丁壮来,天寒路远,与民不便。修城池事,男女就男女好了,阴阳相杂,就当是三月三欢会了,做苦役也不累。"

审食其便笑:"女子坐天下,便也征女子服劳役,恰合情理。"

吕后也一笑,忽而又道:"看今日朝廷,刘盈仁弱,真乃我一个妇人坐天下,直弄到寝食难安,你须多为我谋划。"

"这个自然。太后当政,天命许之,臣当竭力而为。"

"无须你来阿谀我!"吕后以袖猛拂审食其,忽又压低声道,"我只问你:天下之主,妇人做得做不得?"

审食其脸色立时变白:"怕不成。"

"何故呢?"

"老子曰:'不敢为天下先。'史无先例之事,怕是行不得也。"

"审郎,你我推心已久,你说实话,我不怪罪你。史无先例之事,为何我就做不得?"

"民心难服,天下易乱,恐要留骂名于身后,得不偿失也。"

"哦——"吕后呆了半晌,怅然道,"那就罢了!人就是死,也还要个脸面,不能留骂名于身后。罢了！算我今夜未有此问。”

“兹事体大，不可贸然；小事则可不妨一试。”

“哦？果真如此吗？那么，我早有一念，今日便说与你听：各诸侯封邑，都叫个国，听来仍似春秋诸国，怕是将来惹祸的根苗。我早有意，各封国相就不叫相国了，改称丞相，有如县丞；唯留朝中一个相国，统领万方。要教那天下人都知道：我汉家，即为一大国。家国天下，从此一体。”

“太后之见识，宏远无人可及，不妨就改了吧。”

“如此改名，而不改实，天下还不至于乱吧？”

“名即是实，天下人自可领会。”

吕后大喜，举杯一饮而尽，笑道：“妇人虽不能登大位，然有其实，便也是个皇帝了。”

审食其不由惊愕，望着吕后，不能言语。

吕后笑问：“看我做甚，我讲错了吗？”

“没有错。然……此话万不可对他人言。”

“说与你无妨，我才敢讲。你难道早前心中无数？”

“皇后用心，实出臣之意料。”

吕后得意大笑道：“何为韬略？这便是！若不坐上龙庭，心思便用不到这上面来。莫非，你也以为哀家不过是个田舍妇？”

审食其笑了一笑：“早知如此……臣也可少操许多闲心。”

两人又饮了数巡，审食其觉不胜酒力，便要告退。

吕后嗔道：“告退个甚？且留宿宫中便好。刘盈去了西宫，此处便是你我二人福地。”

审食其酒意上头，冲口便出：“后世有史，臣怕做了嫪毐……”

吕后酒意正酣，只是大笑：“你哪里就赶得上嫪毐！”

次日，以惠帝之名，果然有诏下，命将各封国相之官称，均改为丞相。又命萧何复任相国，总领百官，其首要之务，便是主掌建造长安城墙。十日内，即征发长安六百里内男女十万人，全力营建。

诏令一下，关中道上，一时车马喧阗，丁壮如蚁。众民夫见世事翻新，新朝兴旺，无不甘愿效力。男筑城，女担土，老少喧呼腾跃。如此日出而作，日落挑灯，辛劳了一月，筑起了十里高墙，连带厨城门、洛城门、横门三个城门，为长安之北城墙。其余东西南三面，留待来年。

新起的长安城墙，既高且厚，端的是世无其匹。城高有三丈五尺，下宽一丈五，上宽九尺，皆是筑版夯土，锥刺不进，坚不可摧，城外还掘有深两丈的护城壕。城池各门，均有三个门洞，左为出城道，右为入城道，中为天子御道，各不相扰。

此时，萧何经营长安已有七年，擘画规制，可谓耗尽心血。城南地势高，为两宫禁苑；城北平阔，为百姓聚居处，共辟有八街八陌，纵横如田字格。街巷之间，有闾里一百六十处、集市九处。街衢两旁，遍植槐、榆、松、柏等树木，枝叶茂盛，蔽日成荫。连年又迁入豪门大户，眼看着市井繁华，车马辐辏，已具非凡气象。有那匈奴与外藩来使，初入长安城，直看得眼直腿软。

至二月末梢，天将暖，春耕在即。筑城劳役至三十日整，戛然而止，民夫悉数归家，未违农时，又领了官家补给的粮谷，都觉新朝宽仁，渐有了些盛世模样，不似那暴秦活活要人命。

这一年，中外无事。至年末，风调雨顺，田禾又大熟。吕后大喜，带了审食其登上洛城门远眺，只见沃野千里，晴空一碧，便与审食其击掌相庆道："他刘盈不孝，我有审郎！天下若就这般，一年年治下去，哀家之名声，将高过始皇帝了。"

审食其笑道："始皇何足道哉？文王或可比拟。"

吕后微笑片刻，忽而敛容叱道："没心肺的话，你还是少说。只要失心翁那些孽子还在，我哪里敢比周文王？"言毕，便觉心神不宁。

下得城来，恰遇萧何正亲督吏民筑城，吕后忙上前问候。萧何惊见吕后至，连忙整衣揖道："太后，筑城乃老臣职司，十数年来，不知筑了多少城，可保万无一失，太后不必挂心。"

吕后笑道："哀家岂是不放心？我与审公巡城，信步到此而已。"

审食其也上前一步,对萧何揖道:"相国寿已渐高,细事可不必躬亲。"

萧何微微一笑:"审公,话虽如此,然老臣哪里敢懈怠?这长安,乃万代之都,非寻常城邑可比,诸事都须竭力。先帝大业,我不曾有刀剑之功,唯有料理这细事,可报先帝恩,故夙夜不敢大意。"

吕后素敬萧何,加之刘邦临终有嘱托,便更是多有倚赖。此刻望了望萧何,鼻子就一酸:"相国,看你气色,大不如前,还须多加保重。汉家大业,哀家一个妇人,势单力孤,若没有相国辅佐,又如何能担得起?前日闻左右言:相国为子孙置业,皆在偏僻处,且不起造大屋。这又是何故?以相国之功,留些福荫给子孙,还有谁敢非议吗?"

"回太后,并非老臣畏人言。老臣身后,子孙贤与不贤,非臣所能知。若后世子孙贤,则穷乡陋室,正是效法我俭朴之道,可求自安;若子孙不贤,败落下去,则荒僻之所,也不至为豪强所夺,这岂不是两全吗?"

吕后闻言便笑:"相国所谋,久远矣,恐不止十代八代。先帝得了你辅佐,实是天意,他万不该无端疑你。"

萧何怔了一怔,忽而轻叹道:"吾命不如审公矣!"

吕后与审食其闻萧何此叹,面面相觑,不知是何意。吕后想想,便道:"相国功高,只可惜不能再加封了,不知诸令郎如何?"

萧何便摇头一笑:"长子萧禄、幼子萧延,皆中人之资也,不足挂齿,到时只配袭爵罢了。"

吕后感慨道:"昔日吾家迁沛县,县令设宴接风,还是萧公帮忙收的礼钱呢!彼时情景,恍如昨日,然转眼间吾辈皆老矣。来日无多,荣华亦是无用,只愿儿孙无事便好。"

萧何闻之动容,揖谢道:"太后知老臣之心,臣心中便甚慰。世间爵禄,不过一时之荣,谁也带不到黄泉底下去。若老臣闭目之时,是在卧榻上,那便是完满了。"

吕后与审食其对望一眼,不禁失笑:"这有何难!争战已息,谁还能死于刀剑?相国受先帝之托,身负天下,此时便言身后事,岂不是太早?为天下计,还请多多保

重。哀家事杂,许久未曾见萧夫人了,不知近来如何?"

"谢太后垂询。若论精神健旺,贱内倒还比我强些。"

"那好那好! 改日倒要与萧夫人聚聚。今日事忙,哀家这便回宫去了。"说罢,便别过萧何,与审食其上了车辇,起驾回宫。

秋日一过,便是惠帝二年(公元前 193 年)冬十月,按秦汉历,又逢新年。元旦这日,群臣朝贺,诸侯也有来朝的。这一次,是楚王刘交与齐王刘肥,相偕入朝。

惠帝病卧年余,此时已渐愈,遂于元旦这日临朝,受众臣朝贺。那楚王刘交,乃刘邦幼弟,诸王中仅有之惠帝直系长辈,随军征战,多有负伤,常觉精神不济。半日的朝贺下来,甚感疲累,便急忙回楚邸去歇息了。

刘肥兴致却高,只想与惠帝趁机多叙。惠帝幼年时在丰邑,常与刘肥玩耍,以竹鞭作马,满闾巷跑。惠帝仁厚,不忘这段总角之谊,见了刘肥,只觉得亲。朝贺当日,便在未央宫设宴,款待刘肥,也请母后来共饮。

那刘肥之母曹氏,系刘邦外妇,生了刘肥之后,过世得早。吕后嫁入刘家时,刘肥已由太公夫妇抚育至六岁,便也呼吕后为"阿娘",是为庶长子。吕后身为嫡母,如今惠帝宴请刘肥,也不好冷脸拒绝,于是便换了衣饰,带着宣弃奴,来至未央宫中。

惠帝在飞阁之下恭迎,将吕后扶至偏殿,在主座坐下。吕后见主座设有两个案席,不由便一怔,开口问道:"盈儿,一个刘肥来朝,何劳你这般排场?"

惠帝回道:"阿肥兄坐镇齐地,地广人众,颇为操劳。儿臣今为他接风,是为尽孝悌。"

吕后冷笑一声:"你阿翁偏心,封刘氏子弟之时,凡操齐语之地,尽归阿肥,他封邑焉能不大? 比韩信还要威风了!"

"阿肥兄总还是不易。"

"那当然。他自幼肥壮如猪,胃口好,太公为他取名,便是据此而来。如今封邑广大,物产甚丰,怕是吃也要吃累了!"

母子正说话间,阅孺自外而入,报称齐王刘肥已驾到。

惠帝连忙迎出,见到刘肥,不容他施大礼,便扯住他衣袖道:"今夕我母子三人小聚,算是家宴,一切虚礼可免,如在丰邑时,叙些家常而已。"说罢,便执刘肥之手入内。

刘肥见了吕后,唤了一声:"阿娘!"便伏地行了大礼。

吕后略欠一欠身,笑道:"才说你幼时肥壮,胃口了得。看你今日这模样,想是在齐地多吃了鱼虾,堪堪更肥了。"

"托阿娘的福!肥儿这是饱食终日,返国后,自当勤政才是。"

吕后一笑:"勤政不勤政的,万事都是阿娘在担着,你辈终究是省心。且坐下吧。"

惠帝连忙抢上一步,引刘肥往吕后左侧的空位去,一边便道:"今日家宴,全不拘礼,权当此处即是中阳里。我持家人之礼,以待阿肥兄,请阿兄也入上座。"

刘肥哈哈一笑,向刘盈揖道:"阿弟心意,为兄领了。入汉营以来,再无这般家宴了,今日重温,好不快活!"说着,便在吕后左侧坐下。

惠帝则退至右边客座,面北而坐。

吕后一见,脸上遽然变色,转头注目刘肥良久,心中暗道:"竖子,不亦狂乎!与盈儿称兄道弟,倒也罢了,居然还敢入上座!"当下就不悦,只顾埋头喝闷酒。

未几,两兄弟谈及当年征彭城事,刘肥笑道:"那日兵荒马乱,阿弟阿妹走失,我急得大哭,任凭阿娘如何骂我,也骂不住。"

吕后便抬起头来,冷冷一笑:"你们那阿翁,铁石心肠!盈儿、鲁元在他车上,追兵将至,他倒能忍心将两人踹下。若是你阿肥在车上,只怕他也踹不动。"

两兄弟只当是玩笑话,听罢都大笑。

吕后看看,心中恨意愈深,便回首唤了宣弃奴来,低声吩咐了两句。宣弃奴领命,躬身急急退下。少顷,便从长乐宫携了两卮酒来,置于吕后案头。

吕后忙起身,将两卮酒移在刘肥面前,道:"近日御厨的酒,无高手料理,越发的寡淡了,只如白水。来来来,此乃楚王所献的醴酒。肥儿,今日团聚,得叙天伦,为十年间所未有,你当为阿娘祝酒,一醉方休。"

刘肥不禁动容,含泪而起,捧起一卮,便要为吕后斟酒。

吕后连忙以手遮杯,拒道:"阿娘近日累了,不胜酒力。此美酒难得,你自己只管饮。"

刘肥便手执酒卮,起身恭立于吕后前,准备祝酒。惠帝见了,也连忙起身道:"儿与肥兄一起,也为阿娘祝酒。"说罢,便去端起另一卮酒。

吕后见状大恐,倏地起身,一把夺下惠帝手中酒卮,叱道:"大病方愈,你如何能饮?"

刘肥见状,心中生疑,忽地想起如意暴死事,不知今日这酒中是否也有名堂?遂不敢饮,佯作站立不稳,晃了一晃,放下酒卮道:"儿臣旅途劳顿,今日才这几杯,便醉了……"

吕后忙以温言安抚:"你气壮如牛,这几杯酒下肚,何足道哉?"

刘肥未作答,又假作头晕欲呕,蹲下身去片刻,方起身向吕后、惠帝揖道:"惭愧,出丑了!臣先告退,容他日再饮。"言毕,不等吕后发话,便摇摇晃晃退下殿去。

吕后怔了一怔,正要将他唤回,却不料刘肥甫一出殿,便急趋如飞,跑出宫外,招呼守候在外的属官,登车奔回了客邸。

回到客邸,刘肥连呼侥幸,犹自惊魂未定,急命左右以重金贿赂相熟的涓人,打探虚实。次日,宫中便有消息传回,说那两卮醴酒,果然是毒酒!

刘肥闻报,如五雷轰顶,顿时瘫坐于地。想昨晚虽是侥幸脱险,然太后既有此心,又怎肯罢休?此次,怕是难以脱身了。

辗转一夜未眠,刘肥苦思解脱之道而不得,心知若再拖一两日,又将有大祸临头,便急唤属官前来密商。

刘肥的妻舅驷钧,性格一向暴烈,此时闻刘肥担忧之言,便大言道:"大王为高帝庶长子,金枝玉叶,世无其二,哪个敢动你?管他!你安居都中,必无事。"

座中,郎中令祝午却摇头道:"太后当朝,不可硬顶,不如趁夜逃走。人不在罗网中,终究可得腾挪。"

　　两人说过,众人也七嘴八舌,全无一个好方略。唯有内史①卫益寿沉稳多智,从容献计道:"太后欲害大王,必是因心中恶之,如能变其为善意,自可无事。"

　　刘肥苦笑道:"这个,孤王如何不知? 然……难矣!"

　　"依臣之见,不难也,可以财货贿之。"

　　刘肥便哂道:"卫公玩笑了,太后拥有天下,宫中不缺珍玩,我拿甚么可以贿赂?"

　　卫益寿微微一笑,建言道:"臣职掌财赋,于财货事多有所察,天下不贪心之人,万里也难觅一个! 以太后而论,其嫡亲子女,仅有今上与鲁元公主二人。今上之富有,便无须说了,然鲁元公主却不然。其夫张敖,因得罪先帝,由王降为侯,食邑甚少,太后又不便逾制,无计为鲁元增食邑。文章便可从此处做起。"

　　刘肥听到此,双目立即放光:"哦? 你意是说……"

　　"请大王上表,自请割让封土,献予鲁元公主做汤沐邑,此举必获太后欢心。如此贿赂,手面阔大,又不必鬼鬼祟祟。公主既得了这实惠,天下人亦无话可说,太后如何能不喜? 届时大王趁势辞行,太后又焉能不允?"

　　刘肥听到此,喜得一拍膝头:"好计! 到底是整日钻钱洞的,知道天大的事,也大不过钱财。好,孤王就依你所言,去贿赂咱自家阿娣。"

　　卫益寿又道:"诸王之中,大王得先帝垂顾,土地最广,坐拥七十二城,何人可及? 这便是惹人嫉恨之处。"

　　刘肥不觉惊悚:"哦? 原来如此。"

　　卫益寿朗声道:"那当然! 先帝在时,无人敢妄议;先帝不在了,这便是惹祸的端由。"

　　刘肥登时汗流如注:"这……这七十二城,倒是七十二柄斧钺,加在我颈上。"

　　"正是。封土之贵,怎比得上性命金贵? 大王不可糊涂。"

　　"孤王知道了。这七十二城,今后谁若想取,就任由他取去。"

————————————————

①　内史,此处指汉诸侯国之属官,掌财赋之事。

次日天刚明，刘肥便亲手写了表章，差人递进宫中，称愿将城阳郡献予鲁元公主。

表章送走，刘肥心仍忐忑，拉了驷钧、祝午相陪，不吃不喝坐等回音，只担心等来的是噩讯。然事正如卫益寿所料，未几，朝中便有诏下，欣然允准齐王所请，并晓谕天下，以示嘉勉。

诏书送至客邸，刘肥大喜，忍不住与驷钧击掌相庆："天下果然没有不爱财的！"随即，又上表恳请辞行。

原料想太后必会恩准返国，然接连几日，宫中却毫无动静。刘肥大急，又召卫益寿来密议。卫益寿也难料太后喜怒，沉思半晌，才道："宫中无回音，便是太后仍不放心大王。大王既示弱，便索性做到底，不如再上一表，请尊鲁元公主为齐之王太后，大王以母礼事之。公主得此名分，位即在诸侯之上，不由得太后不喜。"

刘肥面露疑惑，忍不住问："如此，辈分岂不是乱了吗？我嫡母为皇太后，阿娣又为王太后，孤王究竟是皇子呢，还是皇孙？"

卫益寿道："人之好名，概莫能外；即便是鬼怪，亦不欺谄谀之人。此表所请，尊齐王太后也罢，以母礼事公主也罢，事虽荒谬，其意甚明，就是要巴结。太后见大王以笑面谄之，焉有发怒之理？"

刘肥这才大悟，不禁苦笑道："好好！清平人世，硬要呼女弟为娘！千载之下也是奇事。"说罢，即援笔写好了表章，差人火速递进了宫去。

果不其然，此表递上，才过了一夜，天明即有大队宦者、宫女、乐工、庖厨，携酒馔、礼器络绎而至，叩开客邸大门，称太后、陛下及公主稍后即至，要与齐王饯行。

刘肥刚刚睡醒，闻司阍来报，怔了一怔，遂大笑三声，从榻上一跃而起，急忙穿好衮服，口中不停赞道："卫公智者，智者也！救了孤王一命。"

客邸上下，顿时手忙脚乱，准备接驾。待收拾停当，刘肥便与属官出了大门恭候。片刻过后，宫中銮驾便到了，有数百名郎卫在前，传警净街。但见金瓜斧钺、黄伞旌旗，塞了满满一条街巷。

刘肥与属官俱伏于邸门外，行大礼相迎。吕后缓缓下得车来，一手牵着惠帝，一手牵着鲁元,对刘肥笑道:"肥儿,你做了齐王,比幼年时晓事多了,倒还不是只长肉膘。快快起来吧,一同入内。"

吕后打量一眼齐国属官,见到有驷钧在,便问道:"驷钧!刘肥家中,只你一个猛虎,非老娘,谁也镇不住你,近来脾气可改好些了?"

驷钧正要答话,刘肥连忙抢着道:"驷钧已非同往日,再无倔强脾气,太后请放心。"

吕后笑道:"万年江河,居然也可以西流了? 听这话,只似在做梦。好了,今日我母子聚会,诸臣就不必陪了。"

一行人至正堂落座,吕后坐主座,面朝东;惠帝坐于左侧,面朝南;鲁元坐于右侧,面朝北。刘肥这次也知趣了,便面朝西,坐在下座。

吕后环视座次,莞尔一笑:"肥儿,今日为你送行,乃自家人便宴,比照前回在未央宫,就无须拘礼了吧?"

刘肥起身答道:"肥儿数年来,也读了些书,再看世相,便不再糊涂,知秦亡乃是不用礼,汉兴乃是克己复礼,即便家宴,礼也不可失。我既尊鲁元为王太后,即要行长幼之礼,方合乎天道。"说着便跪下,膝行至鲁元面前,伏地行大礼。

那鲁元乐不可支,拂了拂袖道:"肥儿,你之心意,为母已知。快快平身吧!"

此言一出,举座皆大笑。吕后仰头笑道:"鲁元,你新收这一子,来得倒容易。如此肥硕,只不要将你那家底吃穷了。"

鲁元掩口笑道:"我肥儿知孝敬,哪里会害我!"

吕后跟着笑罢,便道:"我那痴婿张敖,也是命苦,王做不成,委屈做了个宣平侯。今日鲁元做了齐王太后,那张敖岂非成了太上王了?"

众人皆大笑:"便请母后册封他好了!"

吕后见满堂尽欢,心中甚喜,竟将猜忌心全都抛掉了,越看刘肥越觉顺眼,便一挥袖,吩咐立于旁侧的宣弃奴道:"命宫中乐工上来,奏雅乐,为我母子助兴。"

不多时,乐工就位,一时笙簧齐鸣,乐韵悠扬。

酒过数巡,吕后道:"你们阿翁,自沛县举兵后,便如弓弦紧绷,片时不得松弛。

我母子跟着东奔西忙,也难得小聚。今日家宴,送肥儿东归,我母子只管叙旧便是。"

惠帝等三人,便讲起幼年趣事。鲁元忽然想起,便问吕后道:"张敖仅长我几岁,我便嫌他迂腐;母后当年,如何就敢嫁四十岁之老男?"

吕后略有酒意,笑道:"我那时在闺阁,哪里有自己主张? 还不是你们外祖吕公做主。那沛县令原本也有意,求我为他儿媳,外祖只是不肯,强令我嫁与那田舍翁。为娘我若在今日,只怕他刘季给我叩半日头,我也不嫁!"

惠帝笑问:"外祖看我阿翁,好在何处?"

"外祖仅粗通相术,自以为识人。当日他也是酒饮多了,信口乱说,称半生阅人,无如刘季那般大贵的。"

刘肥便大笑,为吕后祝酒道:"外祖眼光犀利! 我阿翁阿娘,果然都成大贵。"

吕后也笑个不住,摇头道:"外祖哪里就眼光好? 只不过,盲眼狸碰上了一只死鼠! 记得那日,在沛县田中,我带你们薅草,有过路老叟向我讨食水,说了一番话,那才是好眼光。"

惠帝道:"当日事,我还约略记得,那老叟须发皆白,只记不得他说了些甚么。"

吕后便一指惠帝,笑道:"说我来日之贵,皆因此男!"

鲁元、刘肥目视惠帝,皆大笑不止。

吕后望望鲁元,顿起今昔之慨:"那时阿翁为亭长,不知为何烦了,有些年告退归乡,以务农为生。其间又得罪官府,藏匿他乡,不敢现身……那时家贫如洗,四邻嘲笑,为娘所尝苦头,一言难尽。幸得鲁元耐苦,年七岁,便能代我劳作,抱哺幼弟,多有分担。"

刘肥便惭愧道:"彼时,儿臣甚不晓事,多贪玩。"

吕后便嗔道:"整日不见你踪影,只晓得随太公斗鸡! 盛夏下田,唯我母女蓬首跣足,汗流浃背,不知有何等狼狈。"

惠帝便诧异:"阿娘阿姊,竟有如此之苦! 当时我全不知晓,只觉得野外好玩。"

吕后便笑:"是呀,生子有何用? 惹气而已!"

惠帝又望住鲁元："阿娘嫁给阿翁,自是父母之命。阿姊嫁给张敖,恐不是父母之命吧?"

吕后摇头道:"哪里话!还不是你们阿翁看中张敖。"

刘肥便道:"此事我约略知晓。先是阿翁戏言,要嫁鲁元为张耳儿媳。然仅一言,媒妁未定,仍旧命阿姊选婿,选来显贵子弟三十人。三十人中,唯张敖才貌出众,射艺又佳,阿翁甚赞之,阿姊却羞而不答。倒是那、那……有人在旁道:'鲁元已心许之。'阿翁这才当场敲定。"

刘肥此处提到之人,便是戚夫人。闻刘肥所言,吕后便瞥他一眼,道:"陈糠烂谷之事,还提起做甚?总之鲁元所嫁,甚合我意。这张敖,端的是个好婿!肥儿、盈儿,你们做人,都须效仿他。"

如此,四人杯觥交错,意兴益然,竟从朝食时分,直饮到日暮,仍觉意犹未尽。宴罢,吕后、惠帝与鲁元便起驾回宫。刘肥恭送至大门外,似不经意间对吕后道:"孩儿入朝,已出来多日了,齐地诸事,实不放心。"

吕后便道:"你明日就回吧,有事再来。有那稀罕海味,莫忘了孝敬阿娘。"

得此允准,刘肥大喜,连忙行大礼谢恩。

銮驾走后,刘肥进了客邸,即下令连夜收拾行囊,立即起程。众属官都觉惊愕,驷钧不由跳起,问道:"何不天明再走?"

卫益寿对众人道:"旦夕之间,生死殊途。今夜若不走,鬼神也不知明日将有何事。诸君为大王计,宁肯劳苦,也迂阔不得。"

众人这才恍然大悟,立时收拾好行囊,至夜半时分,开门望望街上无人,便拥着刘肥,快马向东驰去。

未及半月,刘肥一行便奔回了齐都临淄(今山东省淄博市)。相国曹参与刘肥之子刘襄、刘章、刘兴居、刘将闾等早已闻讯,皆在西门外恭候。

刘肥一路惊魂未定,此时仍心有余悸,诸子将他扶下车来,却是脚麻不能行走。抬头见诸子皆华衣衮服,便大怒道:"竖子,只知享乐,全不解乃父之危!锦衣玉食,岂是平白从天上落下来的,你辈还能消受几日?我丑话在先,今日起务必收敛,阖门皆布衣蔬食,不许张扬,尤不许仗势欺人,只俯首做那犬羊便好。"

诸子不明就里,闻言皆大骇,伏地连声应诺。

曹参则道:"诸公子皆有为,大王不必苛责。"

刘肥便苦笑:"相国有所不知……唉,不提也罢。"

刘肥回到齐王宫,还未进殿,便两腿一软,晕厥倒地。王后与众姬妾见了,慌忙将他扶起,搀回寝宫,又七手八脚灌下药去。

良久,刘肥方苏醒过来,望住王后,叹道:"好歹保得一命,然可保得善终乎?"此后,竟大病三月不起。病愈后,亦不敢随意出宫了,万事有赖于曹参,每日只焚香而坐,少言寡语。

惠帝二年春正月起,天下各处,忽然频现异象。正月末,有齐国使者来报,说是兰陵县一户人家井中,有两龙戏水,三日间满庭金光,雾气蒸腾,至第三日入夜,忽又不见了。

吕后阅罢奏报,大惑,不知是吉是凶,喃喃道:"两龙? 其一乃刘盈也。还有一龙,又是谁人?"

审食其在侧低语道:"正是太后。"

吕后瞥他一眼,叱道:"乱说! 哀家如何便是条龙? 此相,恐不是祥瑞,无须理会了。"

"兰陵县在齐地,或是应在刘肥身上?"

"闭嘴! 他哪里配? 或是他弄出的名堂,来恭维我也未可知,只不要理会便好。"

隔了几日,又有邮驿急报说:陇西忽发地震,山为之崩,水为之不流,百姓皆惊恐。

吕后更是惶惑,怏怏道:"今年如何连连犯冲? 总是那刘盈不得力。"

审食其便劝道:"新帝虽柔弱,然其心和善,仁声在外,天下皆服。登位才及一年,尚欠历练,太后可无须焦虑。"

"你也休来宽慰我！刘盈病愈后,不理政事,只伙着那个闳孺,昼夜厮混,哪还有个人君的样子?"

"总还是少年浮浪,不知缓急。"

"甚么少年浮浪?老鼠之子,总免不了好打洞!那失心翁,生前有个戚氏狐媚不算,还有个男宠籍孺,终日厮混,不男不女,实为改不了的闾里恶习。他一归天,我便将那籍孺拘禁在永巷里。"

"应早为刘盈立皇后,便可约束。"

吕后摇头道:"正是这选皇后之事,不可匆促。前太子妃吴氏,倒还听话,只可惜早早病殁,无福做皇后。今议立皇后,倘若选人不当,便是引来了豺虎,哀家从此倒要多事了。"

审食其一惊,思忖片刻道:"难选亦要选。皇后缺位,日久臣民皆有疑惑,今日若不着手,则永无选出之日。选皇后事,总须耐心;况乎太后慧眼,于数万民女中,岂能无一人可选?"

吕后便拉下脸来,冷冷道:"我择儿媳,你急的甚?吾辈今日尚体健,然天不假年,转眼吾辈便垂老矣,那新妇时日却甚多,渐渐使起心计来,天下还能再姓吕吗?你审郎,怕也要掂掂头颅的轻重了。"

审食其摸摸后颈,倒吸一口凉气:"如此说来……此事倒也急不得。臣想得容易了,还须听太后定夺。"

吕后便点了一下审食其额头,笑道:"你知晓便好!"

由是,选皇后一事,便搁下不再提了。

至夏,天下又多事,各地大旱,民间哀鸿遍野。吕后正在郁闷中,忽又闻萧何因筑城劳累,一病不起,不由就蹙眉:"相国若离去,天下还成个天下吗?都是那失心翁弄鬼,要拉萧何下九泉,不愿我在人间太过清闲。只不知何日,也要将我拉了下去!"言毕,便登辇出宫,急赴萧府,探问萧何病况。在萧府中,吕后死死拉住萧何夫人同氏之手,悲泣了半晌。临别,吕后叮嘱道:"相国若不治,切勿过于心伤,哀家即封你为侯,食邑在沛郡酂县(今河南省永城市),次郎萧沿袭不了父荫,我也封他为侯。你母子几个，好歹都有供养，不至于潦倒。"

回宫后，吕后即遣涓人往未央宫，知会了惠帝。惠帝闻之，也是吃了一惊，连忙乘辇往萧府去，至榻前看望。见萧何形销骨立，手如枯枝，不禁泪落如雨，慨叹道："相国一生，为汉家操劳，上致君，下为民，乃千古完人也。不知千年之后，人间可还有如此好相国？"

萧何倚在枕上，气喘吁吁道："陛下言重了……萧某此生，做人亦有私心，畏君如畏虎，不能直谏其弊；见忠良蒙冤，亦不敢为之辩白，实不能称善德。微臣一生勤谨，未负天下百姓，尽心擘画制度、订立律法，令朝野各有其度。老子曰：'天下有始，以为天下母；既得其母，以知其子。'我汉家，便是这天下之母。后世百代，也无非汉家之子，其貌虽异，其脉相承也。上下有序，尊卑不乱，和睦而致远，永绝秦之暴虐。如此，臣便可含笑瞑目了……"

一番话未说完，萧何竟力不能支。惠帝见了，又数度泣下，执萧何之手问道："君之心，朕已明了。请问君百岁之后，谁可代君？"

萧何并未应对，只道："知臣莫如君，我又何必多言？"

惠帝忽忆起先帝嘱托，便问："曹参何如？"

萧何面露笑意，勉力挣扎而起，于榻上叩首道："陛下有此明见，臣死而无憾矣。"

一番话说完，萧何竟是汗流浃背。惠帝不忍，忙嘱萧何好好卧下，又劝慰了同氏几句，便打道回宫了。

同氏送走惠帝，返回屋中，忍不住埋怨萧何道："新帝大驾前来，不托付自家小子，却保荐曹参，直是内外不分了。"

萧何摇头道："我这一门，人丁单薄，可以传得几世？禄儿、延儿他们两个，只须知礼法，恭谨行世，便可以寿终。人之为人，数十年寿而已，还有何奢望须拜托皇帝？"说罢一摆手，便不再言语了。

惠帝探视未过几日，入了秋七月，萧何便再也撑不住，竟一夕病殁了。噩讯传出，上自吕后惠帝，下至列侯平民，无不心伤。

吕后唤了惠帝至跟前,望着庭中黄叶,一脸哀戚道:"汉家诸旧臣,昔在芒砀山中,可谓新禾出土,枝叶繁茂,何其壮哉! 今天下归我,却只见纷纷凋零,势无可挽。老辈已见下世的光景,你倒是少年无忧,只知与宫女、娈童勾搭,成个甚么体统? 再乱闹,我必将那妖人阉孺,也丢进永巷里去!"

惠帝却不服气,叩首回道:"儿生也晚,未见过甚么壮哉,所见唯有宫闱心机重重。内中是非曲直,亦无意分辨,只求今生可得尽欢。母后是见过壮哉气象的,治天下,如烹小鲜而已。朝中大小事,可全凭母后裁断,儿臣绝无半句异议。"

吕后听了,语塞半晌,遂挥袖道:"不肖孺子,何时方能成大事? 罢了罢了! 萧相国薨,天下震动,你且去张罗诏书吧。加谥褒扬,为遗孀子嗣封侯,总要有个交代。"

隔日,惠帝便有诏下,谥萧何为"文终侯",由长子萧禄袭爵。夫人同氏封为酂侯,次子萧延封为筑阳侯(封邑在今湖北省故城县北)。

说起那汉家权贵子弟来,即便是金枝玉叶,也有不肖的。萧何后辈中,不守律法者大有人在,屡次获罪夺爵,竟至侯门中断。只因后来诸帝感念元勋,不忍见萧何后人为布衣,故而数次复封。至西汉末年,成帝又问起此事,查出萧何尚有玄孙十二人,皆为白丁,遂封长房为侯。后至王莽败亡时,萧家这累世侯门,方才告绝,其间绵延了二百余年。

萧何薨后,吕后还在伤心之际,又有诸吕子弟吕则,自沛郡(今河南永城市附近)来报:"家父建成侯吕释之,日前于食邑沛郡薨了。"

吕后听了,泪潸然而下,似再也无力哀伤,只喃喃道:"仲兄亦走了? 何其急也……"

吕则回道:"家父薨之前,唯惦念姑母。"

吕后拭去泪道:"两兄不顾阿娣,甩甩手便走了。偌大天下,我一女流辈,如何撑得起? 则儿,你今已弱冠否?"

"回姑母,侄儿年前便已弱冠。"

"甚好! 看你模样,倒还壮硕,只是眉眼看似不正。今日袭了父爵,万不能仗着是国舅之后，便撒野。倘干犯刑律，莫要怪姑母寡恩。”

“侄儿哪里敢？天上掉下的福，享还享不及呢。”

岂料这位吕则，果然是个不成器的坏子，袭爵未满一年，便屡犯强占民田、掠卖人口等大罪。

御史大夫赵尧侦知，将案情呈上，吕后看了大怒：“豚犬小子！没了老父管束，便如此滥污。若吕家子侄都似吕则，天下岂不转眼就要垮了！”

赵尧便道：“《礼记》云‘刑不上大夫’。贤侄终为国舅之后，此罪，可否宽缓？”

“休要！汉家说来堂皇，不过是乡邻结伙打了这天下，甚么国舅、国叔，牵连得多了，若都讲情，则汉律便成废柴！今后列侯子孙，凡有干犯律法者，即废爵除国，不容缓颊。不如此，数十年后，汉家怕就没了王法，又要出个陈胜王来！”

“若吕则废了爵，则建成侯的后人，便都成庶民了，着实令人怜悯。”

“此事有何奇？且必不为孤例。豪门子弟，多不知珍惜，不闹到国除，不会罢手。”

赵尧心有疑虑，一揖道：“臣只担心，至百年后，列侯子孙不肖，将尽数废爵除国。”

吕后便仰头大笑：“赵尧，哀家还须怜惜他们吗？”

却说刘肥装疯卖傻了一回，回到齐地。诸事便全付予曹参。时曹参在齐，辅佐刘肥，不知不觉已有九年了。

这个曹参，乃国之福星，不独勇猛善战，亦能知人善任。早年他曾为县吏，治理乡里颇有方，今见齐地广袤、百姓众多，便下令遍召国中长老入都，询问有何妙计。

那齐地本为礼仪之邦，虽经战火，先秦诸儒却仍有遗留，遍布四方，竟是数以百计。闻曹参召，一齐来到齐相府，各抒己见，百人百样主张，其说不一。曹参听了，只觉头晕，不知究竟哪一家高明。后闻说胶西有一位盖公，擅长黄老之术，是天底下难得的一位奇才，便出重金相邀，延至相府为幕宾，当面求教。

曹参对盖公执弟子礼，诚恳拜道：“曹某虽为列侯，然仅有军功而已；治理一国之民事，并无过人之处。此番请公来，便是求教：百姓济济，各有其欲，如何能使之安分守己？"

那盖公一身布衣，白发皤然，眉宇间深藏沧桑，闻曹参有此问，便答道："治民之道，贵清净。在上者端然稳坐，垂拱而治，百姓自定。若居上发号施令者，自以为有千秋之才，一日百念，动辄出新，以翻覆天下为乐事，则百姓不敢治恒业、不肯遵礼俗，终日揣摩上意，藐视纲常，以图乱中取利。久必奸诈肆行，相害相杀，天下还可得安吗？"

曹参闻言一悚："先生之言，曹某闻所未闻，实在汗颜。请问：除陈弊，推新政，不是大有为之举吗？"

"有为无为，总以利民为上。丞相可细思之：暴秦既除，天下匡定，为政应须求简，凡事不必翻三覆四。百姓治生，有如蔓草，贵在自生自长，无须你日日侍弄。如此，为政者心定，百姓亦身安，两下里都少烦恼。这即是老子所谓'不言之教，无为之益'，何必又再多事？"

曹参闻此言，面露敬畏，不由叹道："在下遇先生，真乃天赐！新鲜之论，足可以启心窍。然今后施政，关要之处为何？还请先生赐教。"

盖公将须想了想，徐徐道："在下所论，无非类推，有何可称新鲜的？须知：天下大道，前后承续，非自你家而始！故前人之定规，后人不可轻易废之，尤不能如翻鼎镬，良莠皆弃。若全废前人之规，天下便成茹毛饮血之世，乱乱相生不已。居上位者，亦如坐炉灶，可有一日能安生乎？倘是执戟提剑，如临大敌，唯恐民化为盗贼，则天下竟成甚么样子？又焉能企望传承百代？"

曹参听得瞠目，拍膝呼道："哦呀……如此说来，吾辈昔日，竟似无智狂徒了！"

盖公微微一笑："动静之理，不可不察。守天下者，人心也，岂能倚赖刀剑而守之？"

两人相谈甚久，自朝至暮，不觉夜已深。曹参这才惊觉夜阑人静，忙起身揖道："有先生指教，齐地可保百世安泰。曹某为相，不可一日无公；自今夜起，我便避居别室，请先生居正堂，以为尊。"

盖公大惊,力辞不肯,曹参却执意要让室别居。如此推让良久,盖公只得允了,就在齐相府住下。

此后曹参施政,凡事必问盖公,得了指点,便无一不遵行。不数年,齐地即大治,民心皆服,百业繁盛。那刘肥得此良相,也乐得不问政事,愈加心宽体胖。

这年秋七月,曹参在临淄得了消息,知萧何病殁,心中便一动,急召舍人来,吩咐收拾行装。舍人顿觉大奇,问道:"未闻召丞相,如何要置备行装?"曹参大笑道:"吾将为朝中相国矣!"舍人半信半疑,却也不敢怠慢,将那行装连夜收拾齐备。

果然未过几日,便有朝使飞骑而至,召曹参入朝为相。舍人闻之,大为叹服,急忙搬出箱笼来,七手八脚装好了车。

辞别之日,相府一切政务,均移交给后任丞相齐寿。

曹参向齐寿交了印信,特意嘱咐道:"齐地之狱市,托付予君,请任其自便,切勿惊扰。"

这"狱市",究为何物?后世解说不一,总之是包揽诉讼、贿买刑狱的集市之类。

齐寿甚感诧异:"曹丞相,治齐之事,头绪万端,无有大于此事者?"

曹参正色道:"齐寿兄,足下乃朝廷命官,我岂敢与你玩笑?此等狱市,乃藏污纳垢之地。大盗宵小,无不包容。君若急于建功,限期清除,奸人还有何地可以容身?必将四处流窜,糜烂地方,那便是你自找多事了。"

齐寿这才大悟,折服道:"曹丞相治齐,天下有口皆碑,原来是以不动而制动!老夫受教了,必不去碰那蜂巢,免得自掌耳光。"

曹参笑道:"正是。小奸不可穷究,正如溪谷之水,终是小患;若塞之,必溢成汪洋。"

待交接事毕,曹参辞别了刘肥、齐寿,这才从容上路。齐地各邑官民,一路迎送,自有一番风光。路上,曹参想起平素与萧何的恩怨,不由得心生感慨。

原来,萧、曹二人,早年同为沛县吏,私交甚好,无事常推杯换盏,情同手足。二人随刘邦起事后,仍为同僚,初时倒也相洽。不料各为将相后,渐生嫌隙,竟衍成文武两党,纷争计较,连刘邦也无从调停。封侯之际,刘邦力主萧何功高,位列第一。

曹党一众心存不服,便更是激愤。

两人交恶如此,那刘邦临终遗嘱,却是推曹参可继任萧何,实为奇事。更令人惊诧者,莫过于萧何托付后事,竟也推曹参继任。消息传出,举朝皆疑,有那萧党众臣,心头自不能安,不知新相国就任后,朝政可会有翻覆?若曹参计较前嫌,掀起政潮来,则株连无已,自家前程恐要不保。更有那相国府属官,已追随萧何十余年,此时骤失护佑,都惶惶不可终日。

曹参一路思之,心亦不静。思来想去,唯敬服萧何有远谋,不由自语道:"萧党曹党,终是一党,哪有恁多计较?"于是打定主意:今后相府,一仍其旧,不可有一人因萧何而获咎。

车驾入都后,曹参即谒见惠帝,接了相印。惠帝见到曹参,几欲落泪,哽咽道:"汉家安天下,唯赖叔伯辈了……"

曹参连忙叩谢,神情恳切道:"陛下切勿忧心。曹某昨为先帝臣,今则为陛下臣,血染脖颈换来的天下,唯有舍命保之。"

谒见毕,曹参又转入长乐宫,谒见吕后。甫一落座,吕后便热泪涟涟:"曹公不老,哀家心可稍安。先帝宾天逾两年,哀家方知治天下不易,若无老臣在朝,则天无维系、地无支脚,我一个妇人,如何能应付得来?"

曹参忙劝道:"幸得先帝英明,早将那强枝刈除,令我辈坐享清平,朝无奸佞,野无盗贼,垂袖亦能治天下,太后请安心。"

吕后抹干了泪,又道:"萧相国老成多谋,采集秦六法,修成汉律九章,明法令,减税负,十余年如一日,渐成定规。你今继任,万事须谨慎。哀家以为,欲保这天下之安,全在一个'守'字。"

曹参急忙揖道:"臣多年也知此理,绝不敢造次。入都路上,已将事情想通彻了,萧相国所为,便是臣之所守,半步不敢有所逾越。"

吕后闻此言,心内大慰,赞道:"汉家本源,哪里是在汉中,分明就在沛县呀。无老臣,岂能有这汉家!"随即,又真心嘉勉了几句。

曹参忽想起一事,便横了横心,奏道:"臣闻长安风传,先帝驾崩后,三日未发丧,乃是有人献计,欲除功臣,此议实令功臣心寒。"

吕后立显尴尬,脸色忽白忽红,急忙道:"彼时哀家心伤,昏厥三日,中涓不知所措。剪除功臣之事,实属无稽之谈,公不可信。你等老臣谋国,无人可及,哀家心里已是有数了。倒有那躁进之徒,趁先帝病重糊涂,进了不少谗言。这笔账,哀家没有忘,留待日后再算。"

这一番言语,两人都卸掉了心病,顿感踏实。曹参便谢恩告退,直入相国府,上任视事。

相府诸吏只道是新官上任,必驱使前任属官如马牛,却不料一连数日,曹参只闭门阅文牍,府中公文拟写、递送等事,全无变化。诸吏心中大奇,每日偷眼去瞄新主,不敢有所怠慢。又过了数日,仍是不见异常,且相府门张挂出告示,嘱属官一切照前任在时办理,不得存心讨好、过度用力。属官始信曹参并无掀翻鼎镬之意,心中都暗喜,一面大赞曹相有气度,一面私下里相告:"来了一个不理事的!"欣喜之态溢于言表。

曹参全不理睬,仍冷眼旁观。先后费时月余,参透了相府事务大要,方入手择优汰劣。先是移文各郡国,请代为招贤。凡有口才木讷、不善文辞的,或从吏多年之忠厚长者,多多荐来相府,用为诸曹吏员。原属吏之中,有那拟写公文格外讲究,意欲博取名声的,一概罢黜。如此一入一出,相府风习立显笃厚,各安其分,再无人多事。

曹参这才面露笑意,每日赴公廨,略点一点卯,诸事便交属吏去办,自己与左右亲信聚在后园凉亭,朝夕饮酒。

如此数月过去,曹参入相不办事的名声,渐渐传开。有那朝臣大为迷惑,不忍见曹参毁了清誉,便纷纷登门,欲加劝谏。曹参也不拒见,一概笑脸迎入,直将那来客引至凉亭,摆酒畅饮。来客想表明来意,曹参却不容人开口,举杯便道:"来来!历来美妇误事,大丈夫沾染不得;然醇酒却无害,不妨痛饮之。"

来客碍于情面,只得陪饮。数巡之后,稍有间歇,正欲开口谈正事,却被曹参挡住,连连敬酒道:"如何便不饮了?吾自临淄载来一车醇酒,经年也饮之不尽。今日不饮,更待何时?"来客万般无奈,只得举杯应酬,如此一醉方休,片言都未曾说出。

此事传开,众臣不知曹参意欲如何,渐渐也冷了心,不再来劝。

主官既如此,相府上下,便无不窃喜。众掾吏每日办完公事,见时辰尚早,便都聚在后园附近吏舍,结伙饮酒。自暮至夜,呼喝歌舞,其声如鼎沸,远播于房舍之外。曹参只是浑然不觉。

有一亲随主吏翟回庆,乃从齐相府跟来,素未见过吏员有如此放肆者,心中生厌,然也无可奈何,便请曹参至后园深处一游。曹参从其请,踱至花木扶疏处,闻听墙外有人醉酒歌呼,便回首问道:"何人在相府近旁喧闹?"

翟回庆答道:"此乃吏舍。"

曹参怔了怔,便笑道:"这般小吏,从善学好,倒不曾有这样快!"便步出园去,直奔吏舍。

翟回庆心中暗喜,猜想相国此次定要问罪。却不料,只听曹参大呼道:"尔等有好酒,何不分与我尝? 快搬进园来!"

众吏探头出来,见是相国,都雀跃哗笑,七手八脚将酒坛搬进园中。曹参便拉了诸吏同坐,欢歌狂饮。忽见那翟回庆讪讪而立,一脸茫然,曹参便笑道:"你也来坐! 尔辈年少,未见过楚项王那凶煞。我每上阵,若不饮酒,如何能有胆与他对阵? 故而,酒为汉家胆魂,一日不可少。"

翟回庆无奈苦笑,也只得坐下,与曹参同饮。三巡过后,渐也引吭歌呼、放浪形骸起来,至夜深方罢。

诸吏至此,知新相通情达理,便不再畏怯,皆视曹参为浑朴长者。有那新来的吏员,不谙事务,偶有小错,曹参则巧为掩盖,不予责罚。众吏员见之,心中感念,都各自勤勉从公,府中波澜不兴。

曹参行迹,渐为众臣所知,有以为有趣的,有以为乃不祥之兆的。未几,也传入了宫中。吕后闻之,只会心一笑,并无言语。而惠帝闻之,则大为惊异,想自己终日饮酒作乐,声色男女,皆无碍朝政施行;若曹参也弃政而纵酒,天下岂不要没了章法?

"莫非曹相欺我年少?"如此一想,便觉坐卧不宁,有心过问,又恐母后责怪。

这日,正在闷闷,有曹参之子曹窋(zhú)入侍。时曹窋也在朝任职,官居中大夫①,常随惠帝左右,以备顾问。惠帝便对他道:"正有一事想问你:令尊往日在齐,也是这般纵酒的吗?"

曹窋回道:"臣未曾闻。臣自幼至长,从未见家父酗酒。家父在齐为相九年,地广人众,简牍如山,他怎敢有片刻简慢?"

惠帝眨了眨眼,搔首自语道:"这便怪了! 如何今日位极人臣,反倒忽然散淡了?"

"臣亦劝过家父,家父只叱道:'小儿辈懂得甚么?'便再无多语。"

"也罢! 你今晚归家,寻个从容时机,私下为朕试问:'先帝方弃群臣而去,新帝尚年少,君为相国,身负天下之责,竟是每日纵酒,无所事事,又何以虑天下事?'然则,问归问,只不要说是朕嘱你问的。"

曹窋与惠帝年纪相仿,心思也相通,忙道:"臣近日亦甚忧,总以为是老辈衰退,日渐腐化,正想探个究竟。陛下放心,今夜归家,臣便巧为探问。"

当日值殿完毕,曹窋稍事洗沐,便匆匆归家。趁着近旁无人,遂照惠帝所嘱,向乃父发问。

这日曹参又饮得多了,正倚在榻上歇息,饮一碗羹汤解酒。闻曹窋突兀发问,不禁大怒,摔下碗盏,攘臂而起,大骂道:"小儿辈,牙齿还未生齐,来胡乱问些甚么?"说着,便命人取过竹杖来,喝令道:"你给我伏于地上!"

曹窋暗暗叫苦,却又不敢不从,只得趴下。

曹参抡起竹杖,狠狠笞打了曹窋二百下。打完,抛了竹杖,呵斥道:"你给我进宫去入侍,不得归家! 天下事,不是你来说三道四的。"

那曹窋无端受了责罚,也不敢叫屈,只得忍痛,由家仆搀扶着,连夜进了宫,将受责罚事禀告惠帝。

---

① 中大夫,汉朝官名,备顾问应对。

惠帝听了，顿时怔住，良久才苦笑了一下："真是两代不能共语。你受苦了，且去值殿房将息，明日朕亲自问令尊好了。"

次日朝会毕，惠帝唤来曹参，令其近前，面露不悦道："君昨日为何责罚曹窋？他之所言，乃我所授意，劝君勿因贪杯而废政，免得外间有非议。"

曹参一怔，急忙免冠，伏地请罪道："臣实不知。昨日还甚怪之：小儿如何议起大政来？不想是冒犯了天威。"

惠帝忙道："哪里话？君请平身。朕只问：其所言若为实，又何必在乎年齿少长？"

曹参并不起身，却反问道："陛下请自察，若论圣武英明，陛下与高皇帝比，谁高？"

"朕哪里敢攀比高皇帝？"

"那么以陛下所见，臣与萧何比，谁贤？"

"这……君似不及萧何也。"

曹参这才展袖起身，一揖道："陛下所言极是。昔年高皇帝与萧何定天下，明订法令，擘画规模，陛下才可以垂袖而治，臣曹参可以守职而行。前人有定规，后人遵而不失，难道不好吗？"

"原来如此！君之所虑，原是为安天下。"

"正是。天下之大，连山带海，万民生养其间。朝中动一寸，民间便动至千百里。因此，动不如静，静不如有矩。人若知进退，又焉用鞭笞？民若知敬畏，又何必以刀剑相逼？"

惠帝张目视之，恍然大悟，拍掌道："好好！君无须多言了，我已尽知。你且去歇息吧。"

曹参一笑，从容退下。惠帝望其背影，感慨不止："萧、曹，到底是老臣！行止如父，万民便恭顺如子。"

惠帝所叹，确也不虚。那萧何胸有大谋，其生前规划，惠及千年。以《九章律》匡正天下，礼仪纲常，上下尊卑，有如车轨分明。从此官民行事，皆知不逾矩。曹参继萧何之职,亦步亦趋,不为沽名而另起炉灶,终在汉初的草莽中,渐渐开出一片太平来,用心同样良苦。

这一段掌故,传至后世,便演成了"萧规曹随"的成语,流传至今不废。

三　太后无计救审郎

常言道:流光易逝,日月如梭。身居太平时日,就更是如此。自惠帝登位之后,四海升平,内外都无祸乱,百姓只顾埋头稼穑,操持商业,堪堪便是第三个年头了。

至惠帝三年(公元前192年)春上,吕后与相国曹参商定,再次征发长安一带民间男女,共十四万六千人,服役三十日,修筑长安城墙。此次工役,朝廷仍是信守承诺,到期即止,绝不多一日。百姓也舍得用命,碌碌如蚁,将长安城东西两墙各起了一段,建好了宣平门、清明门、雍门等几处城门。门扇皆为厚重松木,上覆铜皮,各有九九八十一颗铜钉,坚固异常。

工役完毕日,吕后偕曹参、审食其等一干人,至城下察看。仰望城墙巍巍,向北呈拱卫状,吕后拊掌大喜:"唔,今年看出模样来了!"

曹参道:"如此修筑,还需两年方能完工。"

审食其便建言道:"可于秋后禾熟,再征民夫。"

吕后眉毛一竖,断然驳道:"哪里! 你我都种过田,民力易疲,万不可一年两征。"

审食其便又建言:"或于今夏,再征诸王及列侯门下徒隶,可不伤民力。"

曹参一喜,附和道:"此议甚好。"

吕后想想,便颔首道:"也好! 勋戚们也出些力,都不要坐享其成了。"

曹参道："微臣这便筹划,入夏即开工。"

"那么,曹相国劳苦了!"

"微臣无能,还是萧相国打的底好。"

吕后瞥了曹参一眼,嗔道:"你们这二人! 活着时节,斗个死去活来,死了又念着人家的好。"

审食其便大笑:"恩怨分和,人之常情也。譬如汉与匈奴,或分或和,亦是变幻无常。"

吕后心中忽有所动,便问曹参:"万一匈奴来犯,如今可击灭否?"

曹参沉吟道:"这个……恐还须休养生息。"

吕后便觉失望,淡淡道:"哀家知道了。"

此时吕后所担忧,并非无缘无故;此后没几日,匈奴那面,果然就有动静。

原来,冒顿单于自忖与刘邦较量多年,所获却不多,汉降将也或死或灭,想想便觉郁闷。两年前,闻听刘邦驾崩,起初尚喜,后数月,心中忽觉戚戚,颇有些悔:为何白登之围放走了刘邦? 如此一来,今生便不能与刘邦决一雌雄,实令人懊丧。

两年来,冒顿连番遣出斥候,潜入汉地,打探到惠帝荒淫、吕后专权,心中便冷笑:如此样子的汉家,就算踏平了,也胜之不武。

冒顿想到,吕后死了夫君,自己也刚死了阏氏,忽便起了玩心,命人拟了国书一封,语多调侃,遣使呈交吕后,要试上一试,若吕后回复不当,便兴兵犯汉,扬威给这老妇人看看。

暮春时节,匈奴使臣驰入长安,面谒吕后,当面呈上国书,口称:"吾家单于,远居漠北,前年惊闻汉天子驾崩,惜因路途遥远,不能来会葬,至为抱憾。今欲与汉家世代联姻,永结友好,特呈递国书一封,再开和亲之议,望太后恩准。"

吕后不禁诧异:"你家单于胃口倒好! 那白登解围后,不是已有汉公主嫁去了吗? 今又来索公主,哀家膝下,哪里有恁多公主?"

那匈奴使臣略微一笑:"吾家单于,所慕并非汉公主。太后览过便知。"

吕后便开卷亲览,只见匈奴国书所言如下:

天地所生、日月所置匈奴大单于

　　敬问汉太后无恙

　　吾乃孤愤之君,生于沼泽之中,长于平野牛马之城,数至边境,愿游中国,惜乎迄今未曾如愿。近有所闻:太后陛下亦孤愤独居,郁郁寡欢。如此汉匈两主不乐,无以自娱,岂非谬乎? 愿以吾之所有,易陛下之所无。

　　吕后浏览一遍,似未明其意;又看了一遍,方读懂——这是冒顿在漫语调戏!当下脸色就一变,怒视匈奴使臣。

　　那匈奴使臣早有所备,只略略一揖,便昂然而立,一副生死由之的模样。

　　吕后眼中冒火,与匈奴使臣对视良久,忽一挥袖道:“你且退下,三日内,哀家自有答复。”

　　待匈奴使臣下了殿去,身旁宣弃奴急忙问:“胡虏所言何为?”

　　吕后忽地站起,将匈奴国书狠狠掷于地:“冒顿找死! 去召诸大臣来。”

　　未几,朝中重臣聚齐,吕后面带怒意,以匈奴国书示之,道:“今冒顿来书,无礼之甚。哀家自幼以来,从未遭过此等侮辱。以此看,北地之虏,只配世代做狐兔,终不能论礼义廉耻。我意立斩来使,发举国之兵征讨,要教他知:天朝虽是孤儿寡母,亦不能欺!”

　　樊哙便双目圆睁,抢出一步道:“发兵自是不在话下。还有那来使,只烹了就好,无须心软。然不知匈奴国书中,冒顿胡言乱语了甚么?”

　　吕后火气上涌,张了张口,却是涨红了脸说不出,便将国书抛给陈平:“你阅罢,转告诸臣。”

　　陈平展开卷,读至一半,脸色便惨白;待读至末尾,手颤几不能持卷。

　　樊哙忙问道:“那胡虏,放了些甚么屁?”

　　陈平脸亦涨红,支吾不能答:“这、这个……说不得呀。”

樊哙便发急:"仓颉造的字,谁有你认得多,莫非全都吃到了狗肚里? 这百十个字,如何就说不得?"

吕后此时却厉声道:"陈平,你可以说!"

陈平惶急,向吕后一揖:"遵旨,恕臣大逆不道。"

樊哙便道:"冒顿无礼,与你何干? 你昔年私放我生路,何其果断;如今读一封胡虏书,如何就扭扭捏捏?"

陈平只得硬起头皮道:"那冒顿,近日死了浑家……"

"那阏氏死了? 好事! 何不连他冒顿一起死掉?"

"大漠夜长,冒顿饱暖而无事可做……"

"想女人了? 死了一个阏氏,不是还有汉家公主吗?"

陈平瞥一眼樊哙,苦笑一下:"冒顿此书,专致太后。"

廷上诸臣,多半猜出了分晓,不禁色变。唯樊哙懵然不知,追问道:"他与太后,有何话可说?"

陈平支吾片刻,脸愈发红,冷不防吕后又一声喝:"说!"

"冒……冒顿此书,是'关关雎鸠'之意。"

话音方落,满朝文武立时哗然。樊哙初未听懂,见诸臣愤然作色,忽就猜到原委,不禁暴怒:"甚么? 莫非他活吞了野牛,如此大胆? 使者在哪里,我要手撕了他!"

吕后便叱道:"朝中重地,你好好言事! 撒你那屠夫的泼,有何用?"

樊哙脸一红,自辩道:"臣樊哙不才,然夺关斩将,还不输于他人。今愿请兵十万,直捣漠北,活擒了那冒顿来,在此处抽他一百鞭子。"

吕后面色稍缓,忽问道:"你而今叫个甚么侯?"

"舞阳侯。"

"哼! 只不要似那秦舞阳,大言敢刺秦皇,却临阵失色。"

"那秦舞阳算个甚? 我这军功,是阵上斩首而得,一刀一头,岂有虚夸? 臣亲手砍头的,死尸都有上百车,还怕他个长城脚下的蟊贼?"

樊哙话音未落,却见一人出班,叱道:"樊哙口出狂言,当斩!"

吕后与诸臣吃了一惊,都转头去看。樊哙更是瞋目而视——是何人有此狗胆?

待众人看清,却又一惊:此人,原是中郎将季布。

此时朝中,资历与季布相当者,已然不多。众人大出意料,都屏息静听,不知这位楚降臣要说甚么。樊哙见是季布,一腔火气不觉已泄掉一半,只在鼻孔里哼了一声:"季布将军,素知你重然诺,不出大言;今忽然大言惊人,是想以我人头邀功吗?"

季布前移两步,向吕后一揖。吕后会意,略一点头,季布便回头,戟指樊哙道:"昔年先帝北征,发三十万大军至平城,为匈奴所困,于白登山上徒唤奈何。那时樊哙你,又在何处?"

樊哙万想不到,话头会扯到白登山去,顿感大窘,勉强答道:"我为王前驱,正在步军前锋中。"

"亏你还记得!先帝御驾亲征,文武随行,马步浩荡,挟连胜之威而进,反为匈奴困住七日七夜。曾有歌谣流布天下,市井小儿,皆当街歌之:'平城之中亦诚苦,七日不食,不能彀弩。'饿得连弓弩都拉不开了。樊哙,此情此景,你是否亲见?"

"那是自然。白登山上,卵也没有一个。我挖地三尺,也挖不出个薯头来。"

"如此看来,你记性尚好。高祖雄略,驱兵三十万,尚无功而返,险些脱身不得。今若有人称举十万兵马,即能横扫大漠,岂非弥天大谎?汉家规矩,从何时起竟浮夸至此?一日不吹,便不能饭乎?自古大言欺世者,非奸即盗;不斩,又何以正天下?"

一番雄辩,说得樊哙哑口无言,只能嗫嚅道:"大言固是大言,然如何就能扯上奸邪出来?我樊哙即便无能,总还是出了些力,何至于今日便要杀头?"

季布也不理会他,转身向吕后揖道:"夷狄习俗,与中原有异;他视为白,我看却黑,又何必与他一般见识?冒顿有好言,我不必喜;冒顿出恶语,我不必怒;只以天朝大度化之,不信他不知人间羞耻。先帝不报白登之仇,便是要与民休息,不欲以征战伤民。我辈谨遵此道,也就是了。那冒顿,也未必有胆深入汉地。他若欲图中原,发兵便是,又何必来一封国书,争言辞之强?臣之意,冒顿虽鲁莽,此次还不至南犯,巧为周旋即可,不宜轻言征讨。"

再看那吕后,满脸怒气早已不见,却是换了一副笑意,对季布道:"好个季布,说得有理! 无怪先帝特予你优容。也罢,无须再多说了,哀家心已明,此事我自去了断。你秉性忠直,天日可鉴,不要说诸臣,就连哀家也是服气的。日后相国出缺,恐非你接任不可了。"

季布连忙谢恩道:"谢太后心意。臣季布于汉,无尺寸之功;唯有仗胆谏言,方可无愧于心。"

吕后大喜,起身挥袖道:"今日朝会,到此便散了吧。汉家若多几个季布,我还可睡得好些。"

樊哙立时满面涨红,面朝季布,连连作了几个揖:"恕在下无礼。"诸臣便一起打圆场道:"免了免了,改日请酒便好。"

散朝后,吕后唤住中谒者①张释,命他拟回书一封,答复冒顿。既要词语谦卑,又要柔中带刚,婉拒冒顿求婚之意。

张释听了,面露难色,迟迟不肯应诺。

吕后见此,不由奇怪:"这有何难?"

"恕臣驽钝。臣平日草拟诏书,无非宣谕上意,告知天下,为天子代笔而已。太后所交代回书之语,却似小家妇求人免赊欠,万难下笔。"

"混账话!"吕后不禁发怒,"哀家死了夫,不就是个小家妇! 你便照我旨意写,求冒顿放过哀家,我可答应送他些车马。"

张释不禁瞪目:"太后……"

"你也无须惊诧。汉家新起,百事皆弱,拼全力灭了一个项王,却是再无力灭一个冒顿了,若不卑辞下礼,又有何妙计? 好在冒顿亦是性情中人,尚不至穷兵黩武。你若实在为难,可去请教辟阳侯。"

---

① 中谒者,秦汉官职名。 汉初掌天子冠服礼制,后掌文书上传下达,与谒者相似。 灌婴曾任此职,后多为阉人担任。

张释得了旨意，掉头便去找审食其。审食其听明来意，也是苦笑，遂与张释在灯下苦熬半夜，切磋再三，终将回书拟了出来：

奉天承运汉皇太后敕谕
　　匈奴冒顿单于知悉

　　单于不忘敝邑，赐之以书。敝邑朝野恐惧，唯求自保，且哀家年老气衰，发齿堕落，行走失度，岂能为单于解忧？单于所闻，乃敝邑人民阿谀哀家之词，单于可明辨虚实，实不足以自污。如能蒙赦，则哀家万幸。今有御车二乘、马二驷，以奉常驾。

张释誊写毕，默读一遍，吓出一身冷汗来，忙问审食其道："辟阳侯，如此写下……妥乎？"

审食其拿过来，也默读了一遍，松了口气道："可矣。去呈太后过目吧。"

吕后次日早起，看到了草稿，果然满意，道："便如此吧！连同车马、礼物，交予来使，命他带回去，禀明单于。"

张释领命，便携了回书、车马，往典客府去见匈奴使者。那使者正在馆舍中打坐，等候随时有枭首令下，不料有典客丞来报，说太后有回书下，并赐予单于车马若干。

那匈奴使者闻听，疑似做梦，连忙起身出中庭，迎住张释，行了个大礼，接过回书。再偷看一眼张释，见他神闲气定，执礼甚恭，似全不知冒顿来书所言。那使者忽就有些惭愧，忙向张释连连作揖："鄙邦下臣，至天朝，手足无所措，冒犯之处数不胜数。今返国，当力陈汉匈不可交恶，只宜各司农牧，互通有无，结下万代的亲家才好。"

张释应道："在下昨日问过我朝太史，太史言：匈奴本为夏后氏苗裔，长居漠北，与中夏渐渐远了。然汉匈一家，自是无疑。至于和亲事，汉匈婚俗，略有不同。在我汉家，寡嫂如母，那是万万娶不得的。"

匈奴使者大惑："这个……在我漠北，娶寡嫂，乃天经地义事……"

张释便一笑："足下不必疑惑，百里不同俗，不知者，不为冒犯。"

那使者想想，便也一笑，连连作揖谢道："我君臣不谙汉俗，冒犯天朝了。太后反而以德报怨，送了这许多礼物，敝邦君臣，真愧不敢受呀。"

张释一笑，也回礼道："如此薄礼，不成体统，然为吾家太后心意。汉新兴，国力不济，更无意启衅。单于陛下有余力，可往长天阔水处施展，汉地湿热，禽畜肉亦不香，北人长居，似不宜。"

"正是。下臣留居方数日，已颇不耐，恨不能裸身往来，以解暑热。臣返国，定将太后旨意携回，劝谏单于和亲，致两国无事。"

次日，张释与典客带了随从仪卫，亲送匈奴使者出厨城门，至郊外三十里方罢。那使者感激不尽，别了张释，快马驰回漠北去了。

待返回北庭，见了冒顿，使者便详述了汉家礼遇、婚俗互异等各节，并递上回书，回禀道："汉君臣只说，匈奴本为夏后氏苗裔，汉匈古来为一家。然汉家风俗，不与我同：兄死，寡嫂如母，弟决不可娶寡嫂。娶了，便是逆伦。"

冒顿便一怔："哦？夏后氏？说远了，说远了……"忙拆了回书看，读之再三，不觉大惭，觉自家前书语言轻慢，多涉不雅，若载入汉家史书，则万代留有污名。于是，脸一阵涨红，又问使者道："汉家君臣，还有何言语？"

使者答道："汉家君臣，各执卑辞，待臣如上宾，只说汉匈如兄弟，相杀便是自残，徒令天下笑而已。"

冒顿便拍了拍案儿，摇头道："夏后氏不夏后氏，那是老祖宗之事了，然两家相交，总有个礼数，前书确有不妥，大不妥！教人笑我逐水草而居，不识大体了。如此看来，你也歇息不得了，汉太后赠我车马，我当回书称谢，还须你明日再跑一趟。"当下，便命人草拟了谢书一通，交予使者，次日再赴长安。

半月后，使者驰入长安，递上谢书。吕后拆开来看，其文如下：

匈奴大单于

　　敬问汉太后无恙

　　前书唐突，语词多谬，实乃胸次狭小之故。今幡然醒悟，心有不安。蒙太后无端赐予车马，更为抱惭，特遣使入谢。某世居塞外，不习中国礼仪，行止乖张，还乞陛下宽宥。为表诚意，今献马数匹，另乞和亲。汉家公主来北，知书达理，艳若翩鸿，敝邦臣民仰之若天神，绝无厌其多之理，务允所请。

　　吕后阅毕，知烽烟已消，不由松一口气，笑道："左要公主，右要公主；这冒顿，没见过女人吗？张释，去传令宗正①，在宗室中选出一女，充作公主，嫁与匈奴。"

　　张释迟疑道："前回假冒，匈奴即助陈豨反；今又假冒，恐单于心有怨恨……"

　　吕后便大笑："和亲，就是心照不宣，他哪里会在乎真假？若每次都索要真公主，汉家岂非专为匈奴生女了？今后和亲，一律为假，假冒即从汉家始，我亦不惧，史官要骂便骂！宗正府那里，你自去传令好了。"

　　"往宗正府传令，还是有个手诏为好。"

　　"哪里需这般啰唆？你张释开口，便是哀家开口，谁还敢不信？办和亲事，你有大功。论办事，中涓上百人中，阉宦与不阉的加在一起，无人能及你。即日起，哀家便赐你冠带金珰，统领诸谒者，为汉家守好规矩。"

　　如此旬月后，长安城里喧闹非凡，轰轰烈烈嫁走了一位宗室女。冒顿得此汉家窈窕女，如马吃夜草，喜不自禁，从此偃旗息鼓，再不生事了。

　　此后汉匈之间，又得数十年相睦，几无边患，皆得益于吕后这隐忍一念。

　　至年中，外患才消弭于无形，朝中却又闹出事来，直惹得长安百官奔走相告，物议汹汹。

------

①　宗正，汉代官名。九卿之一，掌各诸侯国宗室名籍、罪人、公主、属官等。

其事原本起自微末,不想竟牵动太后,险些酿成政潮。原来这一日,惠帝早起,正待吩咐涓人摆酒,却见已有相国府送来的奏报堆积案头,心下便不快。

汉家理政,向由相国总揽,主持廷议,拟写奏稿,送达皇帝处。皇帝阅过,或准或驳,将文牍再返回相国府,下达至郡国各处。

惠帝自受戚夫人事惊吓,便不再理政,相国府来文,皆于朝食之前,由涓人送往长乐宫。太后于当日逐一阅过,稍作批答,再返回西宫,由西宫发还相府。日复一日,不厌其烦。

这日惠帝见文牍甚多,不由火起,唤来闳孺,吩咐道:"你这便往长乐宫去,面禀太后:今后相国府奏稿,直送长乐宫。太后批答完毕,径返相国府,又何必来西宫绕路?"

闳孺会意,即从飞阁前往长乐宫,求见吕后。

惠帝自己洗沐罢,便在未央宫偏殿,命人摆了一席酒,只等闳孺回来对饮。

等候多时,闳孺方迟迟而归。惠帝不耐烦,嗔道:"小事,如何办得如此拖沓?"

闳孺辩解道:"我总要见到太后,方能办得成。"

惠帝心本不顺,忽就拍案大怒:"狡辩,看我答你!太后行街去了吗?如何一时三刻还见不到?"

闳孺见势不妙,连忙跪下,连连叩首道:"陛下息怒,气坏了身子,小的心疼。其实,小的还算面子大,长乐宫涓人见了我,立时去禀太后,无奈太后在辟阳侯处……"

"甚么?太后一大早,如何能在辟阳侯邸中?"

闳孺脸一白,知道自己说漏了嘴,恐惹上杀身之祸,连忙改口道:"不是不是。小的昏了!太后是在那、那……"

惠帝心中灵光一闪,觉此事大有文章,反倒将怒气压住,一招手道:"你移近前来,从实禀报,朕恕你无罪。朕只问你,太后如何能在辟阳侯处?"

闳孺见此,愈发惊惧,只得道出实情来:"这、这……辟阳侯昨晚并未出宫。"

惠帝不由忽地起身:"竟有这事?他不回宫,宿于何处?"

"宿、宿于地宫。"

"甚么地宫？"

"陛下不知，长乐宫各殿，都有先帝姬妾私挖的地宫，尤以太后椒房殿地宫最为宏阔。"

"堂堂屋宇，还不够用吗？要那地宫有何……"惠帝说到此，忽然明白，不禁气血上涌，"你……你是说，太后与辟阳侯在地宫里苟且？"

阕孺慌忙叩首道："小的不敢。"

"此事，有几多时日了？"

"宫中皆传，先帝未崩时，便已有事。"

"啊？廷尉府是做甚的，如何无人奏报此事？"

"陛下，那廷尉府，如何敢稽查太后私事？"

惠帝顿时气结，一屁股瘫坐于席，喘息道："群臣欺我，竟然瞒我恁多年！"

阕孺连忙过来为惠帝摇扇，一面就道："诸臣皆恨辟阳侯佞幸，只因事小，尚不至动摇国本，故不欲多言。"

惠帝又涌起怒气："母仪天下者，与人私通，还不动摇国本吗？上有好之，下必甚焉，天下就是如此败坏掉的！"

阕孺连连赔笑道："陛下，小的只懂斗鸡走狗，论这些纲常，可请叔孙先生来。"

惠帝一把夺下团扇，恨恨道："我不请叔孙通，我要请御史大夫来！你去，传赵尧入见。"

不多时，赵尧应召前来。惠帝便屏退左右，低声道："御史大夫，朕要问一个人。"

赵尧意态从容，一揖道："陛下请问。百官行迹，臣皆了然于胸，无须再翻查名籍。"

惠帝拊掌笑道："好！好一个活簿册！听着，朕问的是审食其。"

赵尧闻言一震，顷刻面如土色："这个……"

惠帝一笑："休要怕！我只问他守法与否，可有干犯法纪事？余者，概不涉及。"

赵尧这才回过神来，应道："有、有！辟阳侯一贯倚仗恩宠，作威作福，又纵容子侄为非作歹。历年来，收容奸宄，强占民田，可说是无恶不作。陛下欲治他罪，他即是有九条命，亦不能抵罪。"

"如此，为何不早早报来？"

"恕臣失职，然亦事出有因。我若今日举报辟阳侯，则明日或就身首异处矣！"

"审食其，竟猖獗至此乎？"

"他从龙有功，披了一张白净的皮；揭去这皮，则五脏六腑皆黑。"

"此人恶行，该当死罪的，有几件事？"

"或有五六件。"

"那么，他是否常留宿后宫？"

赵尧登时冷汗直冒，扑通跪下，叩首如捣蒜，语无伦次道："这、这……那个……"

惠帝挥了挥袖道："你平身，起来说话！此事若不是闳孺提起，朕还在糊涂中。关天大事，你御史大夫如何要装聋作哑？"

赵尧浑身颤抖，几不能对答，结结巴巴道："此事……大臣多半知之，何人又敢言？非不忠君也，实在是……畏惧太后。"

"这也难怪！审食其留宿罪一节，就不必提了。赵尧，朕容你两日，将所有案由详细写来。也无须以御史大夫名义，只拟一道密折给朕即可。究治之事，亦不劳君费心思，另交廷尉府去办。"

赵尧面露兴奋之色，小心问道："陛下，密折所述，应从略还是从详？"

惠帝望住赵尧，笑道："刀笔吏之功夫，不可小看呀！有朝一日，朕若是落在你手，怕也是有理说不清了。此案，朕之意——你且听好——要教他审食其死。"

赵尧忙叩首领命："臣知矣！只几个字，便可教他难活。"

只过了一夜，惠帝晨起，尚未及洗沐，赵尧便有密折送入。惠帝急忙展开来看，神色渐变。初时哂笑，继之瞠目，再之拍案而起："这还了得！"

原来，赵尧承接周昌严谨之风，办事干练，对文武重臣察督甚严。大臣日常结交、贿买贿卖、子弟劣迹等诸事,无不记录在册。此次奉惠帝之命,连夜查卷,写成密折,隐去审食其之名,开列了他罪状十余条。诸如屋宇逾制、私藏叛臣、强占民田、指使子弟盗掘陵墓等罪,哪一条都足以枭首。

最骇人听闻者,无过于草菅人命。因审食其与太后有私,常留宿宫中,却疑心自家妻与一御者私通,遂暗嘱心腹,将那御者鸩杀,悄悄葬于府内后园,谎称其逃亡。

惠帝思忖片时,便命人急召廷尉杜恬入宫。少顷,涓人便来报,说杜恬已至。惠帝抹了把脸,便命宣进杜恬,将那密折交给他看。杜恬看罢,大吃一惊:"何人如此猖獗?"

惠帝反问道:"列侯中,有胆量戳破天的,可有几人?"

杜恬仰头想了想,摇头道:"樊哙胆大,然不至卑琐至此,且前次险遭斩首后,已收敛了许多。"

惠帝便用手蘸了盥洗盆中水,在案上写了大大的一个"审"字。

"啊,是他?"

"除他以外,何人还能有此胆?"

杜恬便心明,躬身揖道:"陛下请明示,应如何处置?"

"关押诏狱,无论他招与不招,均以密折所奏论罪。按《九章律》若当斩,斩了就是!"

杜恬不禁吃惊:"这个……辟阳侯乃从龙功臣。"

惠帝面含怒意,道:"从龙之臣,更要检点。如此骄横,岂不是要将天下坐垮吗?"

"臣遵命,然辟阳侯一向显贵,微臣进门拿人,恐他属下不服。"

"这个容易。朕赐予你错金符节,不服者,斩!"

杜恬得此旨意,精神大振,当下接过错金符节,领命而去。不过半个时辰,便点起廷尉府曹掾、差役百余名,带了囚车一乘,浩浩荡荡开至审氏府邸前。

那审府门上司阍,平素扬威惯了,见有众多官差围住府门,不禁恼怒,呵斥道:

"何处衙门的？唤你们主事的过来！"

杜恬拨开众人，上前道："在下杜恬，当朝廷尉，奉圣旨，到此拿人。"说罢，拿出错金符节一举，"有圣上符节在此，拦阻者斩！"

未等司阍答话，众差役便一拥而上，将司阍按倒在地。那司阍还想喊叫，杜恬一挥手道："我拿人，最恨喧闹，教他闭嘴。"

差役得令，纷纷抡起水火棍，一阵痛殴，眨眼便将那司阍打得瘫软在地、气若游丝。

杜恬冷笑道："再喊，片刻之间，我教你做鬼。"说罢便踏上门阶，喝令众人，"进门，拿辟阳侯！"

众人齐声然诺，一股脑冲入府内，见人就逮，逐个查问。

此时，审食其还在酣睡。审夫人闻说不知何处有司来逮人，慌忙跑来唤醒丈夫。

审食其惊而坐起，听窗外一片嘈杂声，不由大怒，倒跋鞋履，奔出屋门来，厉声喝道："是何方来人？知此地乃何处吗？"

杜恬从人丛中走出，略略一揖："审公，有所打扰。在下杜恬，奉上谕，请审公至诏狱说话。"

审食其顿感大奇："你？杜恬，杜廷尉？要逮我至诏狱？"

"正是，请审公移步。"

"笑话！汉家地面上，能逮我入狱之人，恐还在娘胎里。"

"非也！"杜恬将错金符节一举，"今上有明令，逮辟阳侯入狱，其余人不问。有拦阻者，斩！"

"荒唐！我从龙之时，你竖子尚不知在何处，今日竟敢来拿我？"

"审公也不必摆功。若论从龙，在下为周苛大夫部将，不可谓无名之辈。审公身陷楚营时，我正在荥阳激战，如此军功，逮一两个人，还欠甚么资历吗？"

审食其怔了怔，忽就大笑："堂堂汉家，竟有人上门逮我，是变天了吗？"

"审公，天不变，道亦不变。触刑律者，难逃罗网。审公若识时务，请跟我走；不然,在下这些属员,却是不讲道理的。"

审食其欲吩咐家臣,速去宫中求告太后;然举目一望,众差役手执棍棒,已将各个出路死死扼住,只得仰面长叹一声:"今日事,吾认命了!"

杜恬见审食其已无计可施,便退后半步,一揖道:"辟阳侯,请!"

审食其无奈,只得回揖道:"既是公事,就请便吧。"

杜恬微微一笑:"那么,恕在下失礼了。"便一扬手,众差役蜂拥上来,七手八脚,褫去审食其衣袍,给他戴上木枷,推向门外囚车。

转瞬之间,审食其昔日威势,便荡然无存,被差役如狼似虎呵斥,一路踉跄。街上闲人见此,皆大惊,纷纷上前围观。审食其披发戴枷,愤激呼道:"呜呼,汉家! 这还是汉家了吗? ……"

杜恬猛一甩袖,喝道:"审公,请住口! 当众毁谤朝廷,罪加一等。有话,还是诏狱里面去说。"

审食其白了杜恬一眼,恨恨两声,自是不敢再多言。

将审食其押解至诏狱,杜恬便唤来狱令姚得赐,吩咐道:"此乃钦定重犯,不得与外人交通。如私自引外人相见,我便要取你项上人头。"

那姚得赐,便是当年看管过萧何的旧吏,见审食其被解至,心内便一惊。因当年曾受过萧何教训,故不敢再凌辱高官,只将审食其在别室安顿妥帖了,好酒好肉地供着。

审食其心知是惠帝作梗,也只得自认倒霉,然想想有太后在上,惠帝又敢如何? 于是也不在意,想着不出三五日,太后必定出手干预,便安下心来,日日与狱令对饮,聊以解忧。

不料一连过了六七日,外界全无动静。唯有杜恬每日来提堂,欲将若干罪状逐一坐实,只顾翻来覆去审问。

审食其不胜其烦,拣着微末之罪认下了,遇到重罪便闭口不言。杜恬倒也不紧逼,只将那旁证一一罗列,深文周纳,容不得审食其有半分狡辩。审食其便在心中哀叹:"人倒运,恰似荒郊野外落井,无人援手,如何连太后也无声息了?"

原来，审食其被逮当晚，其妻便奔入宫中求见，向吕后哭诉道："廷尉府逮人，所为者何？竟无一个名堂！问了多处衙门，怎的人人皆语焉不详？"

吕后满面尴尬，也不知说甚么好，只安慰了几句："你固然是急，然哀家也是急！只是那拘令，由皇帝所出，我亦不可逾制放人。刘盈亲政以来，羽翼渐丰，不比在沛县那时了。你暂且回去，容哀家另想办法。"

审妻走后，吕后心内将刘盈骂了千百遍，吩咐宣弃奴，速去西宫打探，审食其因何事被逮及罪名轻重。

过了半晌，宣弃奴返回禀报道："陛下见了小的，听了太后所问，只命小的回禀太后：辟阳侯行为不检，曾留宿宫中，由此查出他罪名繁多，拢共有窝藏叛贼、擅杀家臣、贿卖官爵、纵容子弟盗墓等一大堆，系由廷尉府侦知，罪证俱在，正依律定罪。陛下有旨：无论何人欲说情，须有理由，可赴未央宫言明。"

吕后闻此回报，不由大惭，斜睨了宣弃奴一眼，满面涨红道："须有理由？"便颓坐于榻上，连声叹气。心想与审食其有私这一节，如何在儿子面前说得出口？倘不言明这一节，刘盈又如何肯放人？欲往相府找曹参疏通，想想同样也是难开口。如此纠结至半夜，仍是无计可施。

宣弃奴在一旁看不过，几次催吕后就寝。吕后只是苦笑："孤家寡人，如何睡呢？"

宣弃奴见惯了太后与审食其私情，并不以为怪，便劝谏道："辟阳侯事再大，不及太后安康事大。他是大臣，自有大臣来救。"

太后闻言，心中便一亮：审食其是沛县旧部，朝中诸重臣亦是沛县人，闻审食其被逮，难免物伤其类，定有人出面说情。待舆情四起，我再从旁发话，不由他刘盈不放人。如此一想，也就不急了，只等朝臣上疏为审食其开脱。

这一等，竟是接连六七日过去，朝中却无波无澜，似无事一般。审食其被逮一事，市井中人奔走相告，已然传遍，那官宦人家岂有不知的？相国曹参也是心知肚明，然数次主持朝议，却闭口不言此事，诸大臣也乐得佯作不知。

原来，那些沛县旧部，无不是刀头舔血才夺得军功的；唯有审食其一人，倚赖吕后宠幸而封侯,实为诸臣所不齿。刘邦驾崩后,吕后擅权,审食其愈加得势,有那三五躁进小人,见风使舵,奔走其门。诸臣则愈加鄙之,皆不屑与之为伍。

此次闻听廷尉府锁拿审食其,众臣顿觉心中大快,都等着看他下场。若论审氏资历,应有多人出面说情才是,然竟无一人为他缓颊。

日复一日过去,吕后只觉坐卧不宁,屡次遣人往西宫打听,却听不到半分消息,直闹得食不下咽、夜不能寐,长叹道:"捕黄雀者,竟为黄雀啄了眼!"

那边厢,审食其在狱中,亦是度日如年,好在每夜有姚得赐相陪,饮酒聊天,还不至难挨。这夜,三杯酒下肚,姚得赐忽问道:"小臣早便闻知,足下为太后所倚重,权倾中外。如何却一朝跌落,来与下官为伍了?莫非言语失当,惹恼了太后?"

审食其摇头道:"太后待我,恩重如山,岂能忍心教我吃这般苦?审某之霉运,缘由为何,实是一言难尽呀。"

"哦——,然有太后在,足下之罪,恐也无甚大碍。"

审食其哀叹一声:"堪堪六七日过去,太后并未援手,大臣也不为我缓颊。这世道,如何说变就变了?"

姚得赐连忙举杯劝道:"辟阳侯,请勿多虑。人生在世,总有七灾八难。昔日人敬你,皆因你权位在手,今日落魄,方知人心真伪。然吉人自有天相,小灾不死,后福必至。足下请宽心,还是多多饮酒为好。"

审食其呆了一呆,不由潸然泣下:"此言甚是,人在难中,方知人心好歹!我今陷囹圄,外面如何,百事不知,恐只能引颈就戮了。"

"哪里!囚禁之地,说不得这般丧气话。陛下有严令,不许你内外交通,小臣亦不敢违拗。然外面若有消息,小臣定当转告。"

话音刚落,案上油灯忽地一闪,几欲熄灭。姚得赐见之大惊:"使不得!可使不得!"连忙以手护住,急唤狱卒来添油。待灯芯复燃,他才一笑,道:"此地烛火,万万熄不得。熄了,便要走人。"

审食其一怔,方悟其意,心中便起了一阵寒意。

姚得赐遂又劝道:"足下虽着赭衣,却是小臣特备,系干净新衣,并非死囚用过的旧衣。日常饮食,小臣亦有意关照,算不得粗劣。足下再请摸摸项上人头,尚完好。那么,还有何愁? 人到此处,心不能窄;唯求生,勿求死。转山转水,总能转得出去。"

审食其感激涕零,伏地叩首道:"在下若有解脱日,定当报答。"

姚得赐慌忙将审食其扶起,推心置腹道:"不瞒足下说,诏狱虽属鄙地,然油水甚多。来日足下报恩,万勿将小臣调离。小臣家有一犬子,不求长进,如蒙足下相助,进宫去做个郎官,便感激不尽了。"

审食其慷慨应道:"若留得吾命在,此事何足道哉!"

姚得赐大喜,连忙为审食其斟酒。两人说到投机处,都觉相见恨晚,竟在灯下相对叩起头来。

堪堪又是半月过去,杜恬已有几日不来。忽一日,他带了十数名精干曹掾,前呼后拥,来诏狱提审。将那以往所问,又问了一遍。末了,特意问了审食其一句:"审公还有何话可说?"

审食其懒得与他废话,便道:"事已至此,无话可说。"

杜恬便微微一笑:"那好,请审公来画押。"说着,将一卷供词在案上铺开。

审食其上前瞥了一眼,笑了笑,本欲唾上一口,转念一想,拿过毛笔来,胡乱画了一个十字花押。

那杜恬见已画好押,便收敛笑意,向审食其一揖:"公请珍重! 明日起,下官或许就不再来了。"说罢,便收起卷宗,带了左右匆匆离去。

审食其见此,不知祸福,心中只是忐忑。不料刚返回监舍,便有几个狱吏冲进来,喊了声"委屈了",叮叮咣咣,为他戴上了木枷脚镣。

此等械具,乃是死囚所戴,审食其心中大骇,大呼道:"廷尉真要害吾命吗?"

狱卒也不答话,看看械具已戴牢,便锁了房门离去。审食其情急,头抵栅栏,连连呼冤,却是无人理会。

好不容易挨到夜晚,姚得赐照例前来,携了一坛酒,似又想来对饮。审食其急忙喊道:"足下,事情莫非有变? 如何给我戴上这等械具?"

　　姚得赐左右看看,便凑过来,面色阴沉道:"方才向廷尉打探,他知会小臣:承陛下之旨,已将审公问成大辟①之罪,不日便要斩决。"

　　审食其登时面如土色,惊呼道:"哦呀,苍天果真弃我乎?"

　　姚得赐便埋怨道:"此时多愁善感,还有何用? 公请想想,如何自救才好!"

　　"拜托足下,可否为我去见太后?"

　　"小臣不敢! 小臣赴阙求见,便是越职,不独见不到太后,只怕是这身公服也穿不得了。小臣微贱,受重责事小,若误了足下大事,则万死难辞。"

　　"那、那……便只有等死了吗?"

　　"不然! 侯爷你请想想,亲朋故旧,同袍僚属,有何人可以相求?"

　　"唉! 花开日日皆好,人不请自来;至大难临头,怕是一个也求不动呀!"审食其说罢,倚墙坐下,口中喃喃道,"唯有一死,唯有一死了……"

　　姚得赐则赌气道:"侯爷若不想活,小臣今夜便陪你通宵,饮足壮行酒好了。"说罢,打开酒坛,斟了满满两杯酒。

　　两人端起酒杯,审食其不胜伤感:"未死在楚营,却要殒命于自家刀斧下。唉! 吾命何其苦也,生不如萧何,死不如那纪信……无怪萧丞相曾发愿:死在榻上便好,只不要死在刀斧下。万想不到,昔日他之戏言,竟成了我临终之谶。"

　　姚得赐摇摇头,举杯道:"话也不是这样说。明日走了,也好! 这一世太苦,处处遭人冷脸;侠肝义胆者,打灯笼也难寻一个,还有何可留恋?"

　　审食其闻听"侠肝义胆"四字,心中忽然一动,想起一个人来,忙放下酒杯道:"慢,慢! 在下想起一人,可活我。"

　　姚得赐不由大喜:"是何人? 小臣愿为侯爷传信,犯禁就犯禁,只要侯爷记住我,不当这鬼差了也罢。"

　　"谢足下! 天下可救我者,乃平原君也。"

　　"平原君? 朱建?"

---

①　大辟,上古五刑(墨、劓、荆、宫、大辟)之一,即死刑。

"不错,唯有朱建,可以活我。"

原来这位朱建,大有来历,他曾为赵相贯高门客。前文曾说过,贯高为赵王张敖抱不平,谋刺刘邦,事露被拘,在狱中自尽。贯高门下,有一众门客,始终追随,誓不背主。刘邦为彼辈大义所感,赦其无罪,统统拜为郡守及诸侯国相。

自此,贯高门客星散四方。这朱建,也遣至英布处,为淮南国相。不久因事得罪,降为小吏。高帝十一年,英布得刘邦赐给"肉醢",大惧,欲谋反。部众皆曰可反,唯朱建苦谏不可,谓英布道:"今上诛彭越、韩信,皆系旧日恩怨。昔与项王对垒时,汉王屡召韩信、彭越而不至,由此衔恨。大王则在汉王蹇促时,不顾利害,背楚投汉;与韩信、彭越之拥兵自重,大不同也。"

英布不听,终举起反旗,却是旋起旋落,死于乱民之手。刘邦扫灭英布后,闻听朱建曾苦谏不可反,遂大加赞赏,赐他"平原君"名号,又将他全家徙至长安,以示荣宠。

早在战国时候,赵武灵王公子赵胜,乐善好施,慷慨大度,名号便是"平原君"。而今朱建获此号,立时名震四方,凡长安公卿贵人,皆愿与之交。

朱建为人,确也不负此号,他辩才极佳,廉洁刚直,行事不与流俗苟合,从不受施舍之财。与人交,慎之又慎,绝无狐朋狗友成群。于诸公卿中,尤与陆贾交情甚笃。

审食其原也有意结交朱建,曾托陆贾致意,欲登门拜访。然朱建素知审氏行为不端,系太后佞臣,便不肯见。陆贾知朱建重名节,亦不便勉强,只得如实回复审食其。

审食其碰了壁,觉大失颜面,本想发作,又怕一旦传出去,惹众臣笑话,只得忍下了。

时隔不久,恰逢朱建之母病殁,朱建家贫,竟无力出殡,只得含泪向亲朋告贷。

陆贾闻知此事,心中一动,便急赴审食其府邸中,见了面,连连作揖道:"恭贺恭贺,今平原君母死!"

审食其满心诧异,哭笑不得:"平原君鄙我,自有他道理,我焉能衔恨记仇?他母死,公却如何要贺我?"

"前日审公欲结识平原君,平原君不肯见,乃因其母在。其母之义,又胜过平原君数倍,若平原君与审公为友,只怕惹了高堂伤心。今其母死,家又困窘,竟无钱下葬!审公若能在此时厚赠葬仪,待之以诚,他为大义所感,必思报恩。审公今后若有安危缓急,或也可得他以死相报。"

陆贾这番话,说得审食其怦然心动,当下便取出一百金来,托陆贾转赠朱建。

那朱建坐困家中,正在为出殡之事犯难。日前向人告贷,亲朋多口惠而实不至,愿真心相助者,百无一二。朱建为之大忿,方知"义"字在许多人那里,不过只是个旗子,用以招摇,沽名钓誉而已。一旦认真,则全是小人器局。

这日正在家中懊恼,忽有陆贾上门,奉上百金,谓是辟阳侯慷慨相助。朱建闻之,倒觉得惭愧了,连忙推辞。

陆贾便道:"君之困窘,我甚明了,万勿以空言误大事。葬母即为大事,岂可无钱?此赠仪,不可谓虚情假意,君若拒之,倒似矫情了。不如收下,容日后报答。"

朱建正在焦头烂额,以为不能葬母乃是大不孝,如今有审食其相助,可脱不孝之名,怎能不心动?再想想陆贾之言,亦颇有道理,只得收下了,声言日后将舍命相报。

陆贾要的便是这句话,不禁一笑:"平原君,今时已非古时,泥古怕是要饿死的呀!人心既然变了,凡事也就不必拘泥。"

都中列侯闻听此事,不欲令审食其独占美名,都纷纷效仿,竞相为朱建送上葬仪。三五日间,竟然累至五百金,即使是厚葬其母,也是绰绰有余了。

朱建心中大悦,便倾尽赠仪,为广母办了一场奢华丧事。其间,审食其也随陆贾登门吊丧,由此结识了朱建,相谈甚欢。

审食其将这一段原委道出,姚得赐不由大喜:"这便好!这便可以活了!平原君,义士也,长安城内谁人不知?审公为人若及他一半,也不至跌入这虎狼谷里来了。"

审食其闻言,脸色便不好看,只望住姚得赐问:"平原君家住黄棘里,足下可否劳驾一趟,请他来见我?"

"今晚便请?"

"正是,恐夜长梦多。"

"辟阳侯,我夜半为人奔走,这还是头一回呢。"说着,便伸出右手来。

"这是……何意?"审食其愕然不知所以。

"要、现、钱!"

审食其这才恍然大悟:天下为人谋事者,哪个不要钱? 于是苦笑一下,从怀里摸出一块楚金版来,塞给姚得赐。

姚得赐两眼一亮,急忙接过,谢道:"算是审公开恩,赏了我今夜酒钱。这心意也未免太厚,不收下,反倒不好了。审公,敬请稍候,小臣去去就来。"当下回到家中,换了便装,揣上夜行符节,从厩中拉出一头毛驴来,便直奔黄棘里而去。

待寻至巷口,姚得赐向更卒晃了晃符节,便问平原君宅邸何在。那更卒指给他看,见是一宏阔屋宇,姚得赐不由便疑惑:"咦? 好大屋宇,却无钱为老娘下葬?"

待叩开门,朱建掌灯迎出,姚得赐连忙一揖,表明来意。朱建回了礼,略一思忖,便请道:"客官,入内谈吧。"

主宾在正堂落座,姚得赐才看清,原来平原君这宅邸,家徒四壁,与贫户人家一般无二,为人当是清正之至。

姚得赐钦敬之心油然而生,当即伏地拜道:"久闻不如一见,平原君端的是正人君子。小臣乃一介狱吏,受辟阳侯之托,得识君子,何其幸也! 今辟阳侯事急,身陷诏狱,恐有大辟之祸。情急无奈,托小臣冒昧造访,请君随我入狱中,与之一晤。"

朱建眉毛动了动,拈须半晌,才道:"此事重大,在下亦有所耳闻。今上督此案甚急,一日三问,此时辗转请托,恐非其时。还请转告辟阳侯,朱某不敢见他。"

姚得赐大感诧异:"君大名在外,乃仗义之士。吾闻君遇母丧,无钱出殡,幸得辟阳侯慷慨相助,方得下葬。今辟阳侯命将不保,君岂可坐视?"

朱建却不为所动:"义之所宗,亦是律法之所宗,故在下不敢为犯法之事。"

姚得赐见话不投机,只得讪讪而起,告辞出来。回到诏狱,从监号内提出审食其来,面告他求见平原君始末。

审食其听了,不由得愤然:"如此君子,与小人何异?为何竟恨我不死?"

姚得赐道:"或是名士相轻之故吧?"

审食其便苦笑:"相轻?我与他?你这是玩笑了。"

"平原君不帮忙,侯爷还有何计?"

"何计?计穷矣!唯有等死吧。"

此后一连数日,审食其倒安下心来,不去想那生死的事,只日日与姚得赐饮酒,醉后便嗟叹:"想那得意之时,有多少玩物,还未及攫到手,就这样死了,悔之晚矣!"姚得赐则叹:"足下将大辟,可怜我那孽子,前程也是无望了。"两人哭哭笑笑,一饮便是一整日。

如此醉生梦死数日,审食其只想着黄泉路近。却不料,这日,姚得赐忽然狂奔而入,手舞足蹈道:"今有诏令,赦君之罪,复君之位,百事皆消了!"

审食其已做必死之打算,乍闻喜讯,一时竟回不过神来:"足下……是在消遣我呢?"

姚得赐便将审食其拽起:"诏令岂有儿戏?来来,快沐浴更衣。家眷那边,我已遣人知会去了,稍后即来接。辟阳侯阴差阳错来此,小臣真乃有幸,这一注,下对了。"

审食其只是疑惑:"陛下如何改了主意?"

"详情不知。宫中来人,只道是涓人闳孺说情。"

"闳孺?那个假娘?吾与他素无过从,他如何要来救我?"

"嗨呀!辟阳侯,似你这般,遇事便要考究考究,当年是如何成大事的?小臣公廨中,新衣已备,汤水已热,请速去沐浴,万事休要再问。"

稍后,审食其在诏狱门口,见到妻、子来接,数人抱头大哭。姚得赐在侧,揖礼送别,再三叮嘱道:"辟阳侯归家,须努力加餐,保得身体安康。我那犬子前程,全托付于公了。"

次日一早,太后便有宣召,审食其梳洗完毕,匆忙进宫。至椒房殿,见吕后方沐浴罢,显然是在等他。审食其正要下拜,吕后嗔道:"还拜个甚么? 走,下地宫说话。"

待下至地宫,两人亦抱头痛哭。审食其泣道:"险些见不成面了,太后如何不救我?"

吕后恨恨道:"刘盈竖子,诡计百出,挟制住了老娘! 前几日,街谈巷议,尽是暗讽你我事。我若出面,无异于促你早死。思之无奈,唯有束手,幸得闳孺为你开脱。"

审食其拭泪道:"堂堂汉家元勋,却要宦竖来救命,直是人间奇耻!"

"管他! 活了就好。今后行事,不可不防刘盈。"

审食其死而复生,一时还在恍惚,想了想,又道:"闳孺那里,我要面谢。终究是救我一命,可谓大恩。"

吕后想想,便允道:"也好。这些妖人,狐假虎威,也不可小觑。"

隔日,审食其便携了礼物,赴未央宫去见闳孺。原想闳孺必会趾高气扬,不料见了面,闳孺却是诚惶诚恐,礼数甚周。

审食其略感意外,忍住性子,向闳孺深深一拜:"谢足下仗义救难,保下我这头颅来,此恩至深,万世难忘。"

闳孺大惊,忙辞谢道:"哪里敢当? 辟阳侯抬举小臣了。小臣不过受平原君之托,为足下说情,本也无所谓仗义不仗义。"

"哦? 平原君? 这个……愿闻其详。"

审食其听罢闳孺叙说始末,这才悟到朱建的一片苦心。

原来,前几日,朱建虽未应允狱令所求,然翌日晨起,即赴未央宫阙,向司阍投刺,求见闳孺。不多时,闳孺亲自迎出,喜出望外,行大礼道:"久闻壮士大名,无缘得见。今日幸会,只疑是夜梦还未醒。"

朱建便回揖道:"在下求见,是受人之托。可否借过说话?"

闳孺笑道:"小臣也求之不得。平原君请稍候,我去驾车来,与你同赴章台街,选一个酒肆,边饮边聊。"

朱建在宫阙之前等候有顷,见闳孺换了便装,亲御一辆辒车出来,停车施礼,请朱建上车。闳孺执礼甚恭,一路上,只小心翼翼与朱建寒暄。

到得章台街,寻到一间宽敞酒肆,二人入雅座坐下。待店家端上酒来,闳孺便举杯祝酒道:"壮士高名,誉满京华。今得与君共饮,何其幸哉! 吾虽居深宫,亦闻君之高义,倾慕备至,尝与帝提起,帝闻君之大名,亦颇神往之。"

朱建淡淡一笑,拜道:"多谢了! 在下求见,并无私事,是为君有所担忧。"

闳孺脸色便一变,忙敛容道:"愿闻指教。"

朱建左右望望,见无外人,便低声道:"君得幸于帝,天下无人不知;今辟阳侯得幸于太后,却遭下狱。同为幸臣,竟有天壤之别! 长安市中,道路皆传言:辟阳侯将死,乃是君进谗言所致;君欲杀之,故而谗之。然君可曾想过? 今日辟阳侯伏诛,太后必衔恨,明日亦定要诛君!"

闳孺闻言,面无血色,瑟瑟发抖道:"市井如何有这等传言? 辟阳侯生死,与我有何相干?"

"道路之言,势若洪水滔滔,虽圣人亦不能禁,况凡人乎?"

"我为君上所幸,关他人何事? 莫非他人不得幸,嫉恨我耶?"

"正是。嫉恨之下,有何事不敢为? 群议汹汹,君百口莫辩,唯有化解之。"

闳孺连忙伏地,恭恭敬敬拜道:"先生原是来救我的! 万望指点。"

朱建将他扶起,献计道:"君何不肉袒①,往见君上,为辟阳侯开脱。君上听你谏言,赦辟阳侯出狱,则太后必大为欢喜。如此,两主皆以你为幸臣,君之富贵,岂不是要加倍了吗?"

闳孺闻言,不由欣喜,然又犹豫道:"辟阳侯与太后事,虽是我禀告君上,然不过失言而已,绝非进谗,为何要肉袒谢罪?"

"市井杂议,多愤愤之论。众口所毁,只在你进谗,却不管你失言不失言。君若不肉袒,君上便不听你辩白,辟阳侯便不得脱罪,君之性命也就不得保全,请君三

---

① 肉袒(tǎn),在祭祀或谢罪时,脱去上衣,裸露肢体,以示诚惶诚恐。

思。"

闳孺浑身一震，心下大恐，连忙应诺道："足下之言，乃皎皎白日，令我心明，我焉能不遵行？"

酒肆作别，闳孺掉头便回了未央宫，将衣袍脱去，赤膊面谒惠帝。惠帝见此大惊，连忙扶起道："你是何人？我是何人？有事尽管言说，又何必作势？"

闳孺便大哭道："小人之罪，百身莫赎，一言有失，竟累得辟阳侯要遭大辟之祸！此罪，不独来日辟阳侯九泉之下不能恕我；且太后亦不能容我，天下更是街谈巷议，群议汹汹。辟阳侯若死，小臣岂不是也活不成了？故而肉袒请罪。"

惠帝知晓了原委，忙安抚道："原来是为此事！那辟阳侯行为不检，与你有何干？你无须惶恐。"

"然防民之口，难于堵河。若天下皆认定，辟阳侯只因我进谗而死，则小臣必将无处容身，陛下即有九五之尊，也难替小臣洗冤了。"

惠帝微微蹙额道："你且平身，容我想想。"稍后，才徐徐道："民间之议，朕也知难缠得很，你越说没有，他越信其有，直教你生不得、死亦不得。此事……唉，你又何必！着人传令下去吧，就说朕听了你谏言，赦免了辟阳侯。如此，万事皆消，谁还能说你进谗？太后那一面，你也无须再畏惧了。"

闳孺不由狂喜："陛下，可是当真？"

"朕之言，你也敢疑是诳话吗？"

"不敢不敢！"

"若非你求情，便是十个审食其，朕也要送他下地府去。"

闳孺不禁心花怒放，好似自家蒙赦了一般，叩首不止。谢恩之后，胡乱披起衣袍，便奔出前殿传令，遣人去诏狱赦审食其了。

审食其听闻罢闳孺讲述，自是感慨万端："险些错怪了平原君！"

闳孺闻知狱令求见朱建事，亦颇动容："辟阳侯转危为安，全赖平原君仗义，小臣所为，不足道哉。太后在平素，极恨我为君上宠幸，今朝我救辟阳侯，也望辟阳侯替我多加美言，免得太后恨我！"

审食其一笑："太后亦知轻重,哪里还会恨你? 你我二人,终究……同病相怜,今后只须相互扶助便好。"

从闳孺处回到府中,恰逢陆贾来访。审食其便执陆贾之手,垂泪道:"夫子,险些天人两隔呀! 近日事,真是恍如梦寐,我定要重谢平原君。"

陆贾大笑道:"果如我所言乎?"

"不错! 平原君救人,不事声张。我在狱中托人求他,他假作不理,暗中却出了大力。高义之士,行事到底不同! 惜乎他家贫,竟似寒门,实为他抱不平。我这厢,已死过一回了,万事尽已看透。能重见天日,便是大幸,纵有千金万帛,又能当何用? 昨日回府,已将敝舍所藏昆山之玉、南浦之珠等,搜罗了半车,以为厚礼,今日便与足下同赴朱府,当面致谢,可否?"

陆贾便笑:"审公下狱才几日,便糊涂了? 那朱建岂能收你这财宝,只怕要吓跑了他。朱建,海内高士也;辟阳侯眼中,素无此类人,故不知如何交往。今老夫便教你:与之交,切勿夸矜富贵,以淡泊之交为最好。你且改换素服,我二人徒步前往,命家仆携一箪食、一瓢饮,做个抱朴见素的模样,平原君必开门笑迎。"

一席话,说得审食其大悟:"倒是将这一节疏忽了! 夫子到底是善解人意,今日便听你的。"

二人遂换了素服,携了家仆,步行至黄棘里,登门造访。朱建闻声开了门,见是陆贾、审食其便装来访,果然大悦,忙不迭将二人迎入,嘴上埋怨道:"登门便登门,又何必带食盒来?"

陆贾哈哈大笑,道:"平原君,便知你又要执拗! 我不带饮食来,如何舍得令你破费? 你不破费,我二人岂不要空腹半日? 谈天说地,便能饱腹吗?"

朱建执陆贾之手,也笑道:"夫子,与你谈,枵腹亦是乐。还请二位堂上落座。"

陆贾摆手道:"春日正好,不如就在这庭中。"

朱建、审食其皆称好,三人便在槐荫下设席入座。

甫一落座,审食其便伏拜于地,敬谢道:"平原君请受我一拜。君若不救我,我今已在黄泉矣! 此恩深厚,审某即是尽生平之力,亦不能报答于万一。"

　　朱建便扶起他，坦诚道："辟阳侯言重了！朱某与人交，素不喜嗟来之食。无故受君之赠，得以葬母，保全了孝道，此恩我是定要报的。不报，又岂能安心？"

　　审食其又道："我虽有眼，竟不识君！身为近臣，只知骄纵，竟惹得天下人皆侧目。近日常思此事，愧悔交并，打算从此蛰伏，再不张扬。经陆夫子点拨，我已知君之所愿，君心虽高不可攀，然愿与君结为莫逆，权当布衣之交就好。"

　　朱建闻言，也有所动容："辟阳侯至诚，我岂能拒之？我三人可不拘形迹，坦诚相对，便正合君子之交。百年后，或留下一段佳话亦未可知。"

　　陆贾大喜，拊掌笑道："君子成人之美。我引二位结交，庶几也可算是君子了。"

　　审食其大笑，忙唤家仆过来，将担来的蔬食淡酒取出，逐一摆上。

　　春日暖阳，遍洒绿茵，正是心旷神怡时。三人且饮且歌，且悲且喜，竟消磨了一整日。自此，三人过从甚密，结为莫逆。

四　十龄皇后登庙堂

审食其自狱中复出,百官便心知肚明:太后终究是势大,新帝也要顾忌三分。眼见风波已息,诸臣都颇知趣,当即噤口,绝不再提辟阳侯事。

众人装聋作哑,吕后便愈加无所忌惮,常留审食其在宫中。审食其若稍有踌躇,吕后便叱道:"如何进了诏狱一回,胆子都吓掉了?"

审食其不由得伤感:"不入诏狱,怎知人间惨苦?"

"怎么? 闻此言,你似遭了狱卒凌辱?"

"凌辱倒也没有。入狱当日,我心知事不妙,带了些钱财进去,打点了狱令。"

"早年在沛县,我就知狱吏歹毒,若不是任敖仗义相助,我免不了要被那狱吏睡了。今日诏狱也绝非善地,不问可知! 那狱令待你如何,可曾有过勒索?"

审食其便将狱令姚得赐照顾起居、代为求见平原君事,对吕后从头道来。

吕后听罢,便道:"此狱令,尚有人心嘛!"

审食其便苦笑:"不投桃,他何以报李?"便将姚得赐请托之事讲了出来。

吕后一脸冷笑,恨恨道:"这个姚得赐,其名不彰,为人倒是厉害得很! 那年萧何被拘,受他折辱甚多,连我也有所耳闻。今日又托你保举……哈哈,保举其子做个郎官? 惜乎我这里,只有粪倌好做! 明日我便赶他走,流刑一千里,赴巴蜀去了这笔账吧!"

审食其心中便觉不安："毕竟此人为我通消息，终使我得救。"

"正因如此，才饶他一命。不然，今日我便将他枭首！"

"小吏虽枉法，然如此科刑，不亦甚乎？"

吕后瞥了审食其一眼，满脸不屑，反问道："他有何德何能，可令你怜悯？狱令，不过仓鼠一只，占了个好地而已。此人虽也救你，然与平原君相比，却有云泥之别！哀家自理政以来，已将人心看透，我可以不义，然臣子却不可不义！若帝王者与一班无廉无耻者为伍，终将为佞臣所害。诏狱姚得赐之恶，我早便听张敖、萧何说过，今日才除之，已是太迟了。"

审食其想想，一摇头道："自作孽，不可活。也罢，就随他去吧！"

这夜，审食其与吕后于地宫共眠。榻上被服，皆以身毒①香熏过，氤氲满室。历经此番磨难，二人重逢，都觉无比惬意。

欢愉过后，吕后忽然起了心事，幽幽道："这个刘盈，直是我前世的冤家。失心翁在时，他不知讨好，险些失了太子位；失心翁走了，他又违逆我意，处处与我作对，胡作非为。今已近弱冠之年，如何才能令他收心？"

审食其便一惊："盈儿即将弱冠了？"

"当然。盈儿登位那年，年十七，今已满三年，正是弱冠之年。"

"都说流光易逝，诚哉！这些年，还当他是顽童呢。既已将弱冠，便应尽早合婚，方合于礼，不知太后做何打算？"

"权衡得失，哀家亦是无奈。刘盈唯有娶诸吕之女，才不致有后党之辈与我作对。然诸吕之女，竟无一端庄娴静者，哀哉无过于此！如此，刘盈若娶了外姓，则日后权柄或为外姓所据，真真愁煞我也。"

"然此事不可再延宕了。帝无皇后，天下便无母仪，总不是事。"

"备选皇后者，须生性娴静，又非外姓，来日须做得我耳目。如此一个女子，立为皇后，方可称意。"

---

① 身毒，古印度之称。

审食其便笑:"神仙中人,或许有。"

吕后嗔道:"无怪诸臣不服你,你那心术,欠缺多矣!此女,就在你我眼前,只是年纪尚小,我延宕三年,至今年提亲,恰是时也。"

审食其大感诧异,不禁坐起:"竟有此人?是哪个?"

吕后便微笑道:"张嫣。"

"哪个张嫣?"

"就是鲁元之女呀,宣平侯张敖之女。"

"鲁元之女!盈儿外甥女吗?如何能嫁与盈儿?"

吕后也坐起,望住审食其道:"哪个说甥舅便不能通婚?"

审食其嗫嚅道:"鲁元之女,再好不过,然人伦总要顾及。"

"鲁元一女流耳,又不入族谱,何来乱伦?那张嫣,虽姓张,然为我女所生,便与吕氏无异,此正为天赐。"

"然……臣闻所未闻。"

"我今日便教你闻!田舍翁可做皇帝,此前你可曾耳闻吗?那么,你如何就乐做这田舍翁封的侯?"

审食其默然片刻,回道:"太后所选人,乃绝佳之选。只可惜,张嫣仅有十龄,尚不通人道。"

"唯其小,方能听话,可为我耳目。且十龄女如何?即便是雏儿,放在男子身边,久也必通人道,你无须多虑。"

次日晨起,吕后便吩咐中涓拟好聘书,聘宣平侯之女张嫣为皇后。半月后,即行册后大典,迎入后宫。

待聘书誊毕,吕后看过,立即遣人送至长安北阙甲第,交予鲁元、张敖。

鲁元、张敖接了聘书,又惊又喜。张敖不免踌躇,自语道:"吾女为甥,今上为舅。张嫣嫁为舅妻,上下辈分,岂不全乱了?"

鲁元却道:"你管他!我辈是我辈,张嫣是张嫣,哪里就会乱?"

"唉!太后只顾钦点,全不顾小辈脸面。"

"夫君,此话甚是不当哦!张嫣做了皇后,我便也尊如太后,这不是脸面是甚么?"

张敖拗不过鲁元,只得依了。两人算算佳期已近,便一齐忙碌开来,为张嫣置衣添被,准备嫁妆。

这位张嫣,字孟瑛,小字淑君,为鲁元公主长女。早年五六岁时,容貌便清丽绝世。随鲁元出入宫中,刘邦见之,甚是喜爱,常令戚夫人抱之,赐予果品。刘邦笑对戚夫人道:"你虽妍雅无双,然此女十年以后,便不是你所能及也。"

惠帝与这张嫣,说来也有些渊源。当初惠帝为太子时,曾娶一功臣之女吴氏为太子妃,此妃亦喜欢张嫣,呼之为"小人儿",常抱着玩耍,惠帝由此亦甚喜之。待到惠帝登基,吴氏本可册封皇后,惜乎福薄,未及等到这一日,竟染病身亡。

缘此故,惠帝做梦也难料到:母后今日为他所选的正宫,竟是这位小人儿。

此事诏令天下,百官闻之,都惊异莫名,不知惠帝为何行事悖谬,不选功臣之女,却选了幼年外甥女,真乃荒唐至极。然宫闱秘事,不涉国本,故也无人愿出头劝谏,都怕惹祸上身。与鲁元相熟的沛县旧部,则不管那许多,只连声赞好,纷纷备好礼物,送至宣平侯邸为贺。

恰在这几日,南越王赵佗所遣使臣,携贡物入都,朝野都为之轰动。原来,高帝驾崩后,赵佗心有疑虑,并未前来会葬,只在岭南观望。直至近年,探知惠帝虽任性,然施政宽仁,中原为之大治,百姓亦安康,赵佗这才服气,遣使朝贡,意在表明心迹。

惠帝召见来使,问起南越国奇风异俗,使臣便滔滔不绝对答。惠帝听得忘倦,又见贡物中,有些稀罕的海龟、珊瑚之类,见所未见,便乐不可支,竟与那使臣连日对饮,大醉不醒。

待到酒醒,有左右近侍禀报,惠帝才知立皇后事,只疑是近侍传错了话。遂命闳孺往长乐宫再三核验,回报均称确是立张嫣为皇后。惠帝这才颓然瘫坐,哀叹道:"这庙堂成了甚么,伦理全废,直将我双目剜去算了!"

闳孺连忙过来劝:"陛下可号令万民,无人可阻;然太后之命,却不可违。"

"如此乱命，违了又如何？"惠帝愈加激愤，稍作喘息，便吩咐备车辇，要去与母后分辩。

入得长乐宫，惠帝直赴椒房殿，伏在吕后面前不起，恳求道："立张嫣为后，实为不妥。我为天子，事事应为天下立则，宁愿杀人放火，也不能逆五伦①，免得为后世所笑。恳请母后收回成命，另择功臣之女为媳，以释百官之疑。"

吕后闻听，脸色便不好看："吾儿又来乱说！那张嫣虽小，到底是家人，无有二心。做你皇后，亲上加亲岂不是好，哪里就逆了五伦？我这便唤你师尊叔孙通来，当面问他，究竟是如何教的？甥舅为婚，有何不可？又不是要你娶鲁元！"

惠帝便苦笑："今日为甥，明日为妻，这让我如何叫得出口？"

"你若看得顺眼，自然就叫得出口。那张嫣容貌超群，人品娴静，我选秀女多年，还从未见过能及者。"

"若娶了张嫣，我又呼鲁元为何？"

吕后便略显怒意："刘肥已呼鲁元为母了，你也呼鲁元为母，又能如何？若事事都讲章法，汉家便不能开天，更不能有落过草的皇帝！此事关天，决不可更易。聘书已下了多日，又岂能反悔，那不是要笑煞天下人了？"

"那十龄女，如何做得人妻？"

"十龄不成，十五龄总可以吧？五六年倏忽而过，你倒等不及了！你平素勾搭宫女，生下孽子，也有两三个，全没误了你快活。今后几年，你权且勾搭，待张嫣长成豆蔻女，再行夫妻之事也不迟。"

惠帝知太后意已决，事不可挽，踌躇了片刻，猛然起身，话也不说便走了。

吕后知惠帝必不敢违拗，也就随他去了，自己只忙着张罗娶媳之事。

古时娶亲，须行"六礼"②。吕后便唤来少府、宗正，命二人充作迎亲的纳采③。

---

① 五伦，是指中国古代社会最基本的五种人伦关系，即父子、君臣、夫妇、兄弟、朋友关系。

② 六礼，即纳采、问名、纳吉、纳徵、请期、亲迎。

③ 纳采，古时婚姻"六礼"之首。即男方请媒妁前往女方提亲，获应允后，再请媒妁正式向女家纳"采择之礼"。

二人受命,择了一个吉日,携了雁、锦帛、玉璧及良马四匹,为采择之礼,至宣平侯邸求见张嫣。

可怜那张嫣,不过是十龄懵懂女,强为待嫁新娘,此刻着了盛装,由八名侍女扶出,受"纳采"之礼。

随后,便是"问名"之礼,宗正依例问及张嫣姓名、年庚,均记载于典册。这桩婚事,虽是吕后极力促成,然也忌惮张嫣年岁太小,于百官面前不好交代,于是早就知会了鲁元,令张嫣自报"已十二岁"。

张嫣出于豪门之家,身材修长,禀性娴静,举手投足皆有模有样,自报十二岁,众人果然都不疑。少府、宗正及随行曹掾等,见张嫣袅袅婷婷、从容对答,都惊为天人,各个屏息不敢仰视。

少府等人回宫,向吕后奏报:"宣平侯之女张嫣,有德知礼,姿容秀美,可母仪天下,以承汉家宗嗣。"

吕后早料到是这般回复,又闻少府等人语出至诚,不似阿谀,便喜道:"你等既然看好,便不是哀家一人独断,将来也免得有些闲话。"

次日,便由朝中重臣曹参、周勃、赵尧及太卜、太史等人,用"太牢三牲"祭告祖庙,以卜筮之法,占得一个良辰吉日,这便是"纳吉"之礼。

至"纳徵"之日,叔孙通携马十二匹、金二万斤,往宣平侯邸下聘礼。其聘仪之厚,为古来所未有。此后汉家诸帝,凡立皇后,皆依此例来办,开了一代风气。

张嫣有三兄弟,其时幼弟张偃在侧,见黄金累累堆于堂上,不觉大奇,忙奔回后堂问道:"嫣姊,皇帝买你去了?"

鲁元闻之,啼笑皆非,叱道:"孺子,休得多言!"

张偃便欢跃上前,执张嫣之手道:"嫣姊,何不出去看看?"

张嫣一笑,好言劝走幼弟,便疾步进了内室,闭门不出。

如此繁文缛节,竟消磨了整整一个春夏。至秋八月,又仿秦制,遣女官往宣平侯邸相面。

惠帝所遣女官,乃鸣雌亭侯许负。此女大有来历,绝非寻常,天生便善相术,著有《相女经》《德器歌》等书，是秦末一位旷世奇人。

话还要从头说起。早在始皇二十六年（公元前221年），秦灭齐，一统天下。始皇为之大喜，诏令天下，广征祥瑞。有河内郡守奏称：温县（在今河南省焦作市）县令许望，近日生一女，手握玉石，上隐隐有文王八卦图。又称此女出生仅百日，即能言，实为神异。

始皇闻报，以为是吉瑞之兆，便令赐许望黄金百镒①，以善养其女。许望得始皇赏赐，心甚感激，遂为此女取名曰"莫负"，意谓莫负皇恩。

莫负在幼年，果有异禀。达官贵人慕名来访，莫负于襁褓中见之，或哭或笑。间里相传，凡莫负见之大哭者，不久便有灾祸上身。四周百姓，无不视此女为天神。

待此女长至十岁，便可过目成诵，聪明异常，师长已不能教，许望便欲携女寻访世间名师。其时鬼谷子先生年事已高，不知其踪；世间高人，唯有黄石公在颍川郡（今河南省登封市以东）授徒。许望便携莫负，往颍川寻黄石公拜师。不巧黄石公已离颍川，云游四海去了。

访师而不得，许望携莫负怏怏归家，忽得一过路老翁赠书，名为《心器秘旨》。从此莫负便发愤读此书，习得一套相面神术。得奇书启悟，莫负可料未来事，预知秦祚将不久，不愿背负晦气，便自行改名为"负"，遂以"许负"之名行世。

许负善相面之名，流传四方，其时秦始皇亦有耳闻，遂命郡守前往征召，许负却托病不应召。其父怪之，许负只是一笑："天下将大乱，应召何益？"

不久始皇崩，天下果然大乱。许望犹疑不定，不知该不该去投陈胜，只招募了壮丁两千，拥兵自保。适逢沛公军西征咸阳，途经温县，许望便率众投之。刘邦听说许望之女便是那闻名天下的许负，甚感惊异，便请许负来相面。

那时许负尚是小女子，看过刘邦之相，连连赞道："将军龙行虎步，日角插天，乃帝王之表也。"

刘邦大喜，给了赏赐，仍留许望为县令。许望父女，便算是早早投了汉家。相

---

① 镒（yì），秦始皇时期的货币，亦为古代货币单位，一镒为二十两或二十四两。

传楚汉交锋时,薄夫人之母在魏,曾请术士为薄夫人看过相,那所谓术士,便是许负。许负看过后,言薄夫人可"母仪天下",意谓其子可贵为天子。正是这句话,后来引得汉王刘邦好奇,想见见丧偶的薄夫人,一见之下,觉容貌不俗,便纳入后宫。那位薄夫人,后来为刘邦生子,其子大贵,真就做了汉家皇帝,竟应验了"母仪天下"之语,堪称传奇。

待刘邦登基,想起许负幼年吉言,心有感念,便封了许负为侯,收为女官,专事相面,时许负年方二十。至张嫣立后这年,许负已年逾三十,相面识人更为老到。

这日,许负进了宣平侯邸,将张嫣引入一密室,为其沐浴,一面便将张嫣容貌体态看了个清楚。见张嫣面如皎月,体似垂杨,并无瑕疵,许负心中便喜,逐一记录在册。浴毕,张嫣刚要穿衣,许负忽向张嫣一揖道:"老身此来,是代皇帝行事。事已毕,请皇后谢恩,呼'皇帝万岁'。"

张嫣忸怩不肯应,许负便再三劝说,喋喋不休。

张嫣方才缓缓跪下,低声道:"皇帝万岁!"

待谢恩毕,许负便伺候张嫣穿衣,三哄两哄,又将张嫣那隐私处也看了,见并无意外,于是也记了下来。

当日回宫,许负见了太后、惠帝,递上所记折子,禀告道:"张嫣娴静,体貌无瑕,实乃汉家洪福。"

吕后心喜,却故意道:"你看清了? 可不要胡乱阿谀。"

许负不卑不亢道:"妾平生所相之人,成千累万,无如张嫣这般贞静者。"

惠帝看罢折子,也面露喜色,赞道:"如此甚好!"便命将此折交太史令收藏。

吕后见事已谐,连夸了许负几句,又问道:"闻说你幼年聪慧,早便知秦祚不久,今可预知汉家祸福吗?"

许负沉吟片刻,方答道:"相人,小技也,不足以窥天下。然人间之道略同,臣这里便斗胆放言了。老子有言'守柔曰强',此即为汉家今日之运。"

吕后颔首笑道:"不错不错! 自先帝崩,哀家不守柔,又能何如?"

"先帝虽崩,尚有诸臣;诸臣有智计,可以安天下。"

"然诸臣亦如草木,一秋而止;若朝中智士凋零,又将倚赖何人?"

"回太后,智士凋零,有何可惧? 恰如圣人所言:不以智治国,国之福也。"

吕后双目倏然一亮,心中似开了窍,遂大喜,命涓人取出许多黄金来,重重赏了许负。

惠帝四年(公元前191年)冬十月,一元复始。当月壬寅,便是册立皇后的吉日。这日里,又有许多繁文缛节,数不胜数。

清晨,宫中便有诏令传出,命相国曹参、御史大夫赵尧二人,拥凤辇至宣平侯邸,迎回张嫣,即为六礼之最后一礼——"亲迎"。

那张嫣,年岁还是孩童,全不知婚姻为何事。一大早,张敖夫妇便将张嫣喊起,装扮一新。一袭深领襦裙,上黑下白,乃应时新装。那工匠刀剪,似有灵性,剪出了衣带当风、云肩落霞,竟显出百般的灵动来!

宣平侯邸前街,一早便净了街,小民只能在闾巷中远观。曹参、赵尧立于门前,恭候多时。待吉时至,鼓乐响起,张嫣方姗姗而出。只见那凤冠耀目,长裙及地,竟是翩若惊鸿一个玉人,围观的百姓便是一阵喝彩。

张敖、鲁元两人随后而出。曹参、赵尧连忙迎上,施大礼问候,又随张嫣往宗庙辞行。

辞庙礼毕,一队郎卫便将凤辇推上前来,请皇后上车。哪知张嫣幼小,上了几次,竟是登不上去。张敖在旁见了,心一急,一把将张嫣抱起,跨了上去,同坐于车上。曹参、赵尧相视一笑,便紧随其后,率郎卫、宦者、宫女等数百人,浩浩荡荡,往未央宫前殿而来。

一路警跸,万民夹道观望。见皇后竟是幼女,都觉大奇,不禁齐呼"小皇后万岁",其声扬于数里之外。

这日,未央宫张灯结彩,红氍毹从南门铺至前殿。惠帝坐在大殿正中,百官立于两侧。

凤辇行至南阙,张敖便将张嫣抱下车来,由曹参、赵尧引入宫门。张嫣北面而立,听大行令诵读册文。待礼官读毕,张嫣三跪三拜,算是堂堂正正做了皇后。

而后,两旁走上六名女官,引张嫣至惠帝龙床前,伏地谢恩。

岂料那张嫣一大早被喊起,由众人簇拥半日,早已昏了头。虽不至失态,却是忘了父母所教,不知谢恩该说些甚么,跪拜于地,竟然久无声响。

百官见了,面面相觑。曹参在侧亦是大急,生怕张嫣举止不得体,欲上前提醒,又碍于礼制,急得浑身汗湿。此时,旁侧一女官机敏,见事不好,忙附耳教之。

张嫣这才如梦方醒,叩拜道:"臣妾张嫣,贺帝万岁!"

此时殿上,众臣皆屏息,落针可闻。张嫣的这一句话,其幽韵,若微风振箫,又如娇莺初啭。惠帝闻此声,也不由为之动容。

张嫣谢恩毕,起身退立。便由周勃为张嫣授玺绶,太仆代为跪受,再转授女官,女官为张嫣挂在腰带上。张嫣又拜伏,再称"臣妾谢恩",谢毕,回归原位。

而后,群臣列队,于皇后面前站定,行礼而退。至此,迎娶典礼才告完毕,张嫣登上软辇,由众宫女簇拥,进了中宫①。

张嫣虽生于王侯之家,然一入中宫,双眼仍是不够用。但见那宫室四壁,皆涂以黄金,有阵阵椒香扑鼻。室内陈设,缀明珠以为帘,琢青玉以为几;旃檀为床,镶以珊瑚;红罗为帐,饰以翡翠。榻上衾枕,皆织有金龙凤纹,华丽无比。另还有各色珍玩,五光十色,不可名状。

在此内室,惠帝与张嫣还要行合卺礼②。女官又附耳教了几句,张嫣便举起杯,向惠帝敬酒。不料端起酒杯,迟疑片刻,却道:"女甥阿嫣,贺舅皇陛下万岁!"

惠帝便大笑:"甚么舅皇? 女官是如何教你的,怎么仍用从前之称?"笑罢,便也捧起一杯酒,回敬张嫣。

张嫣忽觉害羞,便推说不能饮,只勉强饮了几口。

---

① 中宫,秦汉以后,称皇后居住的地方为中宫。 因建于后宫中心而得名。 同时也为皇后的代称。

② 合卺(jǐn)礼,中国传统婚礼的仪式之一,结婚当日,新郎、新娘在新房内共饮交杯酒,亦称合欢酒。

至日暮之后,张嫣端坐于榻上。惠帝忙了一整日,尚不及好好看张嫣一眼,便秉烛上前,细加端详。

但见那张嫣双鬟垂肩,明眸有神,不敷脂粉,色若映雪;惠帝便一怔,又凑近去看。张嫣含羞,低了头下去,两腮之间,有微晕如指痕,淡红可爱。

惠帝大为感慨,对张嫣道:"因你为我甥之故,为避嫌疑,一向未曾近观。不料你已长得这般可人,无怪乎许负要夸你!"

张嫣见时已晚,忙问:"舅皇,中宫固然好,然今夜吾不得归家,奈何?"

惠帝便狡黠一笑:"令尊令堂,是如何教你的?"

"只教我听舅皇吩咐。"

"那便在舅皇这里住吧。"

张嫣眨了眨眼道:"是要我做舅娘吗?"

惠帝便仰头大笑:"十龄女,如何做得舅娘? 你且独居一室,自有人伺候,无须害怕。待五六年后,再与我同住一室。"

张嫣这才放下心来,然稍一想,又觉疑惑:"不做舅娘,便不是皇后了吗?"

惠帝复又大笑,将张嫣抱下榻来,答道:"当然是皇后! 天下女子,无人可及。你在舅皇身边,朕可保你一世的荣华。"

"你是说,我娘也不及我了吗?"

"正是。自今日起,便不及你了。"

张嫣开心一笑,拍掌道:"既如此,长住舅皇处,也是好的呀!"

入宫后,张嫣颇知规矩,五日一朝太后。每见太后,必亲自端菜端饭,屏气凝息,神情肃然。吕后见之大喜,每每赞道:"这才是吾女所教! 如此皇后,能不母仪天下乎?"

此时皇后虽立,中涓却大多不得见张嫣一面。原来,张嫣深居椒房,每见太后,必乘软辇,严密遮挡,从复道往长乐宫去,因而宫人多不识其貌。

一来二去,有关小皇后的传言,便渐渐多了起来。宫人皆相传:张嫣所到之地,多有异象显现。清晨对镜理妆,常有一五彩小鸟,飞落于帘外啼鸣,其声若"淑君幽室里去"，如泣如诉。后来，此景竟延续十余年，朝朝如此，然也未见有何灾异发生。

还有那宫中苑囿内，养了些孔雀、白鹤。这些珍禽，每见张嫣路过，必起舞翩翩，颇似讨好，宫人都甚以为奇。

至惠帝四年春三月，惠帝已年满二十，当行冠礼。甲子这日，便携了张嫣赴高庙，祭告祖宗。祭罢，即有诏令下，大赦天下。又将那妨碍官民的法令禁条，一概废除。普天之下百姓，闻之皆欣喜，说起皇后来便都夸赞。

张嫣喜读书，惠帝至中宫，常闻有诵书声，清婉传至户外。见张嫣读书，浑然忘身外事，惠帝便笑："你不闻秦始皇焚书事乎，为何也要效那腐儒读书？"

张嫣忙放下书，起立答道："昔年，妾父张敖曾言：'秦之速亡，半由于焚书。'陛下圣明，却仍用亡秦禁书之律，岂不是笑话？他常为陛下惜之。"

惠帝有所触动，喃喃道："你父所言，确是有理呀。"于是下诏，废除《挟书律》。此律禁私家藏书，自秦亡之后，虽稍有弛禁，却未明令废止，民间仍无人敢违禁，就如白日犹存鬼魅。惠帝治天下，到底是存了仁心的。此律一除，百姓若私藏书籍，便再无杀头之祸了。埋没之古籍，随之纷纷面世，在民间传抄流布，蔚为大观，终成日后儒学勃兴之势。为此，民间便都念着张皇后的好。

张嫣进宫后，鲁元公主放心不下，常来探视。张嫣与母相见，迎送都不用君臣礼，仍用家人礼，大有依依恋母之意。

鲁元大感欣慰，牵张嫣之手，问惠帝道："阿嫣还如意否？"

惠帝答道："阿嫣相貌，不似阿姊，而酷似宣平侯，令我后宫美人为之减色。然其端庄娴静之性，则与阿姊同。"

鲁元便大笑："你不如明说我丑便是，何必花言巧语讽我？"

其时张偃也在侧，惠帝便抱他在怀，逗弄道："此儿体貌，颇似张嫣；若为女子，也是一佳人了。"

鲁元便一把将张偃抢过，佯怒道："陛下可知足矣！有你的闳孺在，休得再胡思乱想。"

惠帝便乐不可支，姐弟两家，自此亲情愈厚。

张嫣在中宫待了些时日后，便日渐随和，安之若素。惠帝玩心虽盛，亦不忘照拂张嫣。每日晨起，总要踱至中宫，观看张嫣盥洗。日日如此，百看不厌，常对宫女慨叹："皇后之色，直欲与白玉盘匜①争高下！"又道："皇后神态，俨然一宣平侯，但模样娇小而已。"

众人看看，也觉得像，都纷纷掩口而笑。自此，惠帝便戏呼张嫣为"张公子"。

张嫣近身宫女，皆知惠帝心思，每见帝将至，必先为张嫣端上金唾盂，盛满紫薇露，供漱口用。等到惠帝来，抱张嫣于膝上，数其牙齿有多少颗。张嫣一张口，便是香气溢出，引得惠帝大悦。不久，惠帝又研了朱砂，点张嫣之唇；岂知张嫣唇色如丹樱，那朱砂反倒显得淡了。

一日，惠帝至后宫，张嫣刚解下裳服，由两名宫女伺候洗足。惠帝便坐下观之，笑道："阿嫣年少而足长，几与朕足相等。"又对宫女夸张嫣道："看皇后足胫，圆白而娇润，你辈哪个能及？"其爱怜之心，不加掩饰。

惠帝将张嫣娶进宫，虽不能做人妻，却也觉可人，渐渐便忘了烦恼。这日，忽有叔孙通赴阙求见，惠帝便一惊，连忙宣进。

原来，惠帝即位之初，见群臣进了先帝陵园，手足无措，全不知礼，便唤来太傅叔孙通，嘱道："先帝陵园寝庙，群臣入而不习礼，师尊便去做个奉常②吧，居九卿之首，为汉家制礼。"自此，叔孙通便做了奉常，为汉家订宗庙仪法，头绪繁多，一时难以完成。

久未曾见师尊，惠帝不禁满面欣喜："吾师何事登门？不是朕又有了错吧？"

叔孙通一躬应道："正是。"

惠帝神色就大变，忙请叔孙通入座，道："愿闻指教！"

叔孙通便朝北一揖，徐徐奏道："先帝葬于渭北，生前所留衣冠，皆藏于陵园。每月取出，由执戟郎护卫，出游高庙一次，名曰'游衣冠'。"

---

① 匜（yí），先秦礼器之一，用于沃盥之礼，为客人洗手所用，与盘形成组合。
② 奉常，九卿之首，秦始置，掌宗庙礼仪。汉初时曾改为太常，至惠帝时复为奉常。

"此事朕已知,由师尊主持其事。"

"还有一事,也不可不察。未央宫与长乐宫之间,于武库之南,有飞阁复道一座,以通往来。陛下朝太后,常从此过。"

"不错,往日朝见,两宫南门皆警跸,往往扰民。从复道往来,正为便民。"

"然微臣以为不妥。臣见'游衣冠'所经之途,与这复道同出一路。如此,子孙行走于半空,岂非行走于先帝衣冠之上?"

惠帝不由一惊:"哦呀! 朕于此节,倒是疏忽了,这如何是好? 便将那复道拆了吧?"

叔孙通道:"不可。天子处庙堂,不宜有过度之举。当初建复道,原也是为免扰民。当年劳师动众建成,今又拆之,岂不失信于天下?"

惠帝便苦笑:"那也顾不得扰民了,仍从两宫大门往来。唉,做了皇帝,进退皆失措,倒不如富家儿随意了。"

"那是自然。位高,所处即是危地,小事亦不可轻忽。然事也不必拘泥,微臣以为,可在渭北择地,另建原庙一座,就近游衣冠,无须再入城了,岂非两便?"

"甚好甚好! 于渭北建庙,正是至孝之举。不知师尊还有何建言?"

"古有春尝鲜果之俗,今樱桃已熟,可作祭献。愿陛下出宫,摘取樱桃,以献宗庙。"

"好好! 此礼,可列入汉家仪法,名为'果献',年年不辍。"

"如此,先帝于地下,也可含笑了。"

惠帝不禁动容,遂起身道:"师尊多日不来,来即令弟子大悟,弟子这厢有礼了!"说着便要跪拜。

叔孙通连忙阻住,道:"你好歹还知师恩。然读万卷书者,岂如斗鸡小儿得宠? 贤愚颠倒,自古已然,而今余脉不绝,为师又能如何?"说罢一拂袖,便返身退下了殿去。

惠帝呆望叔孙通背影,不禁面色发白,汗也湿了一身。

在榻上辗转一夜,惠帝深自懊悔。次日一起来,便唤来中谒者张释,商议了半日,教他拟诏:一则,命各郡国,查乡间孝悌、勤劳之民,造册上报,终身免赋,以嘉勉民之厚朴者,杜绝奸猾之风。二则,颁下新令,逃人若还乡,既往不咎,允归还田宅,官吏亦不得辱之。此外,各郡国兵卒,人数浮滥,允裁减归乡,官吏须善待,划给田土耕种。

此诏一下,朝野大赞,都称此为圣德。于是,惠帝方觉心安,每月必至叔孙通居处请教。然事无百日好,时过不久,叔孙通忽然病殁,众弟子亦将星散,引得朝野一片唏嘘,惠帝更是为之不欢多日。

吕后闻听叔孙通已死,也不由得呆了,喃喃自语道:"这老夫子,不陪盈儿了?你这拗师傅,说走,便走得这般快……"

且说惠帝大婚之后,宫人正欲消歇几日,不料两宫竟连发火灾,烧得人胆战心惊。

先是张嫣进宫后才数日,长乐宫鸿台便失火,楼台尽毁。吕后受了惊吓,大骂中涓。长乐宫涓人受了责骂,一连数月,皆夜不敢眠。

这边好歹防住了祝融,至秋七月,未央宫那边又出事。乙亥夜间,藏冰的凌室,忽起大火,烧成一片水洼。吕后气得拍案大骂:"灶间尚未失火,藏冰室倒起了火,涓人都死绝了吗?"

孰料才过数日,未央宫织室又起大火,无数锦缎付之一炬。消息传至长乐宫,吕后双目大睁,僵坐不动。涓人都以为,太后少不了要有一场暴怒,却不料,吕后只教传见许负。

待许负上得殿来,吕后便问:"两宫为何灾异不断? 立张嫣为皇后,莫非不吉?"

许负便道:"非也,太后请勿虑。两宫火灾,或是朝廷旺运也未可知。"

吕后苦笑道:"权当如此吧! 汉家宫室,哪里比得上阿房宫? 再有两三个未央宫,也不够烧的!"于是,便唤来惠帝,狠狠教训了一番。

惠帝也着实吃了惊吓,回到未央宫,便召集涓人,严密布置防火。从此宫中,无人再敢大意,昼夜都小心火烛,这才无事。

至惠帝五年（公元前190年），吕后所忧心之事，终于接连而至——功臣元老，竟纷纷谢世。

这年春，最后一次筑长安城，征发长安六百里内男女，共十四万五千人服劳役，一月而止。剩余未完工之处，则征发列侯家徒补齐。

此次筑城，规模浩大，曹参心知此为万代之功，不敢马虎，一改往日闲散气，效仿萧何，亲上城头，昼夜催督。至秋八月，堪堪四面城墙即将筑好，曹参却因劳累过甚，顶不住，一夕吐血数次，竟然薨了！

吕后闻知，呆呆坐了半日，泪流不止。惠帝闻听噩讯，奔来长乐宫，与母后商议。吕后嘱惠帝道："曹参，你父执辈也，恩重亦如父。你且换了素服，前往曹邸，代我吊丧。另有谥号、袭爵等事，也一并办好。"

惠帝便带了陈平、周勃等人，同赴曹邸，见了曹参妻、子，温言劝慰。次日便有诏下，赐曹参谥号懿侯，子曹窋袭封平阳侯。

曹参虽逝，功德常留。至本年秋九月，长安城终告筑成，周长六十五里，城外有壕水环绕，四面各开三座城门，上有木制城楼，巍峨干云，各门均有门道三条。一面三座城门，共计十二城门；一门三通道，共计三十六门道。后东汉张衡作《西京赋》，所述"方轨十二""三涂洞开"即指此。

长安城郭，并非长方形，因受渭水所阻，又顾及未央宫走向，故城南为南斗形，城北为北斗形，俗称"斗城"。

此时之长安，经萧、曹两人接替营造，已是天地间头等的通都大邑，尤其自惠帝临朝以来，百事无为，万民心定，生计一年盛于一年。至此时，城内商贾已云集，各个富甲一方，出入游乐，骄奢不输于公侯。恰如张衡《西京赋》所言，看彼时市井，唯见满目奢丽：

　　　　尔乃廓开九市，通阛带阓。旗亭五重，俯察百隧。周制大胥，今也惟尉。瑰货方至，鸟集鳞萃。鬻者兼赢，求者不匮。

秋高之时，天气渐凉。吕后一时兴起，便偕了惠帝及文武重臣，将那四面之城，各登临一遍。

在城头，吕后望街衢良久，满面喜色，对左右群臣道："高帝在时，恐百姓奸猾，曾有《抑商令》，禁商人身着丝衣，又不准乘车出行。哀家以为：市井子弟，不让他为官宦，也就罢了，不许他衣丝乘车，这就过了。吾意《抑商令》即使不废，也应从缓，有司都不要过于计较。看这长安城，若无商人出入，还成什么样子了？"

群臣闻之，都大喜，齐呼"万岁"，盛赞太后德被天下。

商民于城下仰望，见城头旗盖蔽日，金钺如林，便知是大驾出游。那卤簿每至一处，便引得闾巷喧腾，观者如堵，人人皆惊呼："天神下凡了！"

一行人登上南面的安门，方清晰望见两宫格局。唯见屋宇万千，纵横交构，错落有致，正如张衡所言：

> 正殿路寝，用朝群辟。大夏耽耽，九户开辟。嘉木树庭，芳草如积。高门有闶，列坐金狄，内有常侍谒者，奉命当御。兰台金马，递宿迭居。

群臣未料俯瞰两宫竟是此等气象，皆同声赞叹。吕后以手扪胸，也是错愕良久，方环顾群臣道："萧丞相手段如何？"

群臣齐声称赞："或比姜太公！"

吕后大笑，遂敛容，殷殷嘱道："天下未定时，安危系于将军；天下既定，兴衰则在于宰相。正是这萧规曹随，我汉家方有今日！惜乎曹公也早早薨了，哀家连日心乱，一时尚不知何人能继任。"

众臣闻言，皆唏嘘不已。

那曹参为相三年，天下无事，民间得安宁，今忽然亡故，市井百姓亦为之悲。有人作歌谣曰："萧何为法，讲若画一。曹参代之，守而勿失。载其清靖，民以宁壹。"一时闾巷传唱，延及郡国，天下无人不颂其德。

曹参去后，相国一职，一连空缺了三月。吕后原想用樊哙，又想用吕释之，踌躇再三,不敢轻易任命。百官见此,不免起了疑惑,人心有所浮动。左右皆苦谏道:"国无纲纪不立。相国一职,不可久缺。"

吕后仍不能定夺,遂想起张良,即遣人赴留侯邸打探。未几,涓人回禀:"留侯在家,仍不食五谷,欲学仙飞升。"

吕后便连连摇头:"留侯德高,为汉家重臣,如此自弃怎能行?"于是备下盛宴,请张良入宫赴宴。

张良应召前来,见案上珍馐如山,不由大惊,摆手道:"臣欲从赤松子游,已辟谷多年,怎能如此进食?"

吕后便强令道:"不能食,也须食!人生一世,如白驹之过隙,何必自苦如此?"

张良只得坐下,举起箸来,却仍犹疑:"辟谷,人以为苦,臣则以为大乐。多年如此,已不知肉味。"

吕后挥挥袖,不以为然道:"留侯以三寸舌为帝王师,封万户,位列侯,此乃布衣之极。若饮食起居,尚不如布衣,所图又为何呢?"

张良答道:"臣只羡世间高人,别有怀抱。昔征鲁城时,臣随帝过济北,寻恩师黄石公不见,不得已,唯有携回黄石一块,供奉在家。每日拜之,便觉已成半仙。"

吕后仰头大笑:"果然几近成仙了!留侯少年时,得黄石公教诲,发愤自立,终得大贵,这本是正途,不应有疑。若只求长生安乐,不若当年去隐居,早便修成高人了,又何必随先帝冒矢石、打天下?"

"此一节,臣亦甚觉大惑。"

"再者,看留侯今日,位在卿相之上,名震中外。汉家河山,纵是行至桂林、番禺,亦无人敢侮慢你。你不稼不穑,终年不朝,无须谄媚,免于奔走,无税吏上门,无捕快拦路,郡县匍匐于前,诸侯逢迎于后,如此,又岂是一个布衣可得的?若真为布衣,则吃喝用度,油盐柴薪,何事不令你焦头烂额?"

"这个……太后高见。世态炎凉,臣亦知,故不愿食人间烟火,宁愿远遁。"

吕后便笑:"留侯贵公子出身,儒雅好文。那山中豺虎、林间野豕,须是不好应付的!"

张良于座中一拜，恳切道："太后所言，正是微臣心病。多年坐而论道，未赴山中，或正因患得患失。"

吕后闻听，只微微一笑："你岂是真心想隐居？不过明哲保身而已。那失心翁在世时，胡乱猜疑，功臣多畏惧。此弊，自哀家掌政之后，断乎不许再有。留侯请放宽心，不要自外于朝。"

"臣痴迷于仙游，或为妄想；然执此一念，朝夕思之，十年不改，或许亦能成真。臣既已半生碌碌，悔之莫及，老来若得道，也算是得了解脱。"

"哈哈，哀家与你讲理，是讲不过了。然一朝成仙，哪还有这般人间美味？来来，哀家便不讲理了。你今日，须饱食足饮，方可归家。"

张良无奈，只得勉力加餐。其间，吕后数次起身，为张良敬酒，恭谨有加。

宴毕，吕后便问计道："今曹参新薨，却无良相人选，犹豫之际，朝野都不安。此事已苦恼我多日，留侯可有何良策？"

张良略作思忖，答道："汉家大事，早有定规，无人能逾先帝。"

吕后当即领悟，面露笑意道："留侯果然多智！哀家今日摆宴，只为听到你这一句话。"

张良回到府邸，这一夜，便辗转难眠。思来想去，总觉自家磊落了半生，老来却陷于苟且，伸展不得，亦摆脱不得，只是一个无奈。

后半夜好不容易入梦，忽梦见定陶城外的卖荷女，眉眼历历，一如当年。但见那青荷女子娓娓道来，却听不到所言为何。张良急忙趋前，侧耳去听，那女子却忽地变脸，掣出一柄尖刀来，将手中青荷拦腰削断。那许多荷苞，便扑噜扑噜撒落一地。女子抬起头来，忽又清清楚楚说了一句："公子为何执迷？"

张良顿觉羞愧难当，出了一身大汗，急欲辩白，却又发不出声来。挣扎了半晌，忽地就醒了。见窗外并无光亮，才知是个梦，便连声叹息，悔恨当初未能出游，牵牵绊绊，终留在了长安。暮年为太后所献之计，无不带着小人气，生生将那一世英名全毁了。

如此一想，顿觉浑身都是污秽，还不知后世之人将如何看呢。辗转了一夜，人竟似老了十岁。晨起，家老张申屠来问安，见状吃了一惊，忙上前来询问。

张良摆摆手，道："我无事。唯昨夜想到，做人一时不清，则万世也难洗得清。那年在邯郸，就该遁去……"

张申屠连忙劝道："主公此时生悔，岂非晚矣？唯有且行且看。人至高处，安然便是神仙。"

张良瞥了张申屠一眼，苦笑道："我这副模样，颇似神仙吗？"

张申屠忽狡黠一笑："有那青荷女子入梦，怎的就不是神仙？"

张良大惊："你怎知道？"

"主公这一夜，不知唤了多少遍那女子，小臣在隔壁屋里，也听得分明。"

张良遂大惭，涨红了脸，摇摇头，不再言语。自此，便觉身体一日不如一日。

却说当夜，吕后反倒是定下了心，决计遵刘邦生前所嘱，仍用老臣。翌日一早，便有诏下：废去相国名号不用，新设左右丞相。以王陵为右丞相，陈平为左丞相，太尉仍为灌婴。三人功高威重，文武相济，百官见了这阵势，也便不再有疑虑。

如此人心方定，朝中平稳了一年。至惠帝六年（公元前189年），又有噩耗迭至：齐王刘肥、留侯张良、舞阳侯樊哙等，都接二连三地薨了。

时方入春，吕后闻张良薨，失色良久，哽咽了一声："留侯不在，吕氏何以存焉？"便急召张良之子张不疑、张辟疆入宫来见。

吕后问二人道："令尊生前，可有何嘱托？"

张不疑答道："家父弥留之际，已不省人事。此时忽有一妇人，着青荷色衣裙，称自济北来，叩门求见，携黄石一块，献予家父。家父病笃，不能见。那女子便道：'此黄石乃黄石公精魂所化，向为你父心所系。二十余年前，你父赴济北寻黄石不见，误将一白石携回。今我将真品觅得，千里迢迢运来，只是为此物寻个妥当处。'言毕，放下黄石便走。"

吕后便道："奇了，那妇人如何识得令尊？"

"臣亦问过，那妇人答道：'定陶无人不知，卿相之中唯一白衣者，便是张良。你父在济北寻黄石事，定陶家家皆知。'待家父稍清醒，闻之泪流满面，直呼：'错错，几十年间，竟然供了个假的！'却不肯言明那女子为何人，唯留有遗嘱，愿与黄石同葬。"

吕后听得饶有兴致，然闻说张良临终只惦记黄石，片言未涉朝政，又不免失望，便揶揄道："留侯夫子，亦有外遇乎？"

张不疑、张辟疆皆愕然，连忙答道："家父……似不敢乱为。"

吕后一笑："怕甚么？小乱，也无伤大雅。古今千载，睿智者，恐也只这一个留侯了，一计便可兴邦，却于朝政全不留意，视功名爵禄若粪土。如此洒脱，教那天下碌碌小吏何以自处，尽都羞煞算了！"

此时，张辟疆抢上一步，朗声答道："家父虽超脱，然亦须有事功作底。若无事功，则与闾巷匹夫无异，有何可称羡？"

吕后看这少年聪颖，心甚喜之，便道："孺子所言，倒甚合吾意。年前，哀家也曾与令尊说过此意。只不知，你而今年纪几许？"

"小子无才，年方十四。"

"曜矣，可堪造就！你阿兄袭了侯，你却无缘得父荫，不亦憾乎？哀家这便授个侍中①与你，常来宫中走动，也好上进。你二人回去，遵父嘱，就将那黄石一同葬了吧。"

张氏兄弟连忙谢恩，退下了殿，回府自去发丧不提。

至夏六月，吕后正以为无事，忽又闻樊哙暴薨！吕后大惊，顿觉心乱，绕室徘徊半日，仰天叹道："天不佑我吕氏耶？"

俄顷，有吕媭叩阙求见。吕后连忙宣进，只见吕媭掩面奔入，抱住吕后便号啕大哭。吕后心亦甚悲，却只能强忍，抚着吕媭肩头，惨笑一声道："阿姊，天下人皆瞩目你我，不可自乱。那黄泉底下，想必是妖姬不少，不然大丈夫怎都弃我而去？你哭哭便罢，勿伤了身。天道如旧，人却不如旧。吾辈既未死，也只得强自活下去……"话未说完，自己竟也涕泗滂沱起来。

---

① 侍中，官名，秦始置。汉代为正规官职的加官之一，可出入禁中，应对顾问。

两人大哭一场，吕媭犹悲伤难抑，只觉恍恍惚惚。吕后见之不忍，自当晚起，便留吕媭住在宫中，百计排遣。这之后，两人朝夕相处，一同住了数月。

为安抚吕媭，吕后便授意惠帝下诏，称："樊哙为立朝功臣，又兼享外戚推恩，故而恤典从优，谥号为武侯。其长子樊伉，袭爵舞阳侯。妻吕媭亦享推恩，引先帝封女流为侯例，封为临光侯，准参与朝政。"

诏下，吕媭破涕为笑，神情大振，与吕后商议："我夫既薨，军中便无吕氏臂膀。那灌婴掌太尉职，万一有异心，将何如？"

吕后领首道："阿娣想得周全。灌婴将兵在荥阳，虽无二心，然兵权也未免过重。不如废置太尉官，收天下兵权归刘盈。"

吕媭便拊掌叫好："盈儿掌天下兵，阿姊便是太尉了。"

吕后笑笑，又道："失心翁临终之际，推周勃可为太尉。目下看来，兵权不授予人，方为上计，不要这太尉官也罢。"

"阿姊心思周密！妇道人家在朝，于兵事最弱，疏忽不得。我只想：那禁军原就分内外，不如索性更名为两军。那中尉统领的一军，守护长安城，营寨在未央宫北，可号为北军。卫尉统领的一军，守护宫禁，驻于城南，故而可称南军。禁军既分南北，便成两家，免得一家独大。"

"如此甚好！你说得不错，兵权一日不归诸吕，我便一日不得安宁。"

"何不明日便将兵授予诸吕？"

"人心归顺，尚需时日，急不得！先废了太尉就好。"

姊妹俩商定，便命中涓将诏令发了下去，废置太尉官，京畿禁军分为南北军。诏下数日后，探知灌婴那边并无异常，吕后这才放下心来。

数月后，吕媭返回府邸。临行，吕后叮嘱道："阿娣，世间万事，唯诸吕之事为大。切记，天下早已不属刘。"

吕媭不由得惊异："盈儿不是还听话吗？"

"盈儿行事，多不似我，天下岂可托付于他？"

吕媭便摇头，叹了声："这个盈儿，害苦了阿姊！"

此后，吕媭便拉拢朝臣，公然为诸吕张目。百官见之，虽愤恨，却无人敢于阻拦。

且说吕后操劳惠帝大婚，颇觉费力，只恨女官太少，紧急时也无个傍依。便下诏，令少府派员至燕赵一带，招募良家女子，入宫为宫女。

两月之后，便有百十名女子，自燕赵之地募来。分到吕后身边的，有一小女子，名唤窦猗房，是清河郡观津县（今河北武邑县）人。

这窦猗房正值豆蔻年华，娇小可人，吕后一见就喜欢，便拉住那一双纤手，问起小女子身世来。

窦猗房年纪虽小，口齿却清晰，从容答道："回太后，奴婢家甚贫寒，家父为避秦乱，隐居于观津，万事不问，整日里垂钓水边。一日不小心，竟失足坠河而死。"

吕后一惊，又问道："家中还有何人？"

窦猗房答道："家母亦早亡，家中还有一兄一弟。"

吕后便叹："原也是个苦人家！既来宫中，便好生听话，总强于在家中受苦，两个兄弟，也能得你之助。"

"谢太后大恩！太后既如此说了，奴婢定当勤快。"

"我看你聪明伶俐，万不可自贱。只须勤谨做事，便有你的好。"

"奴婢记下了。"

从此，吕后便收窦猗房为左右心腹，唤作窦姬。宫人见吕后看重窦姬，也都争相怜爱之。

且说那张嫣入宫后，与惠帝相处甚洽。惠帝仍视其为外甥女，唯钟爱而已，两不相扰。

惠帝五年夏六月，天气溽热。一夕，惠帝在宫中，只觉得闷热，不能成寐。辗转至半夜，忽坐起，欲召宠姬前来嬉戏。

时有惠帝最宠之美人，尚居长乐宫，未迁至未央宫。惠帝思之，便唤来宫女数人，授以锦衾一袭，红帕一方，令宫女携至长乐宫，以作符验。惠帝吩咐道："美人若已睡,便以锦衾裹来,夜深不要惊了他人。"

　　宫女半夜骤醒,睡意未消,误听为"往中宫接人",于是一行人赴中宫,径叩宫门,传达上命。

　　有皇后侍女正在值宿,闻声起来,开启殿门数重,引惠帝宫女入内。宫女叮嘱道:"切勿声张!"便直趋张嫣榻前,以锦衾裹之,并以红帕蒙头。

　　张嫣惊醒,急问是何故。宫女答道:"上命如此,奴婢唯知遵命。"说着,便背起张嫣,急趋前殿。

　　见已奔出中宫大门,张嫣便大声道:"既奉帝召,且容我穿好裳服。这般赤条条的,怎能去见皇帝?"

　　宫女闻皇后责问,愈加惶急,答道:"上命也,刻不容缓。且已出了中宫,皇后请勿作声。"

　　张嫣无可奈何,只得闭了嘴。须臾,一行人奔至寝宫,惠帝见宫女背着蒙面人,便上前,揭帕视之,见居然是张嫣,不由大笑,拊其裸背道:"怎么是你,惊了你梦吗?"

　　张嫣不答,似微有嗔意。

　　惠帝便命宫女:"置皇后于御榻上,尔等都退下吧。"

　　宫女既退,惠帝直望住张嫣,问道:"淑君生我气了?"

　　张嫣答道:"妾身居中宫,陛下若有召命,应先一日宣入。岂可轻佻若此,为妃嫔所窃笑,他日还有何面目母仪天下?"

　　惠帝大惭,涨红脸道:"朕错了!朕召你来,并无他事,聊以消暑罢了。"

　　张嫣这才一笑:"消暑?召小女子消暑,陛下只不要上火才好。"遂紧裹锦衾,端坐于榻上,与惠帝闲谈。

　　及黎明,中宫侍女皆来前殿伺候。张嫣便命取来裳服,从容穿上,稍事梳理,而后还宫。

　　诸美人闻听此事,妒火在心,皆传言"皇后夜半擅自出屋,裸奔至帝所"。流言所至,竟是无人不信,辗转传到了宫外。大臣中有怨恨太后者,亦私下议论:"张皇后为太后外孙女，果非佳种！年幼即如此，他日必无端庄之德。如此，何以承宗庙？"

人言汹汹，众口铄金。自是，张嫣在群臣中口碑便不甚佳。

至惠帝六年秋，张嫣年纪已十三，人道始通，可与惠帝交合了。时惠帝后宫美人，已生有四子。太后素不喜姬妾承宠，只想张嫣能够早生子，便遣使祭祷山川百神，又赐予太医数千万钱，只求张嫣能服药求子。每夕，必遣宣弃奴来，劝惠帝宿于中宫，勿往美人居所去。

太后之旨，何人敢违？惠帝只得唯唯。然张嫣小小年纪，却自有主张。

一夕，惠帝郁郁不乐，至中宫，对张嫣道："母后催逼甚急，令你我同寝，奈何？"

张嫣从容道："陛下多病，已非一日，如不静养，竟夜嬉戏，何日方得痊愈？同卧之事，尚有无穷时日，不在这一朝一夕。"

惠帝便道："此等道理，我也懂，然太后之命，谁敢违抗？"

"可同卧一室之内，然不同在一榻。熄灯之后，各自早早睡。"

"淑君，太后也可欺瞒乎？"

"中宫之严密，鸟亦不可入，我榻上之事，外人还敢来看吗？"

惠帝不由大喜，拊掌道："如此便罢！你睡榻上，我席地而卧，相安两无事。"

自此，惠帝常宿中宫，却与张嫣分榻。侍女不知其虚实，太后更是不知，只是叹气，常问张嫣道："嫣儿，你倒是奇了，怎么还是冰清玉洁身！万方终无子，莫非此为天意？"

且说惠帝大婚后，那男宠闳孺，却无缘得见张嫣一面。闳孺一向自恃貌美，闻侍女夸赞皇后，心甚奇之。这日，便恳求惠帝道："臣闻皇后容貌无双，愿远望之。"

惠帝便笑："皇后年幼，你何须妒之？想见，也无不可，只不要心急。"

适逢中秋佳节，按例，皇后须游幸上林苑，观赏秋海棠。惠帝忽就起了玩心，命闳孺换了女装，服饰一如皇后，先至上林苑躲好，以便近窥。

时已有宫女先至苑中，洒扫迎候，见闳孺突入，容貌绝丽，皆大感惊疑，以为是真皇后驾临。

　　闳孺一笑,自报了家门,嘱宫女们无须惊扰,便缓步登上了假山,藏于树后。未几,见大队车驾行至苑中,张嫣下辇步行,露出了真容来。

　　稍后,张嫣率一行人登楼,凭栏眺望。闳孺在树丛后看得真切,见张嫣云鬓高耸,长袖翩翩,罗衫淡妆,举止娴雅,果然不似凡人。

　　张嫣偕后宫五六美人,且行且赏花,姹紫嫣红中,唯张嫣年最幼而又最端丽;其移步,若轻云出岫,不见其裙之动。闳孺望见,惊异万分,几乎要失声赞出来。

　　游幸毕,闳孺待皇后一行已远去,才去见惠帝,俯首自惭道:"实不知上天造物,竟有此等绝美者! 陛下有中宫若此,还用臣与美人何为?"

　　惠帝便玩笑道:"皇后虽身长,貌如成人,然年齿幼稚,性憨未谙男女事。若五年以后,你辈便不能久留了。"

　　闳孺不知此言真假,脸色忽变白,忙伏地叩首道:"即便如此,臣亦心甘。"

　　惠帝七年(公元前 188 年)春正月,惠帝赴上林苑围猎,皇后及诸美人骑马相从,诸美人装束,皆如男子,而以张嫣尤为惊艳。

　　驰骋半日,一行人跑累了,下马歇息。张嫣忽然内急,便卸了戎装,匆忙如厕。忽然,一只野猪窜入厕中,发狂撕咬张嫣衣裳。说时迟那时快,野猪几口便咬碎了张嫣下衣,连屁股上也略有微伤。

　　事发突然,诸美人都吓得动弹不得,争相呼救。惠帝惊愕失措,竟救援不及。张嫣却临危不乱,大喝一声,拔剑便刺向那野猪,三两下将其砍翻。诸美人惊魂甫定,无不佩服,都围上来称贺。

　　张嫣下衣既撕裂,仓促间暴露其体,却浑然不觉。

　　倒是惠帝一眼瞧见,笑而指之道:"你那臀,何其肥白也!"

　　张嫣这才惊悟,大为羞惭,手足无措。少顷才想起,急呼侍女拿一件下衣来换,遂两颊红晕,半日里默然无语。

　　且说吕后因审食其事,本就恼恨惠帝,又见惠帝常宿中宫,与张嫣却无子,后宫美人反倒多子,便愈加不快。于是,便召惠帝来,愤然道:"你与张嫣,并非木石,同寝两三年了,如何就无子?"

"此事由天,儿不可谓不努力。"

"甚么由天? 我看就是后宫美人多,你用心不专,焉能有子? 以我之意,你那边,要那么多女人何用? 不如尽黜后宫诸美人,令其归家。张嫣既为皇后,应得专宠。如此,便不至数年无子了。"

惠帝大惊,脱口道:"这如何使得? 母后当年,亦是皇后,可得专宠乎?"

吕后闻言大怒,拍案而起道:"放屁! 正是你那阿翁混账,若专宠,岂能只有你一个无用之子?"

惠帝又争辩道:"然皇后终究年齿尚幼……"

"十五龄了,哪里便幼?"

"有两龄为母后所加,应当刨除,实年才十三。十三幼女不得子,并非荒诞,宜从容待来日。"

"你从容,我却从容不得! 蓬头老妪,还有几个来日? 此事你无须再多言,回你未央宫去,将美人统统逐出。明日起,我是不想再撞见一个了。"

惠帝不敢再争辩,内心忧甚,返回未央宫,绕室逡巡半日,仍无以为计。想来想去,只得去找张嫣商议:"太后谋尽逐美人,这又如何是好?"

张嫣性浑厚,不知妒忌,反问道:"逐美人是何意? 彼辈并不多事啊!"

惠帝道:"正是。有美人在,其乐融融;逐走美人,形单影孤,此地岂不成了废宫,还有何趣?"

张嫣亦觉沮丧,问道:"太后何以有此意?"

"太后恼恨美人有子,而你无子,故欲赶走美人。"

"原来如此! 然妾亦不明:如何美人生子,如同结瓜;我与帝同寝一室,却经年无子?"

惠帝愕然,注目张嫣良久,方道:"……或因你年岁尚幼,如同秧苗,稍长自可结瓜,无奈太后等不得。"

张嫣忽有所悟:"陛下之意,欲教我劝谏太后乎?"

惠帝哀恳道:"正是。唯有你进言,太后或许可听。"

"那好！妾已知，当竭力劝阻太后。"

次日，张嫣便赴长乐宫，面谒吕后，哀泣谏道："诸美人罢黜归家，将有何颜面见家人及乡里？妾命薄，不能生子，而非美人之过，望太后收回成命。"

张嫣素得吕后欢心，凡有所言，吕后无不从。此时闻听张嫣哭谏，吕后心便软了，叹了一声道："嫣儿怎能命薄？然同寝一室，多年无子，这奇哉怪事，如何就应在了你身上？"于是，逐美人之事便不再提起。

当年夏五月，吕后得报，后宫周美人又有娠，立时便发怒，欲鸩杀之。

消息传至未央宫，张嫣大惊，直奔长乐宫，力请吕后宽宥，吕后只沉吟不语，张嫣哀泣再三，方准允放过不提。

张嫣连连谢恩，欲起身返回。吕后忽心生一计，唤住了张嫣："诸美人猖獗，只因欺你不孕，哀家实为你不平。你便听我一计：以衣物塞腹下，佯作已有身孕数月。俟周美人生男，即称是你所生，立为太子。如此，母以子贵，你便可无忧了。"

张嫣瞠目道："这哪里行？身为天下之母，岂可作假？"

吕后便冷笑："你道先帝斩蛇，那蛇就定然是真的吗？"

张嫣更是错愕，心知无计可推托，只得从命。

返回未央宫，张嫣便知会了惠帝。惠帝哪里有甚主意，只黯然道："便如此吧！安宁一时，便是一时。"

张嫣便依太后之计，将一包衣物，胡乱塞入裳下，装作有孕。侍女见之，皆大喜。

适逢鲁元公主来，张嫣便与母私语此事，道："嫣于狐媚之道，素所深耻，迟迟无子，惹得太后不快。"

鲁元公主便详询其情，听罢不禁苦笑："你虽与帝同居一室，却如隔河相望，当然是无子了。这个事嘛……"于是，这才将男女之秘事传授之。

张嫣闻罢，满面通红，这才恍然大悟："阿娘若不说，阿嫣倒以为自家是一株废苗了。此事纠结多年，好不恼人。阿嫣无子，太后便不乐，不欲令那美人之子活，因而诸皇子命都难保。舅皇为此心忧，越发郁闷了，眼看着疾患日甚一日。今太后又命我假作有娠，嫣所以应允，上是逢迎太后，下是为保美人之子，中可以调和两宫不睦，不忍见舅皇病重而已。"

鲁元亦无奈，唯嘱咐道："事已至此，奈何？便照我所授秘术，勉力为之吧。"

越日，太后果然下诏，称："皇后孕已久，将足月，可免赴长乐宫朝见。"

惠帝心照不宣，便也做起戏来，累月不至中宫。唯张嫣一人，不出寝室一步。侍女中有狡黠者，相互窃语道："皇后孕既足月，将育太子，然腹却不大，何也？"皆掩口而笑，多摇头不信。

至夏六月，周美人果然生一男，太后闻知，立召宣弃奴来，如此这般吩咐了一番。宣弃奴会意，当下至周美人处，将婴孩强行取走，又不许周美人声张。而后，将此婴孩携至长乐宫，交给窦姬，小心裹上襁褓，暂匿别殿。一面便遵太后密令，将周美人软禁起来。

那窦姬虽还是少女，接了这婴孩，却大起怜爱，向宦者讨来些羊奶，精心喂了。

当日事毕，吕后便密令窦姬，趁夜速往未央宫，教张嫣佯称腹痛。

窦姬受命，急趋往中宫，进了椒房，见张嫣一人卧于榻上，孤灯摇曳，状颇凄清，便趋近前，耳语数句。张嫣甚觉惊奇，望望窦姬，苦笑道："我才大你几岁？又未曾生育，这种把戏，怎能装得像？"

窦姬只低眉答道："太后之命，不便违拗。"

张嫣不得已，也只好装模作样，喊了几声。

喊声未落，便有人猛然开门，唤了一声："窦姬，勿久留！"

灯光昏暗，难窥其人，唯见门开处，一双手臂将一襁褓递入。窦姬机灵，迅疾回身问道："何人？是宣弃奴吗？"见到襁褓，心下便雪亮，忙接过来，转交予张嫣，自己匆匆抽身走了。

诸侍女多已睡下，闻声惊起，直奔入椒房，却见一呱呱男婴，已在皇后怀抱矣！诸侍女面面相觑，惊诧莫名，却都不敢多言，口称贺喜，忙接过男婴来打理。

惠帝闻之，且喜且叹，便遣闳孺奏报太后。吕后闻之，佯作大喜，当下传令宗正府：晨起告祭宗庙，立张皇后生子为太子。

次日晨,群臣闻太子诞生,均不知有诈,纷纷奉表称贺。

吕后阅罢一堆奏表,大喜,拉住窦姬之手,夸奖再三。过了三日,又遣宣弃奴与窦姬去探看周美人,赠以文绮、黄金,另有药物一瓶。待周美人谢恩毕,宣弃奴便温言道:"太后有旨,宫中杂乱,不宜静养。请美人暂移宫外,休养数月。待将养好些了,再行返归。"

周美人不敢抗命,又不敢问生子置于何处,只得勉强起身,由窦姬帮忙收拾好。宣弃奴遂推来辇车,载周美人出宫而去,从此再不见踪影。半月后,宫人中便有传言流布:"周美人命苦,已为太后鸩杀了。"

张嫣闻之大惊,涕泗交流,密告惠帝道:"妾所以应允作假,只想救周美人。然周美人还是遭了暗害,岂非命耶!"

是时,惠帝后宫所生,已有六子;名为张嫣所生者,乃最小的一个。张嫣抚之,一如己出。久之,宫人亦不再议论,只当是此子为皇后嫡出,是个真太子了。

五　诸吕欢踊封侯王

惠帝七年中,天象不吉,春夏皆有日食。尤于夏五月丁卯这日,午前日光渐暗,有人在水影中见日头缺了,都大呼小叫。无多时,日食竟既,周天昏暗如暮。百姓奔窜于市,皆惊骇不已。

吕后闻宫人禀报,也奔出殿去望天,半晌,才自语道:"又是日食。古人云:日食者失德……然我有何错?怎的就失了德?盈儿在位,政事皆由我出,足不出宫闱,天下晏然,为何仍有日食之凶?莫非老身寿数到了?"

至秋八月,暑热退去,吕后觉身体尚健旺,并无病痛,正自庆幸。忽一日,闳孺狂奔而来,流泪禀道:"陛下病急,已不省人事了!"

吕后大惊,戟指闳孺骂道:"都是你这班男女闹的,看我不扭下你头颅!"便带了宣弃奴与太医,急赴未央宫。

进了寝宫,见张嫣正抱着惠帝饮泣。吕后急上前道;"你且让开。"俯身看去,见惠帝面如土色,气若游丝,心知不妙,遂命太医孔何伤诊治。

孔何伤捉住惠帝手臂,号脉良久,摇头道:"病邪入五脏,阴阳皆虚。陛下之疾患由来已久,或将……可治。"

吕后略微一怔:"先生是说,救不得了?"

"气血壅塞,阴阳紊乱,老夫只能尽力而为。"

稍后，一服药灌下，惠帝仍不见起色。张嫣百般呼唤，亦不应。吕后心更急，绕室徘徊数十匝，片刻不能停。当晚，就与张嫣一道，在惠帝寝宫里坐守。

寝宫入夜后更显凄凉，火烛摇曳，更漏迟迟。张嫣于此前，已守了多日，此时困倦已极，忍不住连连瞌睡。吕后看看，便道："你且去歇息，天明再来。此处有哀家，料不会有事。"

张嫣遵命退下。吕后便问宣弃奴："我问你一句话，你只管放胆说来。"

宣弃奴叩首道："太后请问。"

"哀家问你：君上若不起，于哀家有何利弊？"

宣弃奴一惊，环顾左右，见太医、宫女皆在门外，才低声道："陛下万一……有不测，太子已在襁褓，还有何可虑？朝中诸事，或更是顺遂了。"

吕后颔首一笑："正是，你所言不差。"便起身，坐到惠帝榻边，握住惠帝之手，想起他小时情景，禁不住洒了几滴泪。

至翌日晨，惠帝仍不醒，众人苦劝吕后暂回。吕后起身，嘱孔何伤不可疏忽，这才回了长乐宫。

待朝食毕，吕后躺倒才片刻，忽闻外面有惊呼，便知不好。果然，是闳孺奔入，大声泣道："皇帝驾崩了！"

吕后连忙披衣坐起，唤来宣弃奴，吩咐道："我去西宫，你去请辟阳侯来。"

宣弃奴领命，惶惶而去。吕后却不急，对镜坐下，端详了片刻，见尚不致有垂老之态，这才一笑，起身往西宫去了。

那寝宫中，张嫣与众美人都在，围坐惠帝榻前，哭成一片。见吕后驾到，众美人连忙闪避开。

吕后走到榻边，见惠帝面孔灰白，宛如熟睡，不由便哀叹了一声："送走父，又送子！天要虐待老娘吗？"僵立片刻，才回首对张嫣道："天不留人，奈何？你哭归哭，却不要误了正事。去吩咐中涓，料理后事吧。"

惠帝时年二十四，在位七年，算是短寿皇帝。后有史家班固，赞惠帝内修亲亲，外礼宰相，知纳谏，敬大臣，可谓宽仁之主，惜乎为吕太后所牵累，不能称明君，亦是堪悲之事。

次日起,朝中文武都来寝宫哭灵,一片素服,哀声四起。吕后亦在榻前哀哭,其声颇大。诸臣偷眼看去,只闻吕后号哭有声,却不见有一滴眼泪落下,心中都纳闷,却不敢言说。待中涓一番忙碌,入殓毕,诸臣这才退下。

左丞相陈平步出魏阙,正要上自家车驾,忽见侍中张辟疆紧紧跟在身后,不由奇怪,便问:“贤侄,有何事?”

前文曾说过,张辟疆乃张良之子,得吕后赏识,做了侍中,在宫中行走,迄今恰好一年。辟疆年少聪慧,于宫中之事,早已看清大略。他向陈平一揖,问道:“丞相,方才情景,可曾看清?”

陈平怔了一怔,应道:“吾已看清,然又何如?”

“太后独有此一子,今日驾崩,却哭而不悲,不见有泣下,君知是何故吗?”

陈平急忙拉住张辟疆,走了几步,至僻静处,才道:“愿闻见教。”

张辟疆便道:“今上驾崩,却无壮年之子,太后心中,实是畏惧君等老臣。”

“我等有何可惧?”

“天下之权,皆操于老臣之手。若老臣弄权,主少而不能制,一旦有异谋,天下立即崩解。太后能不惧乎?又如何落得下泪来!”

陈平一惊,向后打个趔趄,忙问道:“依贤侄之见,当此际,该如何是好?”

“君可请太后,拜吕台、吕产为将,分领南北军。另请为诸吕统统加官,居中用事。如此,吕氏握有中枢之权,太后心安,老臣便可免祸了。”

陈平大为折服,忙揖了两揖,谢道:“贤侄救了老臣!你且归家,我这便返回入奏,依你计而行。”言毕,便令御者等候,自己返身入宫内,奏闻太后。

且说张辟疆这一计,可谓切中要害。那吕台、吕产,皆为吕后长兄吕泽之子。吕泽早年战殁,两子今已长成,推恩袭爵,一为郦侯、一为洨侯。此时若分掌南北军,则权倾天下,无人可以撼动。

陈平便依照张辟疆所言,奏请吕后。吕后正掩面干哭,闻陈平之言,不由抬眼望望,心内大悦,嘴上却道:“吕台、吕产,两竖子耳,能当此大任乎?”

"天下息兵戈,太尉一职今已废,然南北军之政却不可废;中尉、卫尉,皆用吕氏,乃天经地义事。"

吕后仰头想想,颔首道:"难得你有此心,能虑及根本,哀家终可得安睡了。帝忽崩,哀家只觉心痛,顾不得他事了。吕台、吕产,能否掌南北军,自是小事;老臣如陈平你,有此番心思,方为大事。"说罢又哭,然与方才大不同,竟是涕泪横流,一发不可收了!

宣弃奴在旁见了,急忙递了帛巾上去,劝道:"太后,如此哀伤,使不得,使不得呀!"

陈平知大祸已远去,心头一松,也作态劝了两句,便退下殿了。

时过两旬,逢九月辛丑,诸侯与列侯功臣便又齐集,行奉安大典,葬惠帝于长安城东北。陵寝与刘邦长陵相距十里,号为"安陵"①。其状亦如覆斗,拔地而起,巍峨蔽日。其高略逊于长陵,宏阔却丝毫不输。陵园内林木蓊郁、屋宇相连,朝东之墓道坦荡如砥,为西汉十一陵中占地最广者。

陵北也有陵邑一座,形制仿长安"斗城"状,东、北两面,各有一城门。

会葬当日,百官神情悲伤,随灵而泣,数十里不歇一步,一路泪洒黄土。

忙碌两日,会葬毕,群臣返回长安,又拥张皇后、太子赴高庙,为刘盈拟庙号,为"孝惠",故后世称他为惠帝。张嫣怀抱刚满月之太子,受百官拜贺。太子刘恭,就此称帝,张嫣则尊为太后。

惠帝葬毕,已是秋九月梢,新年将至。吕后心中总觉纷乱,便召审食其进宫,做夜半长谈。

夜来天寒,宫中屋宇高敞,尤觉寒彻。宫女点燃了炭火盆,吕后与审食其身裹紫羔裘,一边烤手,一边说话。

吕后搓搓手道:"盈儿说走就走,令哀家措手不及,好在张嫣有子,否则汉家权

---

① 位于今咸阳市渭城区韩家湾乡白庙村。

柄,还不知传到了谁手里。"

审食其略一踌躇,回应道:"汉祚不衰,固是幸事,然张皇后之子刘恭,到底是婴孩,日后朝政谁来做主? 近日臣思之,不禁悚然。太后于此,可有主张?"

吕后一笑:"龙庭上坐了个少帝,你还怕甚么?"

"盈儿一走,张皇后便也为太后。一朝之上,有两太后,只恐群臣胡乱攀附。"

"当初我力主自家人做皇后,便是为的这个。张嫣年幼,又是我之血脉,故不必担心。明日,令其徙至长乐宫来住就是。"

审食其仍有犹疑:"道统之事,固无可忧了;然决断天下事,无萧、曹之辈,亦是堪忧。"

吕后便以火钳拨弄炭火良久,忽问道:"汉家承平,已有时日,不似开初那般难弄了。即便没有萧、曹,也不至颠三倒四。你看,便由哀家称制可好?"

审食其一惊:"太后称制? 史无先例呀!"

"你又吓人! 我若不开此例,即是万年史,又何来先例? 今朝,我也来司一回晨,你看天光能不能亮。"

审食其迟疑半晌,才叩首道:"太后称制,臣不敢有异议。若施行,政令必畅通,确乎不须萧、曹再生。"

"正是此理。我与萧、曹,皆起自沛县,彼辈能,我便也能。"

"臣亦不疑。太后之功,今后或可比周公,岂是萧、曹能比?"

吕后会意一笑:"审郎,你如此年纪了,仍如少年,会讨人喜欢!"

当夜,吕后称制一事,便于这场闲谈之中敲定。

原来,古时君王驾崩,新主年幼,主少而国疑,此乃常事。临此时,照例由皇族长辈临时摄政,待君主长成,方才还政,如此,方不至中断朝纲。上古周武王驾崩,子周成王仅有十三岁,不能治天下,武王之弟周公姬旦受命摄政,留下一段美谈。后世摄政,便常援此例。

然女主摄政,吕后则为史上第一人。自秦始皇之后,君王发令,均以制书、诏书下达。故太后临朝主政,发号施令,便名为"称制"。

再过一月，便是少帝元年。《史记》载曰："元年，号令一出太后。"加之这位少帝，实是个身份不明的"伪太子"，故后世史家，便将吕后称制的数年间，统称为"高后"纪年，而不称帝号。

因嗣君年幼而由太后临朝，在汉之前，绝无此事。吕后开此例，延续汉祚，可谓功高，然皇权终究是男权，太后称制，虽光耀一时，却就此埋下了祸端。待太后宾天，须经一番刀光剑影的厮杀，方能收局，此是后话了。

吕、审二人，在长乐宫夜话，谈至深夜，天气愈寒。吕后频擦双手，望住审食其道："昔年在沛县，失心翁领兵在外，不知死活，我日夜劳作，唯求温饱。难为审郎你，忠心护持，今日天下归我，你便可做宰相了，也算有福报。"

审食其眨了眨眼，连忙回道："自前次入狱，几乎丧命，臣便有自省。老子曰：'生而不有，为而不恃，功成而不居。'此乃天理，由圣人讲了出来。臣为庸碌之辈，岂敢违圣人之言？太后称制，天下至福，臣能亲见这一日，也算是沾了福气。所谓宰相之位，万不敢想，唯求心安而已。"

吕后笑笑，以手指点审食其额头道："天下姓吕，你还担忧个甚？"

"天下姓吕，心安者诸吕也，而非微臣。"

"这有何不同？"

审食其裹了裹裘袍，答道："吾以舍人随侍太后，至封侯，荣华达于巅顶，已不可逾，臣万不敢心存妄念。臣与诸吕，到底还是不同。"

吕后想想，便道："也罢也罢！你身无官职，多有忌讳，可以不必招摇，今后入宫，悄然而入就是。待日后加了官，名正言顺，这长乐宫便有你一半。天下如何摆布，还需你多建言，不可推托。"

"这个自然，臣哪里敢推托？臣以为，天下之事，最可忧者，还在于盈儿诸异母弟，彼辈皆为王，且为少帝长辈，各据一方，广有财赋。如此，少帝之位，又怎能坐得稳？比盈儿当初还不如了。"

"说得是！这便是大患，审郎可有甚高见？"

"无他，剪除刘氏王、立吕氏王而已。"

"好!"吕后大喜,起身拽住审食其道,"今日天寒被冷,你就不要回家了,陪我一陪。二十年来,哀家习以为常,有你在便好。今虽权倾天下,总不能弄几个男宠来陪吧。"

"太后明见。那籍孺、闳孺,也需打发掉才是,留在宫中,像甚么样子?"

"明日就将他二人驱走,徙至安陵,陪他们旧主去好了。"

次日,太后称制令赫然颁下,群臣闻诏,各个变色,然亦不敢廷争,只是齐呼"万岁"。下了早朝,吕后便召了闳孺来,劈头问道:"孝惠帝宾天已月余,你为何不随去?"

自惠帝死后,闳孺本就忐忑,今闻吕后如此说,以为死期将至,不禁大惧,叩首求饶道:"小人之命,不足惜!然小人也知太后宽仁,望看在孝惠帝面上,且留小人守陵,也免得他孤单。"

吕后冷冷一笑:"我便知你要如此说!近臣伺候君上,总要劝君上做尧舜,不要怂恿他做桀纣。然你这班妖孽,却不安分,投君上之所好,祸乱宫闱。你看这朝中郎官,各个都模仿你冠带,彩衣羽毛,浑若倡优,哪还有个正经样子?如今孝惠走了,你又何必贪生,去黄泉底下同乐好了。"

闳孺闻言,汗流如注,头叩得越发响亮,哀求道:"小子无知,数年来,惹太后生气。太后要我死,我不敢不死,然孝惠帝若泉下有知,闻之怕是要伤心。"

吕后不禁大笑:"你这等竖子,全凭一张巧舌邀宠,其余还有何本事?君上一走,便全渣滓。孝惠帝宠信你这等人,又能成甚么大事?"

"小人也知自家就是渣滓,故只敢与君上同乐,不敢为君上献计。"

"罢了!你那些末技,瞒得了谁?我殿前宦者田细儿,是谁所杀?以为哀家不知道吗?"

闳孺急急叩首道:"我怎有胆杀田细儿?孝惠帝有密杀令,小人不敢不遵呀。"

吕后瞥一眼闳孺,冷笑道:"我今日召你来,便是要教你知:天可以变,道亦可以变。无知竖子,得意时,只道是凡事万年不变,恣意妄为,将事情做绝,如何就不知收敛?"

"小人……小人是自找死！"

吕后便猛一拍坐榻："那么，来人！"

阁孺大惊，以为必死无疑，急忙叩头，至血流满额。

吕后却一挥袖道："好了！无须再叩首了，咚咚了一早晨，老娘听得心烦。看在你救辟阳侯的分上，哀家不要你的命，且与籍孺一道，去守安陵吧。即由奉常府遣送出宫，不得淹留。出去之后，便是庶民，往日种种，你二人只当是做了个梦！出入结交，须上报安陵令，若有图谋不轨，定斩不饶！"

阁孺这才回过神来，长舒一口气，连连谢恩而退。次日，便与籍孺一道，由奉常府派员遣送，徙至安陵邑，安顿了下来。

二人从云端上跌落，知世事变易，已非逝者所能左右。昨日好运，不复再来，没死便是大幸，从此只能老老实实，不敢有所妄想。

待诸事张罗毕，吕后这才想起张嫣，忙来至未央宫。见张嫣怀抱那婴儿，精心侍弄，一如亲生骨肉。

见吕后来，张嫣忙放下婴孩，施礼请安道："太后大安。"遂又转身去哄那婴孩。

吕后凝望良久，心有不忍道："你年方十四，便成了太后，日后之路，何其漫漫也！"

张嫣神色忧戚，低头含泪道："自入宫，生死便交予太后，臣妾别无他图。"

吕后顿觉心酸，拉过张嫣来，抚其背道："将这少帝好好养大，今生你便有享不尽的福。吾辈女流，一入宫闱，便做不得女流了，生死好恶，全是为社稷，退无可退，且顺势而为吧。"

张嫣领首道："阿嫣谨记。"

"嫣儿，刘盈走了，这未央宫，不就是个墓圹？还留在这里做甚？与我回长乐宫去，吕媭、鲁元二人，常进宫来玩耍，吾辈女流，便一起来守这社稷吧。"

张嫣自然是从命，当日，便抱着少帝刘恭，徙至长乐宫，与吕后同住在椒房殿。婆媳两人，彼此也都心安了。

入夜，吕后思前想后，忽想起审食其所言：欲天下安，须封诸吕为王。想此事为大，是一刻也不能缓了，便悄然坐起，不能入眠，眼睁睁直到帘外有了曙色。

次日小朝会，唯有九卿议政。吕后便唤过右丞相王陵，问道："主政数月，王丞相可还适意？"

王陵恭谨答道："微臣以土豪起家，幸得太后赏识，勉强为百官之首，实是世无萧、曹，庸人继之。"

吕后便笑："王丞相过谦了！令堂义殉汉家，令神鬼皆泣；仅此，你便可为汉家做主。"

"家母身殉汉家，我亦有此心。然宰相之要，在于通达，惜乎微臣出身武人，终归是少权变。"

"哦？哀家倒还看不出。今日问你，便是要商议一桩权变之事。"

"请太后吩咐。"

"高帝崩时，念念不忘老臣。老臣在，汉家山河便似磐石，哀家睡下也是安稳的。然七年之间，高帝、孝惠先后崩逝，哀家独坐朝堂，总觉臂膀无力，忽而忧惧天堕西北，忽而又恐地陷东南……"

王陵便一揖，恳切道："太后请安心！高帝虽不在，基业由太后接掌，眼见得四海宾服。诸臣唯太后马首是瞻，也并无异常。"

吕后一笑："那便好。今有一事，要问计于你。汉家以郡县与诸侯并置，诸侯王半有天下，却非哀家骨血，难测其心。吾欲效仿高帝，立诸吕子侄为王，以为制衡，也好坐得稳当些。"

王陵闻此言，脸色便骤变，亢声道："不可！高帝曾杀白马，立白马之盟曰：'非刘氏而王，天下共击之。'去日无多，言犹在耳。今若封吕氏为王，则背弃盟约，有负先帝，是为大逆不道也。"

吕后便不悦，拉下脸道："哪里就称得上大逆？世间万事，都可权变。你辈拥立高帝，不就在荒郊野外吗？有何礼法，有何体统？称帝之事，既然可以权变，那封王之事，又如何不能权变？"

"不然。老子曰：'以正治国，以奇用兵。'拥高帝之时，事虽仓促，然礼仪无一不正。天下之正道，为万古不易之道，不可一朝天子便新起一道，如此万民将何所适从，百官焉能守一？皆以天子喜怒为对错，那天下还能有对错吗？不闹得一派混沌才怪！故而权变之事，只合用兵，不可移之治天下。"

吕后大怒而起，拂袖道："你一个武人，也跟我掉起书袋来？且闭嘴，此事我再问诸臣，诸臣说可，便可。你虽为宰相，却当不了哀家的家！"

王陵仍争辩道："太后请便。然臣以为：歃血为盟若不作数，则失信于民，诏令便出不得长乐宫门。"

吕后瞪视王陵良久，方恨恨道："满朝文武，就你一个霸道！作不作数，且看哀家手段吧。"说罢，便掉头问陈平、周勃道，"陈丞相、绛侯，你二位以为如何？"

陈平、周勃闻吕后点名，都暗自吃惊，不禁面面相觑。见二人嗫嚅不能对答，吕后也不催逼，故意眯起眼来等待。

周勃瞄了瞄陈平，见陈平眼观地面，恭立不动，便知他无意触龙鳞，于是上前一步，恭顺回道："高帝定天下，以子弟为王；今太后称制，以诸吕子侄为王，并无不可。"

吕后未料周勃如此痛快，心下便大喜，望着陈平道："陈丞相，你也如此想吗？"

陈平仍不抬眼，只低头揖道："高帝所为，总不会错。"

吕后便仰头大笑："陈丞相巧言令色，古来所无，难怪高帝从未疑心过你。然诸吕封王，难免有人说三道四，诸君还须多多献计。"

陈平便应道："此事不难。欲封王，先封侯。欲封吕，先封刘。跬步徐行，不求速达，自然就没有物议。"

吕后喜道："到底是国师，哀家便依你了。诸君请罢朝吧，宗正留下，我有事与你商议。"

罢朝之后，王陵、陈平、周勃三人走在一处。王陵面色便不好看，责怪二人道："当初与高帝歃血为盟，诸君都不在场吗？"

陈平脸一红，答道："在，当日……如何能不在？"

"今高帝驾崩,太后以女流辈主政,欲封吕氏为王。此为乱政,虽不能共击之,也当廷争才是! 君之脊骨,生到哪里去了? 竟然从其欲、阿其意,觍颜背盟,岂不成了无良之臣? 高帝顾命之托,言犹在耳;而你二人,却胆怯如鼠,任由朝纲紊乱。来日,还有何面目见高帝于地下?"

陈平望望王陵,躬身一揖,回应道:"王陵兄,你当我等真是佞臣吗? 今日面折廷争,我等固不如君;然日后保社稷、定刘氏天下,君也必不如我等,你信也不信?"

王陵眨了眨眼,一时竟不能应答。少顷,才恨恨道:"为臣之道,有直臣,有佞臣。今日膝常曲,子孙脊骨便都不得直;今日避祸不言,子孙必遭大祸!"言毕,一甩袖便走了。

陈平与周勃对视一眼,皆有苦笑之意,互道了声"保重",便分头回府去了。

王陵回到家中,细思陈平、周勃二人所为,不免想起老母之忠烈,便悲叹道:"无骨之臣,先帝生前可能识破? 屈于威武,昧于大义,倒还有满口的歪道理!"便恨自己木讷,不能反驳佞臣。随后,竟两日不进食,在家中独生闷气。

再说吕后那边,待与宗正商议毕,便传审食其入宫,与他在椒房殿见面。

两人方才坐下,吕后忽道:"天色为何晦暗了? 室内局促,你我去庭院中说话吧。"

于是又来至中庭,立于银杏树下,吕后见随从离得远,便对审食其道:"元年伊始,本是大喜日,吾欲封诸吕,然王陵那老榆木,却无眼色,朝堂之上,再三再四说'白马之盟'。如此不知利害,可奈何?"

审食其听了,并不心急,只仰头看那一片枯枝,缓缓道:"老叶落尽,才有新枝出来。如今天下万民,无不赞太后功高,皆称:汉家若无太后,便捆绑不到一处。臣以为,太后称制,便是新朝,虽无冕旒,实与帝王无异,我为太后庆幸! 臣追随太后二十余年,几经磨难,险些落入油镬里几回,到今日事定,当竭力相助。然身无官职,总还要避嫌才是……"

吕后望望审食其,笑了一声,道:"这个,你不说我也知。我权倾天下,就愿宠信你一个审郎,不知为何,却引得众人妒,连嫡亲子也来作梗! 如今,盈儿已崩,看谁还敢放肆？那王陵，给他个好官，他不好好做，就莫怪我无情义了，这一回，要教他腾出位子来，让你审郎来坐。"

"唔？……臣以为，还是急不得。今日他妄言'白马'，明日便下诏削他官爵，教天下人看了，显得太后心地偏狭，须是不好。不如慢慢来逼他。"

吕后摇头道："他若佯作不知，忍辱不退，又能奈何？"

审食其一笑："他一个武人，如何就能忍得下来？你每落一棋子，便是羞辱他一回，到头来，他自会摘冠而去。"

两人在树下言笑晏晏，亦不觉冷。不经意间，天上忽飘起雪花来，起先尚小，后来渐渐大如鹅毛，将二人眉毛全染白了。

宣弃奴在远处侍立，看看雪下得大了，拿着笠盖就要过去。吕后见了，连忙摆手："下雪恰好闲游，何必遮盖？"说罢，便问审食其，"你冷么？"

审食其摇摇头，吕后便笑："不冷就好，我兴致也正高！你我二人，就在这雪中游走，丞相的事，顺便就商议好了。"

审食其会心一笑，指了指雪地，应道："雪大路滑，徐行便好。"

二人冒着雪，在庭中游走了数匝，雪意便渐渐浓起来，不只是远野给隐没了，就连近处宫阙也看不见了。

吕后仰望雪花纷纷，欣然道："我便是喜这雪天，污秽都看不见了。"

审食其拂去吕后的肩头雪，笑道："是上苍有意，不欲令你心烦。"

吕后回眸道："有你审郎在，岂不就是上苍赐福吗？"

两人遂相对大笑，又观雪景良久，方才返回殿内去。

不久，时入十一月，吕后忽然下诏，称：幼帝懵懂，须老臣教诲扶持，否则难为人主，今加王陵为幼帝太傅，好生教诲，以求远谋；王陵原有右丞相事权，交陈平分担便好。

这日，王陵赴朝会，忽闻这一道诏令，便知是吕后排挤，心中悲愤难抑，当即回道："老臣忝为右相，究其初，不过是南阳一豪强，哪里有甚么学问，可以教诲幼帝？且幼帝尚在襁褓中，我又如何教诲？臣旧年在战阵，负伤颇多，病患缠身，如今不胜公事繁剧。官居右丞相，实属勉强，不如早些让贤，就此乞骸骨，还乡养病。还望太后恩准。"

吕后便假作惊讶色，急忙站起身道："这哪里行？朝中用人，事比天大。老臣近年纷纷凋零，所幸高帝顾命之臣多半还在，你即是其中一个，如何能说走便走？"

"臣虽老眼昏花，然天气之阴晴，总还辨得出来。若此时不走，来日倘有过失，想体面乞归，怕也是不能了。"

吕后便作色，嗔怪道："顾命之臣，竟欲甩下这社稷不顾，去林下逍遥，岂不有背于高帝？王丞相不贪名利，固然是好，然这一走，便要陷哀家于不利，这就不好了。我孤儿寡母为守社稷，困于朝堂，倒是不比你安国侯洒脱了。"

"太后多虑了。老臣辞与不辞，于汉家，似九牛而去一毛也，无人在意。我弃官不做，汉家仍是汉家，可传至万代，岂能因我而生变。臣乃武人脾性，粗鲁无文，归乡捉一捉河鱼，便是好。若论治人理政，还是让贤好了，近年人心奸猾，我是愈发地摆布不顺了。"

吕后假意不允，争执半晌，才叹口气道："安国侯无意于朝政，哀家也勉强你不得。功臣劳碌半生，所求无非是福荫子孙，此去归乡，请好生将养。"

王陵遂摘去头上"玄冠"①，深深一揖，谢恩道："臣生于秦末，本为莽夫，幸得高帝赏识，才戴上这公卿之冠。今日免之，亦是汉家臣，唯愿老于汉家。"

吕后怔了怔，便笑道："老将军谦逊了，还说是武人少文！如今你说话，哀家也听不大懂了。"

王陵卸职后才数日，吕后便有诏下：以左丞相陈平为右丞相，以审食其为左丞相。左丞相不再理政，唯监察宫中事，职如郎中令。又称：外戚功高，特予推恩，追尊吕公为吕宣王，追尊吕泽为悼武王。

此诏一下，官民皆看得清楚了：诸吕封王，已是势不可当。那吕公、吕泽死了多年，高帝时不追封，此时却来追封，显见是为封诸吕开道。自此，众臣皆知吕后厉

_____

① 玄冠，又名委貌冠，上小下大，形如覆杯，以皂色绢制之，系公卿、大夫上朝所戴的冠。

害,再不敢妄议封诸吕事。

审食其坐上高位,便可堂而皇之入宫,太后每有谋算,皆由审食其先传出,从此参与政事,再无顾忌。

诸公卿重臣,也将大势看明白了,每逢决事,皆看审食其脸色。太后称制不过旬日,朝政便如新朝一般,昨日之禁忌,今日翻作风尚;昨日之定规,已无人再予理睬。

且说王陵正欲归南阳,闻新任左右丞相诏令,心知大势难挽,便不再心存侥幸。临行日,那故旧同僚惧吕后猜忌,多不敢来相送,竟是门庭冷落。王陵长子王忌见此状,不禁破口大骂。王陵笑之:“小儿,恼个甚么? 前时彼辈趋奉,乃因我相权在手,今日翻作老翁归乡,彼等不来相送,才是常理。”

王忌愤恨道:“阿翁在位时,常助人。以今日观之,反不如当日仗势欺人好了!”

“荒唐! 话不能如此讲。人之荣辱,每不在当下,而在终局。鬼谷子曾言:小人交人,以左道而用之,往往终局是败家夺国。这话,何其高妙! 我看当朝奔竞者,多为孺子,彼辈初涉宦途,未历三朝,以为当朝便是恒久,一心只知攀附。然不出十年,便可见其下场,败家、灭国,恐都到了眼前来!”

王忌不听,仍怨恨道:“说这些话咒他们,又有何用?”

王陵不禁大怒:“小儿,乃父固无能,但好歹是自血泊里爬过来的,就不如你见识? 无人来送,也罢。我自归家,与他人又有何干? 今归居乡中,那县吏还敢来欺我吗?”

半月后,王陵一家收拾好细软,启程还乡。车马行至霸上,王陵见杨柳枝随寒风摆动,便触景伤情,知今生再返长安,怕是不能了。

正感叹之间,王忌忽以马鞭指向前方,惊喜道:“有人相送。”

王陵放眼看去,果见路旁长亭中,有一行人,摆好了筵席正等候。见王陵车马驶近,为首一人便起身,率众走下亭来,长揖迎候。

车至近前,看清那为首者,王陵心中便是一喜:原来是张苍!

张苍此人,前文曾表过,原为秦朝御史,沛公军过其家乡时,投军相从。后刘邦见他干练，便遣他至韩信帐下，随军北征，历任常山郡守、代相、赵相，终得封为北平侯。天下初定后，又返回朝中，以列侯之尊，为丞相府主计，助萧何掌管各地钱粮事。

王陵称病免相，天下震动。当此时，张苍已外放淮南国相，正在长安料理公事，闻讯大惊，连忙赴北阙甲第，拉了任敖、周𫘧、徐厉等人出来，至霸上恭送王陵。

王陵望见张苍，顿时泪流，回首对王忌道："人心终有温热者，如何便无人相送？"

且说这张苍，如何对王陵如此恭敬？原来这里面，还有一段渊源。

当初，秦末大乱，张苍弃官逃归阳武（今河南原阳县）家中，时逢沛公军路过，便以门客身份投军。其时沛公军攻南阳，张苍随军，因大意贻误军机，按律当斩。行刑那日，张苍被剥下衣裳，伏地待诛。

刚巧王陵路过，偶瞥了一眼，不禁叫道："哦呀！这是何方美男？身长大，肥白如瓠①，何其英武也！且慢且慢。"遂起了惺惺相惜之意，问明张苍姓氏、罪名，嘱刀斧手万勿下手。

言毕，便直入沛公刘邦帐中，为张苍说情。刘邦听了一笑："难得王陵兄赏识一人，然长得像葫芦，便是英雄吗？……也罢也罢，便赦了他吧。"

当下遣人急赴刑场，将张苍赦了，押回大帐，松了绑。见张苍身长八尺有余，仪表堂堂，刘邦脱口便问："果然是美士，想必乃父也身长八尺乎？"

张苍答道："非也，家父身长不满五尺。"

刘邦、王陵一怔，随即大笑。刘邦道："或隔代传之，倒也不怪。你方从军，便贻误军机，显见得不善战阵。便去萧何帐下吧，或可胜任，切勿再马虎了。"

刘邦于此事，并不在意，旋即便淡忘。而张苍自此，便不忘王陵救命之恩，以父事王陵，多年如一日，未尝稍懈。

此次闻王陵罢相，张苍大为震骇，心想：若自家也似他人一般躲避，未免太过忘

———————————
①　瓠（hù），葫芦。

恩,纵是吕氏耳目众多,也要来送恩人一程。

张苍见王陵车至,连忙趋前,将他扶下来,然后跪地,行子侄大礼。其余众人也都上前致礼。

一行人笑语喧哗,进了长亭坐下。张苍便举杯祝道:"丞相卸职归乡,本为盛事,陈平、周勃等诸公,不来相送,小臣也不便揣测。而我等三五人,无扛鼎之才,位不至卿相,亦不惧天威,是定要来相送的。自沛公军至今,同生死,共执戈,袍泽之谊未能忘。此酒,非酒水也,乃诸同僚的些许心意。"

那任敖在昔日,曾对吕后有大恩,故丝毫不惧吕氏,亦附和道:"安国侯若不为相,则旁人更不配。朝中之事,我等无缘插嘴,然送别安国侯,则决不可退缩。"

王陵闻之动容,欠身对诸人一拜:"今日见诸君,如沐春风。看来,同僚之谊,卸任之后更为真朴。老朽不识时务,直言犯上,弄得获罪归乡,重逢恐是无日了,诸君请保重,勿步老朽后尘。"

在座一班武人,心直口快,争相道:"丞相且归,自去安养天年。我辈本武人,委屈在朝中做官,甚是无趣。先前披甲搏杀,是认定了高帝仁义;到如今,这天下事……不提也罢! 丞相先归,我等也是迟早的事。"

众人举杯畅饮,痛斥时弊,都觉十分尽兴。王陵酒酣,回首见王忌侍立在旁,便笑问:"如此叔伯辈,仗义否?"

王忌应道:"阿翁豪侠半生,岂能无三五死士为友?"

王陵便点戳王忌额头,大笑道:"你就是不懂! 若满朝结队来送我,则我命不到月底,便要休矣!"

众人闻言,都一齐大笑。又推杯换盏,饮了数巡,方才依依不舍,与王陵相揖作别。此时,彤云密布,天欲雪。王陵登上车,拔出剑来,望了望天,长啸一声道:"罢了,罢了——"遂一路悲歌而去。

且说王陵归乡后,闭门谢客,蛰居八年不出,终未能盼到海内廓清,便郁郁而终,谥号"武侯",长子王忌袭了安国侯。

后世有史家论及王陵,多赞其直,说他逢国家之变,不计得失,敢迎险而上。更有西晋名士陆机赋诗赞曰:"义形于色,愤发于辞。主亡与亡,末命是期。"其激赏之意,力透纸背。

后张苍渐登贵显,官至丞相,仍不忘王陵之恩。每逢休沐日,必去拜见王陵夫人,亲手奉上饮食,伺候夫人食毕,方敢归家。此为后话了。

自王陵辞归后,吕后顿觉心清目爽,细数内外大事,桩桩件件都已搁平。这日散朝,吕后便唤来审食其,吩咐道:"近日不知为何,常思孝惠,亦想起周昌。惜乎这老榆木,早些年便殁了,少享了多少福! 其子还算成器,袭了汾阴侯,也不知如今怎样了,你这就代哀家去看看。"

审食其也感慨:"自是应去探看。若无周昌,孝惠必不保太子之位,也就没有太后今日了。"

"此外,还有一事,也须探问明白。当年,周昌那御史大夫做得好好的,高帝忽就遣他为赵相,分明是选了个倔驴,来护着如意。失心翁固然有心机,然怎有如此高明之计? 不知是何人献计,须打听清楚。"

"太后放心,我往汾阴侯邸宣慰,不消三五语,便可哄得他说出来。"

不到半日,审食其从周邸归来,面有得意之色。吕后忙问:"探听明白了?"

审食其一笑:"当初,果然有人献计。"

"是何人?"

"御史大夫赵尧。"

吕后拍案而起,惊道:"如何是他? 这竖子!"少顷,复又坐下,沉吟不已。

审食其在侧,小心问道:"赵尧位尊,措置不宜太急,或可稍缓?"

吕后也不答话,只回首吩咐宫女:"天忒寒,端两盏羊羹来。"

稍后,宫女端上两盏滚热羊羹,吕后招呼审食其一道用了,方缓缓道:"诸臣都称我是'太后称制',我一个妇人,若不立威,又怎能称制? 往昔我不在此位,便要受戚夫人母子的气;今日我得天下,自然要教人知晓:哀家是违逆不得的! 最关紧要者,就在于用人之道——既要报恩,又须报仇,这便是立威。明日上朝,你看我如何处置吧。"

次日上朝，诸臣齐集长乐宫前殿，由右丞相陈平领班，商议政事。吕后端坐帘后，从头至尾听政。待百官商议完毕，有了定论，太后若无异议，便散朝。

这日，文武众臣议罢，中谒者张释刚要喊"罢朝"，吕后在帘后忽然大呼："慢！哀家还有事，要问御史大夫。"

诸臣便都一悚，不知出了何事，疑心是谁家子弟又惹了祸。

赵尧闻声步出，向吕后一揖道："臣在，愿听命。"

吕后注视赵尧良久，才开口问道："公卿百官，近来有无不轨之举？"

赵尧答道："自太后称制以来，百官自知检束，天下晏然，并无新案。"

"那好！既无新案，哀家便要问你一桩旧案。御史大夫之职，显贵也，你是如何做上来的？"

赵尧心内一凛，知太后此番来意不善，福祸难料，只得硬起头皮答道："前任周昌，改拜赵相，微臣方接任此职。"

"御史大夫，位居九卿，实为副丞相也，当从功臣列侯中选任。你一少壮后进，是如何得了高帝赏识，得此越职擢拔的？"

"高帝是如何想的，臣实不知，或因微臣案牍细心。"

吕后便冷笑："你倒谦逊，一个文吏，弄弄刀笔，便能跻身九卿？如此言语，是将老娘看作孩童吗？"

赵尧脸发白，慌忙跪下："请太后恕罪。"

吕后遂轻蔑一笑，切齿道："光阴到底不禁熬，说来，竟是十年前一宗老账了。那一年，是何人向高帝进谗，将周昌打发去了赵国？时赵王如意，勾连其母戚夫人，暗中倡乱，以周昌为赵相，便是要庇护如意。这计谋，是何人所献？赵尧，你做了十年御史大夫，这桩旧案，可曾理清过？"

赵尧知吕后已洞晓当年事，牙齿便打起战来，哀恳道："太后宽仁，恕微臣昔日狂妄。"

"赵尧，看你心窍颇多，当初如何却看好戚夫人？莫非算定——如意可做太子？"

"臣不敢做此想。当初,只为讨高帝喜欢,揣摩上意,献了这昏头的一计。"

吕后便忽然起身,厉声道:"罢了!事到如今,还花言巧语。你献计欲保如意,不是为助戚夫人上位,又是为的什么?"

赵尧见万难辩白,心一急,竟是涕泗横流,连连叩首道:"臣赵尧,原一书吏也,岂敢有左右大政之心?当初献计,不过是心存侥幸,希图一步登高位而已,望太后饶命。"

"赵尧,哀家并未说要你命,只须你知罪。你不辨大势,只知攀爬,撺掇君上屡发乱命。今日如何?小人得志,也不过十年而已,时日若久,天都不容!"

赵尧汗流浃背,急忙叩首道:"臣知罪,臣唯求不死。"

此时文武列班中,有多人步出,伏于地上,为赵尧求情。就连陈平、周勃也先后出列,揖道:"赵尧平叛有大功,今罪不当死,望太后开恩。"

吕后这才缓缓坐下,指戳着赵尧道:"既有诸臣求免,哀家若不饶你一命,倒是折了众人的面子。然此罪不可不抵,御史大夫你便做不得了,废为庶民,安居去吧。御史大夫职缺,由广阿侯任敖补上。陈平,你看如何?"

陈平连忙回道:"任敖,豪杰也。跟从高帝举义,功高盖世,今为御史大夫,甚妥。然赵尧废为庶民……"

"如何?莫非还是论罪为好?"

赵尧听见话头不对,连忙摘下玄冠,急急道:"臣服罪!臣无可辩白,谢太后不杀之恩。"

吕后便一拂袖道:"你退下吧,办好卸任,哀家不为难你。长安城内,任由你长住,只不要再撞见老娘。"

赵尧满面沮丧退下,待出得魏阙,回首望望,不禁仰头叹道:"所谓九卿,何其匆匆?操劳一场下来,竟是不死就算好!"当即返回公廨,交了印信。自此之后,便销声匿迹,隐于民间,再未有一事在史上留名。

吕后赶走赵尧,犹自愤愤,对左右重臣道:"汉家草创,万事都少章法,才有了小人的钻营之隙。汉承秦制,固然不错,然不能只守着'秦六法'不变。现有汉律九章,不过是秦律遗存,哪里还能应付今日万事?今后律法,当谨严周密,即是细小处,也都有个遵循。张苍熟知天下典籍,这一向,又恰好投闲置散,便由他来定律法好了。限期一年,明年此时,便须有一番新律法出来,与民便利。"

陈平便对奏道:"太后英明。张苍定律法,卷帙浩繁,所需人手应由相府出。相府吏员,可任由他拣选。"

吕后又道:"先前孝惠时,废了《挟书律》,此举甚好。我汉家堂堂正正,不应似李斯那般疑神疑鬼。以吾之意:夷三族罪及《妖言令》两项,也应废除。一人做事,便一人当,老幼都不要再杀了。吾汉家基业,固本在人心,绝非有人胡言乱语几句,便可掀翻的,何须怕甚么妖言?"

众臣闻之,心中又惊又喜,皆交口称善。

经此一番打理,朝堂之上,人事一新。吕后便想:朝会之际,敢公然抗旨者,已然不存,可以为诸吕封侯封王了。然天下议论,从来难测,还要步步试探才好。

如是,为避嫌疑计,吕后小心出手,封了若干旧部为侯,夹带着二三诸吕,以免突兀。先后有吕释之三子吕种,封为沛侯;吕后阿姊之子吕平,依母姓吕,亦封为扶柳侯。

为塞天下之口,吕后思来想去,索性令吕刘两家儿女结亲。如此,外人看来,吕刘是一家,也就无从挑剔了。

其时,齐王刘肥已于年前病殁,长子刘襄袭了王位。另有次子刘章、三子刘兴居,皆已成年,吕后便做主,将吕禄的长女吕鱼,嫁与刘章为妻。因这层姻缘,便封了刘章为朱虚侯。刘兴居沾了阿兄的光,后也封为东牟侯。两兄弟先后应召,入长乐宫为宿卫,跻身近侍。此番安排,精于心计,吕后甚是得意,将刘章也当作自家羽翼。岂料这一步棋,是大大地走错了,此处暂且不表。

还有那惠帝之弟赵王刘友、梁王刘恢,此时亦长成。吕后便做主,将吕氏之女许配二王,刘友、刘恢哪里敢不从,只得娶回了家去。

待封侯事毕,朝议仍静如止水。眼看诸吕无功而封侯,并未惹起非议,吕后心下暗喜,欲进而为诸吕封王,然思来想去,仍觉心虚。

这日，见审食其入值宫中，吕后便唤他近前，商议道："吾欲为诸吕封王，又恐惹起群议，奈何？"

审食其道："今之朝议，就如倡优登台，过场而已。太后旨意如何唱，他们便如何唱。为诸吕封王，有何可忧？"

"不然。陈平等重臣，固无异议，安知其余人是何心思？"

"陈平、周勃，皆为几历生死之人，尚且因惧祸而缄口，遑论其余人？朝中情势，明眼人都可看清，谁还敢逆鳞？太后可放胆行事，不必顾忌。"

正商议间，忽见窦姬奔入，慌慌张张伏于地，禀报道："鲁元公主病了多时，今日忽然就薨了！"

吕后脸色一白，猛然惊起："鲁元？只闻说是小恙，如何说走便走了！"

窦姬回道："早起还好好的，近午一头栽倒，便薨了。"

吕后顿时泣下："呜呀……天！吾有何过，仅一儿一女，竟走了个干净！"

审食其忙扶住吕后，劝慰道："太后节哀。先去送别鲁元，再说其他。"

待吕后赶到宣平侯邸，见张嫣已先至，与张敖父子皆着素服，守在鲁元榻前哀泣。

吕后在榻边俯身，望见鲁元面如白垩，似正酣睡，不由就泪落如雨，上前拉住鲁元之手，哀切道："孩儿，当年沛县劳作，忙前忙后，只苦了你。而今福未享完，何事匆忙，便撇下老娘走了？"

张敖、张嫣闻言，不由悲从中来，都哀声大作。

吕后回首望去，见鲁元之子张偃，也正一身素服，伏地哀哭，心中便豁地一亮。于是转身过去，拉起张偃，劝勉道："男儿虽小，亦当有丈夫气。岂能这般鼻涕眼水的，好没气概！阿娘走了，你须当大任，好好照看阿翁。"说罢，转头又对张敖道，"鲁元此生，实是太过委屈，吾将有所报偿。"

张敖惊喜交并，忙率全家老小，向吕后叩首谢恩。礼毕，张嫣起身，对吕后道："太后，你也须节哀。天下事，皆操于你手，万事不能有疏失，还望多多保重。"

吕后便拉过张嫣之手，端详其面容良久，哀哀道："嫣儿，吕家张家，骨肉不分。

你娘走了,我焉能不悲?好在你娘嫁得好,张氏一门,倒还比那盈儿一门更亲了。"

张敖闻言,慌忙叩谢道:"谢太后不见弃,然此恩万不可当。小婿无能,曾惹太后担惊受怕,侥幸未遭殃,皆托了太后之福。"

吕后望望张敖,嘴角忽隐隐有笑意:"旧时之事,还提它做甚?今后,为娘必保你一门富贵。"

此后,又过了旬日,鲁元公主隆重出殡,陪葬于安陵园内,距惠帝陵仅千余步之遥,与其弟常年做了个伴儿。公主陵上有封土,逾两千余年风雨,迄今犹存。只是近年,竟然数次险遭盗墓,令人唏嘘。

鲁元公主下葬事毕,吕后便有诏下,称鲁元昔年护卫太公,劳苦功高,惜乎其寿不永,思之痛极。今推恩及鲁元之子张偃,加封为鲁王,从齐国划出一郡为封邑,以示慰勉。

此诏下来,朝中仍是一片哑然,吕后心中便有了数。几日后,便宣召长兄吕泽之子吕台,来长安面授机宜。

此时吕台袭父爵已久,为郦侯,食邑在南阳郡。吕台入见后,吕后笑意盈盈,命其坐下,温言道:"乃父吕泽,汉之功臣也,惜乎高帝八年便战殁。今见你英气迫人,酷肖乃父,我心甚喜。自孝惠、鲁元走后,唯诸吕子侄与我亲,我必善待之。你袭爵已逾十年,蛰居南阳,未免屈了才,今有一新爵,不知你敢不敢受?"

吕台忙叩谢道:"姑母待我如亲母,侄儿万死难报。袭侯以来,谨言慎行,不敢造次,所幸至今未获罪。"

吕后便笑:"吕台终究是老实!孝惠一走,天下便归了我吕氏,你岂能无为而守成?不逾矩,乃小吏本分。似你这等外戚,应为天下执干戈,保我山河永固。"

"太后请勿虑。若有乱贼,吕台将毁家纾难,不惜性命。太后有何旨意,请尽管吩咐。"

吕后便微微一笑:"这便好。不知……你愿封王否?"

吕台大惊,望住吕后,迟疑道:"白马之盟,言犹在耳,小侄岂敢望封王?"

吕后便一挥袖,哂笑道:"甚么白马黑马?长乐宫中,如今是姑母坐殿。孝惠走后,天下由我一人独担,不胜烦难。诸吕子侄也就不要太闲了,迟早都要封王,为姑母把守四方。"

吕台这才稍松口气:"原来如此,然何以仅召我一人?"

吕后道:"诸吕子侄,头一个封王的,人品要好,免得朝野议论。此人,非你莫属。今召你来,便是事先有所交代。"

吕台慌忙叩首道:"侄儿治理一县,或可应付。若为封国诸侯,恐将进退失据。"

吕后笑笑,安抚道:"能治一县,便能治国。姑母详察你多时,知你有干才,方有大任予你。且去齐国,划出济南郡百里,新起一个吕国。封你为王,便是头一个吕王。"

吕台不由一怔:"开国于齐?那都城置于何处?"

"无非济水之南,你择地自建。以一年为期,可否?"

"诺,侄儿当竭力。然此事当由群臣建言,人心方能服。"

"这个放心,我只须授意陈平,他自会上奏。"

"有陈平奏议,诸臣便不得不服了。"

"那好!此事便无更易。你远赴济南,实为监看齐王。故齐王刘肥,生有九子。年稍长者,个个有虎威,我实在放心不下。虽说朱虚侯刘章,已娶了你侄女,然终不是一家。你在济南之地,便做我耳目,看牢刘肥之子,不容他一个有蠢动。"

"此去,割了齐地,那齐王刘襄,能心服么?"

"你且看他动静,再做道理。"

吕台想了想,遂定下心来,叩首领命道:"姑母之意,侄儿已然明了。待诏命下来,即整装就国,为姑母做腹心之臣。"

"还有一事,不可不提。你那长子吕嘉,举止乖张,须好生调教才是。否则,来日如何袭爵?"

"侄儿已知。待建国事毕,自当严加管束。"

吕后遂大喜:"诸吕子侄辈,若都似你这般沉稳,我百年之后,更有何忧?"

此番铺排就绪,吕台便在客邸住下,未离长安。朝中上下,即刻便有流言,说吕台不日即将封王。

审食其闻听风声，忙来谒见吕后，问道："太后，欲独封吕台为王乎？"

吕后摇头笑道："岂能如此？哀家还不至于失心。孝惠那竖子，生前与后宫秽乱，生了些野种。除少帝而外，尚有五子，此次一并加封。内中已能识字者，封王；尚在学语者，封侯。待诸皇子封毕，你便可讽谕诸臣，推吕台为王。如此混搭，或不至惹起物议。"

审食其眨眨眼，拊掌赞道："如此甚好，我这便去知会宗正府。"

果不其然，未出两旬，惠帝与后宫所生诸子，一个不少，全都封了王侯。即刘彊①为淮阳王，刘不疑为常山王，刘山为襄城侯，刘朝为轵侯。最末一个刘武，乃满地爬的婴孩，也封为壶关侯。

此诏令一出，群臣莫不欣然，觉太后此举，实属仁慈，未忘恩赏惠帝诸子。岂料数日后，忽有陈平奏道：郦侯吕台，德能兼具，应享推恩，比照刘氏子弟，亦可封为诸侯王。

此议一开，便有人附和。一连数日朝议，皆是此类呶呶之声。吕后只假意不允，坚拒道："那吕台，既袭了父爵，在南阳韬晦得正好，为何要逼迫他为王？"

朝臣中，有受了审食其密嘱的，不依不饶，在朝堂上嚷道："汉家天下，多赖吕氏。诸吕若不封王，则山河便少了半壁，这如何使得？"

吕后推让再三，到第四日头上，方长吁一口气道："诸君之意既诚，哀家倒不好强违众意了，便准了吧！此议，交宗正刘郢客那里，且先斟酌。"

到此时，群臣方才大悟：封惠帝诸子，仅为其表；推出吕台来封王，才是其里。不由都愤恨陈平，私下里唾道："天不能饶陈平，必有雷劈！那诸吕尸位，何德何能？不过是姓了'两个口'罢了。"

然诸臣之议，却是无济于事。次日朝议方始，便有诏下称外戚功高，定鼎以来素少封赏。今应群臣竭诚所请，太后恩准，引刘氏子弟封王例，封吕台为吕王。封

①　彊（qiáng），"强"的异体字。

国在济水之南,划济南郡之地百里。国都择地新建,号为"平陵邑"(今山东省章丘市西)。

众臣闻之,心中惊怒,只是不敢作声。唯陈平面似欣喜,当即跨出一步,向吕台贺道:"吕兄封王,实为可贺! 须知:此吕国,并非新国号,乃虞夏古国,原在河东吕梁,后徙至南阳。今兄之封地在齐,又是另有渊源——那齐国,本是姜太公所建。自古姜、吕为一姓,齐地岂不正是吕氏根蒂? 兄台此去,可谓归根了。"

陈平放言滔滔,吕后在帘后闻之,也不禁喜形于色:"陈丞相不说,哀家竟也不知。所加国号,确是好! 宗正何在?"

刘郢客便跨步出列,一揖道:"臣在。"

吕后笑道:"郢客侄儿,婶母看你谦谦君子,诗书满腹,才擢你为宗正。以今日观之,果不负厚望。乃父楚王刘交,是先帝诸兄弟中翘楚,从小便喜读书,素有才艺。刘氏一门,唯他一人无草莽气。惜乎彭城地远,我不能去探望,也不知他近来如何?"

"家父无恙,近年心无旁骛,只闭门为《诗》做传注。"

"唔? 是弄'关关雎鸠,在河之洲'么?"

"正是。家父年少时,曾与友人申公等人,从荀子之徒浮丘伯,研习古之《诗》。老来无事,便重拾此好。"

"浮丘伯? 似曾闻其名,学问果然了得吗?"

"浮丘伯,当世大儒也,隐于东海郡,与安期生齐名,近年在长安收徒。家父便遣我来,一面为官,一面亦从先生学《诗》。"

吕后便大笑:"怪不得! 我还纳罕呢,交弟怎能舍得你离家? 你擢升已月余,如何? 婶母用你为宗正,还算识人吧?"

"家父时有教诲,嘱我万事听命于婶母。为此,一月三致书,侄儿岂敢有所疏失?"

"好好! 若诸侯王皆似乃父,则汉家天下,恐早已是'郁郁乎文哉'了,怎能有这般遍地的愚氓气?"

"太后明见。汉家以武取天下,当以文治之。"

"说得对,陆贾夫子亦曾有此论。看来,汉家文脉,唯赖交弟这一门了。贤侄,你且好好尽职,扫尽你伯父所留愚氓气,莫教天下粗蠢成风。只可笑那王陵,不愿做幼帝太傅,明日便由你来做,又何妨?"

"不敢。侄儿佩剑未沾血,亦未亲见世事翻覆,胸无才调,亦无事功,何以教诲幼帝?蒙太后赏识,忝为宗正,跻身九卿,已心疑是在做梦了,当知足。"

吕后望望刘郢客,忽然触动心事,便道:"看见你,便想起故建成侯吕释之,他一门子弟,如今三子吕种,只封了关内侯;长子吕则,因罪除国,已成庶民。以吾观之,他次子吕禄,擅骑射六艺,比那长子吕则,还是要成器些,若为庶民,好不可惜!便由吕禄来续这列侯之门吧。你先去草拟一道诏书。"

刘郢客遵命而退,自去忙碌。越日,朝中便有诏下,称:"故建成侯吕释之,于兴汉有大功,长子因罪除国,思之不忍。今复推恩,封次子吕禄为胡陵侯,以续列侯。"

吕禄此时,正在长安宅邸闲居,闻诏令下,喜出望外,忙奔入宫中谢恩。

吕后见了他,只淡淡道:"你大伯家中两子吕台、吕产,何其成器!然你一门兄弟,却只知声色犬马。吕则我是扶不起了,你也不过是白镴枪头。今日在群臣面前,姑母为你吹嘘,争来个胡陵侯,好歹将这列侯之门续下去。胡陵(在今山东省鱼台县)远在齐地,你收拾好,便之国去吧。"

吕禄连忙谢恩:"蒙姑母厚恩,侄儿誓为前驱。只不知,为何要将我外放至远地?"

"你只知走马放鹰,唯恐今后玩不着。你记好,昔年汉家定都,大夫田肯曾建言:那齐地与关中,乃汉家两处根本,拥齐地,便如拥百万甲兵。高帝纳此谏,将齐地封给庶长子刘肥。如今刘肥虽薨,其子刘襄犹壮,袭了齐王,雄踞在东,教我如何放心得下?若乱自齐起,则姑母岂不成了秦二世?今遣你赴胡陵,便是要你做我爪牙,与吕台同心,将那刘襄看牢,勿使有异动。"

"谢姑母。侄儿虽成事不足,然做爪牙则还无愧。"

"你就是成事不足!若非你走漏风声,姑母早将那功臣诛尽了,何必还有今日啰唆？"

"侄儿定当收心敛性，以大事为重。"

吕后便一哂："若有大事须你来做，恐大事也要做败了！你今去胡陵，离兰陵不远，美酒够得你饮。饮酒之外，只为我做个恶仆便好。"

吕禄连忙叩首道："休说恶仆，便是教我做窃儿、贼人、登徒子，亦是心甘。"

吕后掩口而笑，笑罢又道："昔在沛县，姑母仅一农妇也，只知劳苦方有饭吃，全不懂朝堂为何物。而今坐了天下，才知其中荒唐：不但要教人做赵高，还要教人做恶仆！唯愿从不曾离乡，只知稼穑，那倒还省心些。"

经此一番布置，吕氏子侄登堂入室，朝中大臣虽多有侧目，却无人敢言。此后数年，吕后知人心已被压服，便放手封赏，安插诸吕子侄至上下四方，以为臂膀。

高后二年(公元前186年)初，新封之吕王台，竟然无福消受诸侯之尊，一病不起，薨了，谥号为"肃王"。吕后叹惋之余，便命吕台之子吕嘉，袭了王位。

同年，惠帝之子常山王刘不疑，命亦不长，得病薨了。因他年少，连子嗣都没有。吕后便令惠帝另一子襄城侯刘山，改名为刘义，接了常山王。

至此，吕后称制已有一年，民间谷茂粮丰，商业繁盛，渐渐透出了一片祥和来。吕后心头暗喜，知自家手段不输于夫君。这日忽就想起，责令张苍编定律法，迄今已有年余，也不知如何了，便唤张苍来询问。

张苍答道："臣领丞相府吏员数十，日夕不敢歇，迄今编定新律二十七种，另有《津关令》一种。天下律法，至此可称完备了。"

吕后含笑道："你这话，我信。二十七部？哀家是不能详看了，只怕看得头痛，你只逐个报来我听听。"

张苍便道："计有《贼律》《盗律》《具律》《告律》《捕律》《亡律》《钱律》《置吏律》《户律》《爵律》……"

"好了好了。"吕后连忙摆手，笑道，"我只听着名号，头已经昏了，难得你这番辛苦。去交丞相、御史、廷尉等人看过，便可颁行。要教那天下人看看，汉家不再是草莽了，事事都要有个定规。"

不数日，这一番新律法，便由相府传令郡国，发布四方，史称"二年律令"。

至高后四年（公元前 184 年），吕后见吕家势力更盛，索性又封侄儿吕他为俞侯、吕更始为赘其侯、吕忿为吕城侯。另有吕氏族属五人，分遣各诸侯国为丞相，出守四方。吕氏风头，就此一时无两，大大盖过了刘氏。

高后四年这一年，天下无事，朝中也无事，不料宫闱之内，反倒是起了一桩大事。

此时，少帝刘恭已有四五岁年纪，稍稍懂事，听得宫人偷偷议论，得知生母原不是太后张嫣，而是后宫周美人。自己来到世上，即被人调包，成了张嫣所生的"太子"。生母周美人，则死得不明不白。小儿闻听此言，心中大忿，也不知掩饰，便对张嫣起了敌意。

从此，每逢张太后教导，刘恭便故意不听，且多有顶撞。张嫣不明就里，不由得恼了，狠狠训了他两句。那刘恭便双手叉腰，对张嫣道："太后焉能杀吾母，而名为吾母？今我年未壮，一旦年壮，必颠倒此事！"

张嫣闻之，知刘恭已知事情始末，不由大惊，然终究心存悲悯，未作责怪，只是偷偷拭泪。

那刘恭不晓事，见一语竟说得张太后掉泪，内心解恨，此后动不动便口出恶语。

有那吕后安插于张嫣身边的眼线，看不过去，密告了吕后。吕后闻之，拍案大呼道："竖子，反了！如此小年纪，便有此心，年长后岂能不为乱？"当下，便唤了张嫣来问。

张嫣答道："少帝年幼，确有此等言语。"

吕后便发狠道："你如何不责打他，如何不来禀报？"

张嫣终究是厚道人，当即垂泪道："想到周美人，不忍心责罚少帝。"

吕后便起身，戟指张嫣道："多年在宫中，事情还见得少吗？你怜悯他人，他人可否怜悯你？"

"说来说去，终是奴家不争气，未育一子。"

"既如此，那少帝便不是你亲骨肉，我如何处置，你不要拦。"说罢，便命宣弃奴去将少帝带来。

刘恭不知有何事，仍趾高气扬进来，略向吕后一揖，却理也不理张嫣。

吕后便问："不曾瞧见你阿娘吗？"

那刘恭亦不惧吕后，朗朗答道："张太后，非我生母也。吾母，已死于张太后之手。"

吕后便大怒，立起身道："我说张太后是你生母，你不信；宫人说周美人是你生母，你便信了。是哪个宫人多嘴，给我指出来。"

"我不指。"

"那就莫怪我厉害。"

"太皇太后，你便是再厉害，那张太后也非吾母。"

"大胆！宣弃奴，将这个竖子衣袍剥了，拉到永巷去，终身幽禁。不死，就不许出来！"

宣弃奴在侧，不由得迟疑，小声道："太后，少帝乃天子，我如何能拉他走？"

"教你拉，你便拉走！张太后既非他生母，他也就不是天子，你还怕个甚？拉走！"

见吕后真的动怒，刘恭这才怕了，一屁股坐在地上大哭。宣弃奴赶忙上前，一手捂住他嘴，一手挟住他脖颈，拖将出去了。

刘恭也知永巷不是个好地方，一路上，只是蹬腿挣扎，连呼道："孩儿错了，我错了！"

宣弃奴便笑了一声："迟了，傻天子！那张太后若不是你娘，你便连个乞丐都不如了。"

到得永巷，宣弃奴置刘恭于地，传吕后谕旨道："此子为废皇子，在此监禁。任是谁，不得走漏风声。"

刘恭拽住宣弃奴不放，只是大哭。宣弃奴一把将他推开，冷冷道："给个天下你不要，偏要你阿娘，便在此处等候吧。"众宦者便一拥而上，将少帝扔进了暗室中。

那永巷中暗室，为地下陋室，古时为乘凉之所，终日不见天光，幽闭于此，不啻黄泉底下。

此后半月，众涓人不见少帝露面，都来问宣弃奴。宣弃奴只答道："少帝病重，奉吕太后之命，移地养病，不见外人。"众涓人心有疑惑，却不敢多问。

可怜那少帝刘恭，被幽于永巷，粗食淡饭，自生自灭。因一句不平之语，不但失了皇位，也将要搭上性命。然童言向来便无忌，这一句真话，梗在一小儿胸中，你教他不说出来，也是难。

时过月余，已至夏五月，群臣上朝，不见少帝端坐龙椅，疑心不免愈增。这日大朝，吕后于帘后咳嗽一声，发话道："诸君不见少帝日久，或有疑虑，今日哀家便要为诸君释疑。凡有天下者，便有治万民之命，盖之如天，容之如地；上若有心安定百姓，百姓则欣然以事上，上下相通，则天下治。"

群臣闻此高论，都躬身一揖，齐声称道："善！"

吕后便笑笑："此理，不难懂，人皆称善。然少帝久病不愈，已昏乱失心，不能继嗣，不能祭宗庙，不能以天下托之，吾意，应另择贤者而代之。"

此言一出，满堂皆惊，诸人只是拿眼去瞄陈平。但见陈平犹豫片刻，忽而跪下，叩首道："太皇太后为天下万民计，另择贤者代皇帝，以安社稷，我等顿首奉诏。"

诸臣一听，谁还敢不附和，都纷纷伏地叩首，齐称奉诏。

吕后大喜，连连挥袖道："诸位，赶快平身，哀家受不得这般恭维。哀家之心，从来顺天意，今日满朝文武，无一有异议者，便是明证。自古老妇治天下，从未有，亏得诸臣一心，我方能足不出户而天下安。既如此，便废去少帝之位，仍为皇子，交由张太后去管教。诸君可上疏建言，择贤者代之。"

群臣闻诏，有不明内里的，便暗自吃惊；有早就闻说"调包计"的，则暗中好笑。总之是无人抗旨，唯称"万岁"。

不数日，陈平打探出吕后意旨，便领衔上疏称："臣等闻常山王刘义，性素贤德，可以托天下。"

吕后看了奏疏，不住点头，大赞道："好，就教那刘义来做皇帝，贤德不贤德的，小儿身上怕还看不出。只要不似那废少帝就好。"

陈平道："刘义登大位,则常山王位空悬,可择贤者继之。"

吕后笑道："这有何打紧? 盈儿多子,尚有未封王的。那轵侯刘朝,便可封王了,去做常山王好了。"

陈平又奏道："新帝登位,乃汉家喜事,明年可否改称元年?"

吕后便摆摆手,哂笑道："那倒不必。也不知这新少帝运气如何,坐不坐得久长。左不过是我在称制,年号便无须改,一以贯之吧。只是新帝名字,太过俗气。我汉家基业,眼见得弘昌无比,索性改名叫刘弘好了。"

群臣齐声喊好,新少帝就此横空出世,并无半分波澜。

高后四年五月丙辰这日,刘弘冠冕加身,告了太庙,算是登上大位。后世史家论及此,都习称废帝刘恭为"前少帝",刘弘则为"后少帝",以免混淆。刘弘比起废帝刘恭来,也大不了两岁。可怜两位少帝,均不满十龄,在吕后威势下,各做了四年的傀儡,都没有好收场。

新帝登位后,前少帝便没了用处,只为累赘。吕后想了想,便唤过宣弃奴来,密嘱了一番。宣弃奴领命,匆匆奔往永巷,如此这般布置了一番。从此,前少帝刘恭便销声匿迹,再无声息了。有宫人私底下传说,或是被勒毙,或是被鸩杀,总之是没了活路。

转过年来,惠帝庶长子、淮阳王刘彊,亦无福消受尊荣,一命呜呼。恰好壶关侯刘武年纪小,尚未封王,便袭了淮阳王位。

至此,惠帝与后宫美人所生六子,已有三子夭亡。余下的三个,吕后已不以为意,打算留待日后收拾。

处置完废帝,吕后坐在长乐宫中,想想孝惠、鲁元先后走了,宫中有了清闲之意,看那来来去去的宫女,便觉人太多,欲打发一些往诸侯国去。

吕后想到窦姬,便头一个唤来,吩咐道："宫人冗杂,要分遣一些往诸侯国。你在长乐宫中,离出头之日尚远,不如趁此往边地去,或有好运道。"

窦姬来长安数年,无日不思乡,闻吕后之言,便问："所遣处,可有赵国?"

吕后笑道："有赵国。终是小女子,闻说可以归乡,竟不念太后的恩了! 遣散之事,统归宣弃奴,你找他便是。"

窦姬这才落了泪:"太后待我如母,奴婢怎舍得离开? 只是多年不见兄弟,惦念他们的生死罢了。"

吕后挥手道:"我也不怪你,去找宣弃奴吧。"

当日,窦姬便找到宣弃奴,讲了要往赵国去。宣弃奴应了一声:"这有何难?"便走开去忙碌了。

数日后,便有分遣诏下,窦姬闻听,自己竟是被发往代国去了,便急忙去找宣弃奴。

宣弃奴一拍额头,顿足道:"哎呀,我历来代、赵不分,将你分派错了。"

"我不要去代国,我只要归乡。"

"窦姬,这事不好改了。难道要惊动太后,去吩咐皇帝改诏书吗?"

窦姬当场便哭了出来:"你个宣弃奴! 只知道逢迎,能做得甚么好事出来!"

宣弃奴也无奈,只得赔礼道:"我就是个阉奴,不得好死。小女子你便忍忍,饶了我吧。"

窦姬哭了半日,也不敢去惊动太后,只得自叹命苦。到了离宫之日,垂泪告别太后,踏上漫漫途程。岂知这一去,竟交上了天大的好运。

抵代国之后,窦姬那聪明伶俐,一如既往,甚得代王刘恒怜爱,不久便纳入后宫,封为美人。其时,刘恒已有王后,却独幸这位窦美人。未几,王后病殁,窦美人便顺理成章封为王后。不数年间,为刘恒生了长女刘嫖,后又生两子,即长子刘启、次子刘武。后皆成大贵。此为后话了。

至此,吕后称制已然四年,普天之下,内外都无隐忧了。吕后看那废立之间,陈平、周勃等老臣,都还颇知趣,便想也该稍加笼络为好。内外既已大定,不妨还是遵高帝临终所嘱,实授周勃为太尉,以示嘉勉。再者,周勃勇武善战,威震天下,用他掌天下之兵,亦可震慑夷狄。

于是便有诏下,重置太尉官,拜绛侯周勃为太尉,掌天下郡国之兵,南北军则不在此内。拜官之日,吕后笑对周勃道:"公乃三朝元老,稳坐不倒。哀家看你心机似也不多,何以偏就不倒呢?"

周勃敛容答道:"廉颇能饭,然急于立功,故不得重用。吾则饱食终日,不思添功,也就不至添乱,故能安稳若此。"

吕后便笑指周勃道:"先帝说你厚重,依我看,你也不厚重了,倒是很会说话了。"

周勃慌忙辩白:"臣不敢有机诈。臣为凡人,乐天知命而已。"

吕后不禁大笑:"天下人若都似你,哀家临朝,倒要省却许多心思了。"

此次重置太尉官,恰是时候。自高后五年(公元前 183 年)春起,南北边陲都有异动。那南越国赵佗,久闻吕后专擅,心有不服,忽然来书,自称为"南武帝",似有举兵相抗之意。

吕后不敢大意,急召周勃来问。周勃答道:"南越王何敢来攻汉?无非是看我不敌匈奴,趁机生事,无须理会他。反倒是北边防务,不可不加重。"

吕后从其谏,遂调发河东、上党两地马军,戍守燕赵,添兵以震匈奴。如此静观了数月,果然南北两边都再无动静。自此,吕后便格外倚重周勃,不再疑心。

六　白衣智士胜卿相

　　且说吕台之子吕嘉,袭了吕王之位仅及一年,便屡有大臣上奏,说吕嘉做了诸侯王,骄恣不可一世,侵扰地方,目无朝廷,一副狠傲心肠,有司也拿他无可奈何。

　　吕后起先尚不在意,有意敷衍过去。嗣后,朝野非议日甚一日,陈平也几次上奏,吕后便不能再装聋作哑了,召来吕国丞相,详加盘问。这一问才知,大臣所指摘,竟桩桩件件都可坐实。吕后不由就大怒,下了狠心,诏令夺去吕嘉王位,命有司押解来长安训诫。

　　见吕嘉被押到,吕后怒不可遏,斥道:"教你袭父爵,是要倚你为臂膀,哪知你是此等犬子! 吕台好歹是个君子,倒是如何养出你来的? 封吕台为王之时,我便教他管教你,看来他是不听老娘的话,舍不得用狠毒手段。"

　　吕嘉只是不服,回嘴道:"儿臣固有不法事,然豪门公子,大率如此,我也不比他人更恶。"

　　"你就是恶! 汉家有你这般诸侯王,百官何以能服? 百姓何以能畏? 你真是要将老娘的天下蹬翻。可知否:那富贵公子,可以骄纵;然你这王,却不可骄纵。百姓看我汉家,他不看《九章律》里的之乎者也,他只看你这等高帽子王,廉耻还余多少,是否还有人样。"

　　"这个……儿臣可以改。"

"今日方才知错？迟了！不将你打回到庶民中去，你是不知吕字几笔方能写成。来人！将这个庶民吕嘉赶出去。普天之下，随你游走，只不要来沾老娘的光。"

赶跑吕嘉之后，由谁来袭吕王，吕后也有所思。想那吕台之弟吕产，名声颇佳，可以袭爵。然吕后忽又踌躇起来。想到吕嘉之事，实是丢尽了颜面，故而封诸吕之事，恐不能强来，还要稍作掩饰才好，免得留下骂名。

如此一想，便将那吕王之选，交予大臣去议。陈平、周勃等人奉了诏，循例去探听吕后意旨，却都碰了壁，没有半分消息。陈平、周勃颇感茫然，召集群臣来议，七讲八讲，总也说不到一处，迁延旬日，仍无定论。

这一延搁，垂涎此王位之人，不免就蠢蠢欲动。其间，有那善于机变的游士、策士，奔走于豪门，上下其手，就显出了他们绝顶的本事来。历代谋官谋爵，套路都是一样的，本主总不能觍颜去奔走，需有人居间引线。

此次择贤封吕王事，便有一位游士冒了出来，左右逢源，助人且又利己。此人名唤田子春，本为齐地济北郡人，或为田氏旧族也未可知。高后称制年间，此人不甘寂寞，远游至长安，奔走于刘、吕之门，代人上下做些疏通。

田子春生来伶俐，工于心计，在长安甫一落脚，便留心结交豪门，探听宫中秘事。若刘、吕两家子侄有所图谋，他便代为安排。长安城内，官场水深如海，那公卿巨僚，内廷外朝，田子春将各个门槛都走得熟了，代人谋利，如雨落鸭背，不着痕迹。此类人，可说是历代京中不可或缺的人物。

这田子春入长安，先前也是两眼一抹黑，欲结交权贵，却不知哪扇门能敲开。他所入手结交的，是不大起眼的一个人。此事，须得倒推两年再讲起。那是高后三年仲秋，田子春来长安已有多日，所携旅资眼看用罄，仍未寻到金主。这日步入食肆用饭，思前想后，便是一脸的愁闷。

店中有一店伙，早便与他熟了，见他来，即端上一碗秋葵羹，随口问道："客官，秋高气爽，如何你满面都是愁云？"

田子春叹了一声："天将寒，冬衣尚无着落呢！"

"哦哈哈……见你常奔走豪门，还以为你早已发迹，腰缠万贯了也说不定呢。"

"说得容易！长安豪门千家，哪一扇门，能为潦倒人大开？"

"这倒也是。客官若不嫌弃，小人倒有个主意。距此地不远，便是营陵侯的府邸。那营陵侯，名唤刘泽，乃高帝一个远房堂弟，娶的是吕氏女，名气虽不大，却是贵胄，职掌卫尉。平素不拘形迹，喜好结交市井小民。我看客官满腹诗书，何不上门去自荐？"

"哦？"田子春心头一震，双目立时炯炯，问道，"那营陵侯国，国都在齐（今山东省昌乐县），营陵侯因何未去就国？"

"这个营陵侯，本就是田舍农夫，胆小怕事。早年沛公举义，他不敢跟从，至汉王名声渐起，他才去荥阳投军，得了个郎中做，不过是随侍左右。后来渐渐官做大了，拜了将军，征讨陈豨之时，擒了叛将王黄，高帝在世时，不大看得起他这兄弟，直至驾崩前一年，才赏了他一个营陵侯做。惠帝即位，由吕太后做主，为刘泽娶了吕嬃之女，加名号'大将军'，重用为卫尉，护卫宫禁。"

田子春霍地站起身，躬身一揖道："请君指路，在下这便去拜访。"

店伙跨出门去，为田子春指了路，田子春拱手谢道："指路之恩，当不忘。今日饭钱，暂且赊欠，日后发迹了再还。"

店伙便笑了笑："客官欠小店的饭钱，不在这一餐了。你自去寻路，能讨得几个铜板来也好，不然你所欠钱，全是小人代垫了。"

田子春脸一红，赶忙辞别而去。

哪知到得营陵侯邸，但见门禁森严，有士卒数名，执戟而立，闲杂人等不得靠近。有一恶脸司阍，在门后跷足而坐，昂首望天，一张恶脸似城墙一般，拒人千里之外，白衣寒士空着手，哪里能闯得进去？

田子春望门止步，在冷风中瑟缩多时，心中直叹："天下之大，横北海，绝南越，然有了这许多门，又不知塞住了寒士多少路！"

正怨艾间，忽见有一白胡须长者，带了两个店伙，担着酒来，欲进侯府大门。田子春打量一眼，知是酒肆的店主，想必是侯府常客，便闪开身，让那店主过去。

眼见得店主一撩裳襟，昂首往侯府步去，田子春忽一咬牙，将腰间挂的一个玉佩胡乱扯下,跨前一步,递给那店主:"老丈,多有叨扰!我本齐地游士,欲拜谒营陵侯,却是无门可入。望老丈提携,带我入此门。此玉佩,为家传之宝,已传了五代,乃扶余国之红玉,不知老丈中意否?"

那店主一怔,即哈哈一笑:"自齐地而来?儒生?如何弄得似讨饭的一般?我不过坊间一酒贩,与营陵侯并无交情,哪里有面子为你引见?"

"老丈不必客气,只须领小人进得此门,我自有分晓。"

店主犹豫片刻,接过那块玉佩,翻来覆去看了,便揣入怀中,笑道:"你这引路之资,倒还贵重!我若是不带你进去,反倒是不近人情了。你只管随我来。"

那司阍显是与店主相熟,见面便大笑,才寒暄了两句,猛然见到有生人,便跳起身,拦住不放。店主连忙打了声哈哈,拱手道:"此乃吾友,儒生一个。今日之酒,非同寻常,乃自长沙运来,大有典故。我肚中才学少,讲不分明,须吾友来为营陵侯讲明。"

那司阍转了转眼珠,哼了一声:"酒便是酒,儒生来讲一讲,饮了便可长生吗?"这才坐下,挥挥手放行。

此时府邸内,刘泽正倚在榻上闭目养神,忽闻酒家来了人,便跃起身,抢步来至中庭。见了店主,即朗声大笑道:"近日正愁无好酒,你这酒仙,又送佳酿来,恰好救了我!"

店主连忙打躬,脸上赔笑道:"侯爷玩笑了!我哪里有此神通?今日之酒,倒是好酒,系长沙国所酿醴酒,开坛便能香倒人。昨日才到货,今日便给侯爷送来两担。侯爷若饮了不嫌弃,我就教那酒商,每月送过一担来,定不教侯爷口中无味。"

刘泽笑个不住,忽见店主身后有一陌生人,不禁大奇:"此乃何人?白面朝天,比你雅多了!平素不曾见,可是你账房师傅也来了?"

店主正踌躇如何作答,田子春便上前一步,作个揖道:"在下田子春,自齐地来,久闻侯爷大名,冒昧叩访,与这位老丈无关。"说罢,便摸出了一片半尺长的名谒①来,递与刘泽。

刘泽接过名谒,瞟了一眼,嘴角便有轻蔑意,哂笑道:"齐人? 白衣? 田氏? ……不会是田横之后吧?"

那田子春不卑不亢,昂首道:"若是田横之后,岂肯生入长安?"

刘泽便一惊,望住田子春:"此话怎讲?"

"入长安者,无非谋有所用。若为君王所用,便是国器。然吾国田横,不入汉都,宁愿求仁而死,这便是孔子所言'君子不器'。田横,千古君子也,其后人,怎肯生入长安?"

此一番话,令刘泽脊背冒出冷汗来,竟一时语塞,打量田子春有顷,方问道:"公入长安,便不欲做君子了吗?"

"田横死国,是上一代事。而今,我入长安,是为求正道而来。"

刘泽眼中精光一闪,知来者定是奇人,便略整整衣冠,向田子春施大礼道:"闻先生言,绝非贩夫走卒之流,我素与乡鄙之徒交往,竟忘了礼数。方才与先生立谈,实欠雅量,这便请先生入内小叙。"

待落座后,刘泽谈得兴起,便不肯放田子春走,食宿款待,务尽周到。田子春在侯邸淹留了数日,每日与刘泽杯觥交错,上下古今地胡聊,甚觉惬意。谈到第四日,刘泽举杯间,望见黄叶飘下,忽就叹道:"又是一秋了,这流光也忒匆忙! 自有汉家始,堪堪已二十余年了,人生过了半百,如愿之事却是不多。"

田子春便问:"公为贵胄,与高皇帝同宗。开天辟地以来,生民之数过亿万,几人能有此等之尊? 若换作我,死也足矣。不知公更有何求?"

经数日倾谈,刘泽已视田子春为腻友,闻言便大笑道:"吾阿兄为高皇帝,吾所梦,自然是封王,好歹独掌一方。今职掌卫尉,不过是大户人家的护院而已。"

---

① 谒(yè),古之名片,汉末改称"刺"(cì)。 彼时无纸,古人将自己的姓名、闾里、爵位写在竹木片上,用于拜访时投递。 后世则不用竹木而用纸,称"名帖""拜帖"等。

田子春一怔，稍作沉吟，便回道："在下入都已有一年，朝中门路，也摸到了些。侯爷望封王，乃人之常情也，吾当居间效力。然目下吕氏势大，刘氏衰微，欲谋刘氏封王，便不能急。好在侯爷为太后侄女婿，又重用为卫尉，或可通融；否则，万勿做此想。"

刘泽颔首道："先生所言有道理，吾虽贵胄，然命却是贱命，或许还能活上二十年。我不急，可否为我徐图此事？"

"君子当成人之美，奔走此事，不在话下，然……在下本一寒士，无力打点豪门，奈何？"

"哈哈，这我倒忘了，先生乃寒素之士，受苦了！如此，某便以金相赠，你不要推辞。金三百斤，可足日用否？"

田子春一惊，竟失手掉落了酒杯，瞪目道："三百斤？足可抵十个富家翁了！在下如何敢受？唯愿为侯爷尽力奔走。这里，且放胆大言——此事必成。"

刘泽大喜，当即唤出家老奚骄叔来，备好了三百斤金，郑重相赠，恭谨道："闻先生之言，大开心窍。区区薄礼，乃为祝君长生。"

田子春正待要假意推辞，刘泽便一瞪眼睛，嗔怪道："瞧不起我吗？"

见戏已做足，田子春便一笑，拱手谢过。一番饮宴后，由奚骄叔驾车，载上黄金，送田子春回到尚冠里赁居。

此后，刘泽日日自宫中返家，便要张望门外，坐等田子春消息。却不料，堪堪过了三月有余，只不闻动静。忙遣奚骄叔往田子春住处打探。奚骄叔到得尚冠里，寻不见人踪，问房东，方知他已携财物回乡去了。奚骄叔无奈，回来复命。刘泽闻之，大失所望，然亦不愿轻言上了当，只道是田子春家中或有急务。

奚骄叔道："这不是骗子又是甚？不如知会济北郡有司，拿下此人，解来长安。"

刘泽摇头道："不可，这怎生使得？传出去，恐为都中人笑。待他忙完家事，自会有分晓。"

却不料，如此一等便是两年多，田子春全无消息，刘泽任是脾气好，也不免怨尤，这才疑心是遇到了骗子，便打发奚骄叔，速往济北郡，去田子春家中责问。

奚骄叔奉了命,一路驰驱,来至济北郡泰山脚下,找到田子春,惊见他已一扫寒酸气,广置良田美宅,俨然为当地一富豪了。

奚骄叔进门坐下,便一拜,语带讥讽道:"两年不见,田先生不复往日清雅,竟换作冠冕堂皇了!"

田子春心中有数,不卑不亢,含笑道:"田某乃寒士也,生平未曾见百金是何模样,况三百金乎? 今骤得三百金,便欲登高自鸣,亦是人之常情吧。"

奚骄叔无言以对,眼睛转了转,忽然问道:"府上尊夫人,可养有雌鸡?"

"养有数十。"

"饲之,可有两年不生卵乎?"

田子春领悟此语,即仰头大笑道:"侯爷心急了!"

奚骄叔敛容道:"正是。侯爷有话,令小臣务必带到,谓曰:'田先生,不欲与我为友乎?'"

田子春便躬身一拜,道:"寒士骤富,不免失态,万望侯爷海涵。请足下回禀侯爷,就说我月内必至长安,登门谢罪。所托之事,这二年确乎延搁了,待我近日入都,即着手打理清楚。"

奚骄叔仍含怒意:"我主相托,如何一搁便是两年? 那三百斤金,岂是随手拾得的?"

田子春也不辩白,起身送客道:"我这里还在起屋垒墙,家无宽敞之所,就不留宿足下了。我本游士,浪迹四方,侯爷所赠金,于我而言,正似路边拾来,故未能日日感恩,也请侯爷包涵。"

见田子春狂悖若此,奚骄叔也是无奈,只得摇了摇头,起身告辞。

待返回长安,奚骄叔向刘泽复命,多有怨尤。刘泽听罢,将信将疑:"无论真假,便等他音讯吧,再等两年也不迟。"

奚骄叔为主公不平,发牢骚道:"再等两年? 三百斤金,怕是全化成了水!"

刘泽不听,只道:"你也毋庸多言了,静候就是。他不仁,我岂可不义?"

那边厢,田子春送走奚骄叔,便知此事已不能再拖,忙吩咐仆人收拾行装。隔日,便偕其子田广国,同赴长安。

　　路途之上,田子春将此行所谋,向田广国交代。田广国颇有不解:"父既有然诺,为何拖延两年不为?"

　　田子春便一笑:"那时若便做成,倒显得此事不难做了。"

　　田广国有所悟,也笑道:"阿翁原是为自重!至长安,须如何行事,只管吩咐孩儿就是。"

　　父子二人一路颠簸,来至长安。田子春却不去拜访刘泽,只撒下大把钱财,在修成里赁了一套大宅。

　　在此处,田子春广交旧友,问何人能识得吕后身边人,有人便应承,可为他引见中谒者张释。田子春大喜,拿出些财宝来,托那人转赠张释,说愿送子为张释门客。

　　不过数日,张释那边便有了回话,说可以见。田子春便叮嘱田广国道:"此去,将有大任。"

　　田广国便道:"孩儿当如何做?"

　　"中谒者张释,位高权重,然身为宦者,并无子孙,你只须甜言蜜语,呼他'阿公',他听了高兴,必器重你,吾事便可成。"

　　"孩儿记下了,此事易耳。"

　　这位张释,本为宦者,惠帝在时,就已讨得吕后喜欢,官做到中谒者,深得宠信。他权势在手,却仍觉势单力孤,便喜好结交各色人等,广植羽翼。见田广国聪明伶俐,愿供驱使,便欣然受之,收留为门客。

　　两月之后,田子春暗嘱田广国,延请张释来居所饮宴,事先交代:"请中谒者来,吾有要事相求,事成与否,全看他心思。你我父子,须将此人巴结好。"

　　当日过午,田广国便陪着张释,乘了一辆辎车,不事声张,来至修成里田氏居所。田子春亲迎出门,便要跪下,张释不要他下拜,与他执手笑道:"广国在我门下,如同孙辈。我本无家,来赴你家宴,你我间便无有尊卑。若无此一节,哪个大臣能请动我?"

　　田子春言下感激不尽,便在前面引路,进了宅院大门。

在门外时,张释只顾寒暄,未及留意。入得门来,见此处虽为一座赁居,然其帷帐器具等,却是极尽奢华,与列侯府邸不相上下,张释心下便一惊,知田子春身家必定不凡。

正讶异间,忽听田广国道:"阿公今来,似炎阳当头,田氏门楣,眼见得就亮了起来。"

田子春连忙道:"犬子说话,素无遮拦,中谒者休要见怪。"

张释不由就笑:"田兄,此子嘴甚巧!吾何来如此福气,竟凭空有了个好孙儿?"

田子春便趁势下拜,恳切道:"中谒者看重田氏,这情分,便如同骨肉。"

张释连忙上前,将田子春扶起,道:"此祖孙之谊,乃天定。我既为阿公,来日定要好好栽培他。"说罢,又望住田子春笑道,"至于你我之谊,另当别论,只当是兄弟也。"

田子春做直欲泣下状,再三谢过,便请张释入座。而后招呼了一声,仆人闻声而动,将菜肴端出,无一不是山珍海味,世所稀见。张释又是一惊:"民间商户,竟富比王侯。若非结识了田兄,吾何以得知呀!"

田子春便一使眼色,田广国连忙跃起,为张释斟酒,贺道:"阿公德高望重,护佑汉家,当长生百岁,请受孙儿在此一贺!"

席间,主宾言笑晏晏,亲若一家。酒至半酣,田子春忽然容色一凛,招呼仆人退下,又对田广国道:"你也暂避,我有事,要向中谒者讨教。"

待众人退下,张释瞥了田子春一眼,微笑道:"事必涉吕太后。"

田子春拱手一拜:"正是。足下位高,朝中之事无所不知,然有些话,却是听不到的。"

张释领首道:"愿闻。"

"在下两番入都,见城中王侯宅邸,竟有百余家,皆为高帝功臣。唯吕太后母家族属,昔年也有大功,却不得遍赏。今太后年事已高,欲封诸吕子侄,又恐大臣不服,迄今仅封了吕王一人。臣闻吕嘉于近日获罪,已废王,王位暂空。张公久随太后左右,不知太后意欲选谁?"

"当然是吕产。"

"那么,为何又迟迟不见大臣推举?"

"这个嘛……是大臣不急吧。"

"大臣为邀宠,哪里能不急?如今不举荐,定是吕太后尚未发话。"

"哦?有些道理。"

"吕太后为何不发话,大有深意在。恐是畏惧众议,实难开口也。"

张释忽然大悟,望住田子春道:"田兄之意是……"

"足下既知太后心意,何不私下知会群臣,联名上奏,荐吕产为王。吕产若继位吕王,足下便立有大功,封个万户侯也不难。倘不如此,太后必恨足下做事不力,恐是祸将及身了。吾虽一平民,然心系庙堂,日夜为中谒者担忧。"

话音方落,张释便霍然起身,深深一揖道:"田兄,真智士也!若非你提醒,则张某必然失机,或沦为有罪之臣也未可知。此大任,在下自愿肩负,不容推脱。事若成,吾当重谢田兄!"

田子春急忙拦住,恭谨道:"足下不必见外。田某羞为白衣,技止此耳,蒙足下看得起,深觉幸甚。今日家宴,不成敬意,望足下不嫌鄙陋,尽兴而饮。"

张释哪里还坐得住,便告辞道:"事不宜迟,我这便去见大臣,草拟奏疏。今日得识广国之父,赠我以肺腑之言,好不痛快,不饮了也罢。"

此后数日里,张释无暇稍懈,逐个拜访公卿,私下授意。事毕,方返回宫中,禀告吕后道:"臣已意会诸大臣,吕王之选,非吕产莫属,不可举荐他人。"

吕后正在椒房殿廊上烤火,闻言头也未抬,只问道:"你怎知哀家心思?"

张释连忙伏地答道:"人同此心,不问亦可知。"

吕后便甩下紫羔裘,大笑道:"中谒者做事,着实干练。事成,定教你做个富家翁。"

几日后,便是高后六年十月。一元复始,吕后心情颇佳,元旦以后大朝,在帘后忽然发声,问众人道:"命你等商议吕王人选,如何一月过去,尚无分晓?"

诸大臣早受了张释调教,纷纷道:"臣等有奏疏,以为吕王之位,非吕产不可。"

吕后望了张释一眼，微露笑意道："终究还是吕产，群臣既然力推，哀家亦不能违众意。然为何竟拖了近一月？莫非吕产尚嫌勉强？"

陈平、周勃等老臣，连忙作揖请罪。周勃道："太后责备得是！年末事多，微臣有所疏漏。所幸于新年里，便可封吕产为王，正合岁时。"

吕后忍不住一笑："老臣们也学得狡猾了，明明是疏失，却偏要说成彩头！"

张释连忙道："太后既准了奏，散朝之后，微臣便留下拟诏。"

吕后挥袖道："还有何事？这便散朝好了。"

待诸臣退下后，吕后便招呼张释道："中谒者，你有大功，哀家不能不赏你。"于是命近侍去知会少府，"搬来一千斤金，赏赐张释。"

张释吃了一惊，连忙谢恩道："赏赐如此之重，臣实不敢当。"

吕后哼了一声："你是老臣，就无须假惺惺了！我若不重赏臣下，哪里会有人卖命？"

张释得了黄金千斤，感慨良多，不由就佩服田子春。想想此赏不能独享，便分出一半来，要赠予田子春。

哪知田子春坚辞不受，只道："吾与中谒者交，乃凭至性，非为谋利。若受金，则白圭有玷，日夜不能安也。"

张释眼睛睁大，只不信世上竟有如此高洁之人，便险些落泪。此后半月间，又与田子春往来了数次，见他行止恭谨、襟怀开敞，浑不似庸碌商人，倒像个侠士，遂引为至交，频繁往还，遇事便登门相商。

田子春见前面文章已做足，便要点出正题。一日，在田宅中，两人就着炭炉小酌，田子春忽然轻叹一声："吕产为王，固然是好，然群臣不服者亦多，若不略加安抚，怕是难平。"

张释闻此言，顿感不安，拱手求教道："田兄有何良策？"

"这个容易。单单吕氏擢升，人难免侧目；间或杂以刘氏，人便无话可说。"

张释摆手道："田兄有所不知，吕太后忌惮刘氏，非同小可。私底下，我只能说到此而已。欲扶刘氏，恐将难于登天。"

田子春便故意淡淡道："刘、吕如今是一家,联姻者比比皆是。且刘氏遍及天下,防亦难防,还不如好好笼络。今有一人,太后最该笼络。"

"是何人?"

"当朝卫尉、营陵侯刘泽。"

张释一怔,便笑道："刘氏未封王者,所余寥寥,你不说,我倒将这人忘了。这刘泽,虽也姓刘,却是远亲,官居卫尉,是沾了丈母娘吕媭的光,已属万分荣宠了,何须太后特意笼络?"

田子春便屈指数道："首要者,刘泽妻为吕媭之女,这便如自家人一般。再则,刘泽在诸刘中为长,乃高皇帝之弟,辈分之高,无人能及。三则,刘泽有军功,曾号大将军,职掌卫尉以来,毫无疏失,并非纨绔之流,足可以服众。若封为王,群臣之怨,可立见平息。足下可禀告太后,不如划十余县,封刘泽为王,以消弭众议。所出本钱甚少,却极是划算。"

张释闭目想了想,睁开眼道："倒也无不可。我忽想起:那刘泽,既是吕媭之婿,便不是远亲,而是近亲了,吕太后必不会疑。"

"中谒者不妨想想,那刘泽若是封了王,岂能不心喜? 必谢恩而去,远离长安,太后这边厢,不也少了些近身之忧?"

张释甚惊喜,赞道："田兄高见,我倒不曾如此想过。多谢兄好意,明日我便入见太后,当面建言。"

隔日,张释果然入见,依田子春之计,向吕后建言。

吕后愣怔片刻,忽而一笑："你不提起,我也险些忘了,这侄婿,至今还只是个侯。然……终究还是刘氏,不宜封王。"

"太后,天下今已大定,尚未定者,唯众臣心也。如今,封刘便是安吕,太后必能洞见此中机窍。那诸吕封王,岂能仅一吕产乎? 若才封了吕产一人,众臣便不服,又遑论其余? 因此,封一刘泽,便是塞住一群人之口,此乃以小博大也。"

"唔,也是好计。那刘泽,我看了这些年,还算尽职;又与吕氏婚姻相连,不至为大患。然当年看吕媭情面,给了他'大将军'之号,日后我崩了,他若以此为名,作起乱来,便无人可敌。今日封他僻地为王,令他远离京都,倒也好。"

于是未及旬日,便有诏下,又从齐国划地,分出琅玡郡(今山东省临沂市)来,封刘泽为琅玡王,着令辞去卫尉职,立即就国。

田子春在友人处闻讯,知大事已成,这才将心放下,遂穿戴整齐,赴营陵侯邸道贺。

那刘泽刚刚卸了卫尉职,正满心欢喜,阖府都在忙着收拾,准备上路。忽闻田子春登门,便知果然是田子春使的力——当初之三百金,终见了收效。于是满面堆笑,离座迎出。见田子春入门,便大步迎上,执手谢道:"君子一言,果不负我所望。今如愿以偿,当置酒相谢。"

刘泽将田子春延入上座,命家仆摆酒。田子春也不推辞,与刘泽杯觥交错,略叙营谋始末。刘泽听得感慨,唏嘘了几声。

如此饮了数杯,田子春忽然摔杯于地,起身请刘泽撤席。刘泽大惊,心中生疑,忙起身问何故。

田子春便道:"大王一日未至琅玡,事便一日未成,臣愿随大王同往,共襄其事。大王请从速整装启程,勿再留长安。"

刘泽不明究竟,还想询问,田子春便厉声制止:"我两年未动,乃因时机不到;今大王若迟一日,或时机便已失。若信我,请勿多言。"

刘泽心怀忐忑,只得从其请,命家人连夜收拾。田子春便告辞,返回赁居打点行装,退掉房舍,至次日凌晨,又返回营陵侯邸,催促早走。

待天明之后,刘泽匆忙入宫,见了吕后,禀明出行时刻。吕后望望刘泽,只淡淡道:"哦,你去吧。"

刘泽得了允准,即偕同田子春,与家小一起上路。出得清明门,刘泽不免频频回望,大有不舍之意。田子春在侧谏道:"大王,离死地,赴生地,有何可流连?"

刘泽便道:"纵是此去赴仙境,又岂如长安?"

田子春便抢过御者长鞭,甩了一鞭,催马疾行,一面便道:"今疾行,长安便可重返。否则,万事难料。"

刘泽心中疑惑,也不好深究,便命御者加鞭,一路狂奔。

如此颠颠簸簸,三日后,出了函谷关。又狂奔了数十里,回望长安已在万山丛中,不见了尘嚣,田子春这才松了口气:"大王,今日可慢行了。"

刘泽也吐了口气,苦笑道:"齐地侠士,怎的竟如此神神怪怪?"

田子春开颜而笑,长揖道:"纵有神鬼,也掠不去大王冠冕了,我为大王贺!"

也就在这几日,吕后在长乐宫闲坐,忽觉心神不宁,便遣人召审食其入见。审食其闻召,匆匆赶到。其时,吕后正在廊上徘徊,便命人设下案几,与审食其并排而坐,同晒冬日暖阳。

方才坐下,宣弃奴便手托朱黑两色漆盘,呈上来一盘甜瓜。

审食其拈起一瓣,欲递给吕后。吕后摆摆手道:"哪里还有心思吃瓜? 一早便觉心乱。"

审食其劝道:"太后有何焦虑? 天下不安之处,唯有北疆,然天寒地冻,匈奴断不会南下。"

吕后摇头道:"不干匈奴事。哀家只是想:如何便封了刘泽为王?"

"封便封了,好歹他也是吕氏女婿。"

"女婿算甚么? 我问你:那刘泽,他究竟姓吕,还是姓刘?"

"当然姓刘。"

"这便是了! 日前哀家昏了头,不知为何,竟答应了封刘。"

"是张释建言,封刘便是安吕,我亦赞同此议。"

吕后苦笑道:"封了那老刘,我这老吕,反倒是心中不安了。"

审食其忙拱手道:"太后一人,身系天下安危,还请宽心。若觉刘泽不妥,可快马追回,废去封王诏令便是。"

"唉,朝令夕改,岂不为天下所笑?"

"笑骂任由笑骂,至尊者,唯求心安而已。否则,独领天下又有何用?"

吕后望望审食其,笑道:"审郎,你活得倒洒脱! 哀家便听你的,着人去追回刘泽。这个王,不给他做了!"当下便命宣弃奴,去知会宗正府。

宣弃奴领了旨,欲去宗正府传命,又小心问了一句:"即便追到琅玡,也须追回吗?"

吕后道:"哪里? 收回成命,不能出函谷。出了函谷关再追还,天下人都要笑煞,说我太后临朝,封个王都要翻三覆四。"

宣弃奴听得明白,诺了一声,便传旨去了。

当日,宗正府便遣了使者,飞骑东出,直奔崤函古道而去。追了三日,来至函谷关前,向关将打听,关将只说:"琅玡王一行,早三五日已出关去了。"使者闻之,心有不甘,遂至关上远望,唯见去路杳然,一派苍莽,只得辞别关将,打马返回了。

听罢使者复命,吕后半晌未语,仰天发呆。审食其便在旁劝道:"未追回,也罢,便任由他去。张释所献计,还是好计,凡事终以中庸为好。"

吕后便瞪了他一眼:"中庸,中庸! 若中庸,你我今日怎能坐在此处?"说罢,又转头问宣弃奴道:"依你看,张释献计,可是受了人贿金?"

宣弃奴慌忙答道:"中谒者私事,我不知;唯知人若不贪财,便是心智残了。"

吕后便猛地拍案,恨恨道:"这个张释!"

审食其连忙劝解:"太后请息怒,中谒者终究是重臣,功高过人,略有过错,亦不掩其功。"

吕后想想,一拂袖道:"算了! 如此干练之臣,也是难得,我不能自拔羽毛,此番便不与他计较了。然刘泽若敢生乱,我便先砍他张释的头!"

审食其吃了一惊,迟疑道:"刘氏个个尊荣,想来,也并非都想生乱。"

吕后瞥一眼审食其,哂笑道:"你一个舍人,做了公卿,当然知足;然那刘氏子弟,父祖为开辟之帝,哪一个能知足?"

"愚以为,太后是高看诸刘了,未免过虑。"

吕后便转头望住审食其,缓缓道:"审郎,可还记得擒韩信那年? 岁寒时,你我曾在栎阳观冶铁,入酒肆祛寒,遇见一老翁……"

"哈哈,是那个'国舅'?"

"那'国舅',虽是草莽,却有一句酒后真言,令我铭记至今。老者言:'分封子弟,虽是近日无忧,然至圣君万年之后,乱将不旋踵矣。'因何也? 你可曾想过?"

审食其瞠目以对,摇头道:"不曾。"

"宦宦家子弟,不易生僭越之念,即使坐不上高位,也只是叹命不好。然皇子皇孙,则不免个个心存侥幸,都想做皇帝。若做不成皇帝,便迁怒于他人。他们此刻最恨的,便是我了。我若一旦病倒,那刘氏子弟中,还不知有几人要蠢蠢欲动呢!"

"哦?"

"你跟从哀家虽久,也不过充个清客,焉知守天下之难? ……给我拿一瓣瓜来!"

审食其连忙递上一瓣瓜。

吕后尝过,面露欣喜之色:"此瓜,好甜! 莫不是召平所种东陵瓜?"

"甘甜若此,定然是。"

"召平行事,颇似萧丞相,今已征调他为齐相,我才稍宽心。唉! 自萧丞相故去,我竟无一日能安枕,这社稷之事,是那么好弄的吗? 那失心翁驾崩,好在还有哀家;然哀家一走,谁又能拢住这四野八荒呢?"

"太后永寿,万不可凭空添烦恼。"

吕后便笑:"你哄鬼去! 我而今也是计穷了,唯有效仿失心翁,多封诸吕而已。一朝我升天走了,便管不得谁与谁拔刀相向了。"

"太后……"

"审郎,我前日忽想起:你若先走,倒也省心;若是我先走,你又将何如?"

审食其神色便黯然,语气幽幽道:"到那一日,我也将不活了。"

吕后仰望天上彤云,想了想,忽而道:"那陆贾夫子,你须多加敬重。"

审食其目光一亮,似有所悟,连忙叩谢道:"太后大恩! 所嘱,我谨记了。"

吕后便指了指满庭枯枝,道:"你看这树,哪一株不曾有过繁盛? 将来之事,人不可无所料呀!"

审食其听得满心凄凉,便是一阵唏嘘。

吕后望望审食其,忽就一甩袖:"罢了,不说这些了。你我能同坐于一檐之下,晒晒老阳,便是福气。趁今日暖和,好好晒吧。"

再说那刘泽一行,轻车过了函谷关,便缓辔徐行。昔日刘泽居长安,已有十数年不曾东出,此次沿河之南而行,一路平坦,心情便大好,对田子春道:"先生料事如神,大有黄石公遗风,惜乎未遇楚汉相争时,不能名动天下。"

"大王,人各有命,岂能强求?那英布、彭越虽倾动一时,也不过留下一个空名,骸骨都不知撒在何处。田某生也晚,愿随大王经营琅玡,智固不如萧曹,行则必效萧曹。"

刘泽摇头苦笑道:"孤王费尽九牛之力,方谋得一郡之地,岂敢奢望萧曹大业?"

田子春矜持一笑,徐徐道:"天下有大势,每每契合人心。此中之理,可道,亦不可道。大王,容在下今日放言——逆人心者,绝无十年之寿。"

刘泽一震,似信非信,望望天,只是道:"唯愿如此吧。"

这日,车行至淮阳国扶沟县,后面有两辆驿车赶上来,车上邮传吏都拿眼瞄着刘泽。待两辆车驶远,后面又有一驿车追上,车上人仍是拿眼死盯住刘泽。

刘泽大惑,终是按捺不住,朝那邮传吏猛喝了一声:"尔等弄的甚么名堂?如何个个都拿眼瞄我,难道我是亡命徒吗?"

那邮传吏顿感大窘,忙停住车,跳下车来,上前赔礼道:"小官前日出长安,路遇朝中使者,曾快马急追琅玡王,至函谷关方罢。"

刘泽不禁愕然,连忙谢过那邮传吏,命御者加鞭疾行。待疾驰数里后,回望眷属车离得远了,浑家吕氏已然听不到,才对田子春道:"先生料事,有如鬼神!若非先生,刘泽必为那老妇所擒,拘在长安,恐将要老死于幽室了!"

田子春微微一笑:"大王请宽心。高后虽专擅,却不能福寿万年。独夫在上,众臣离心,这不是好兆头。以臣观之,天下或于数年之内,必将有变。想那高皇帝当年,缘何能趁势而起?皆因心存高远、不灰颓、不丧志而已。"

刘泽闻言,心头便是一激,远眺大野,忍不住欷歔泣下,道:"我本姓刘,却活得战战兢兢,无一日似皇亲。幸而天赐我田兄,使我得脱樊笼。我既解脱,便不能负天意。今日，田兄便随我去，为我长史，实为国相。你我躲避一时再说。"

　　田子春放眼河川，见绿禾万顷，便倍觉意气昂扬，当即道："大王，臣以为，无须再躲多时了！"

七　刘氏枝叶遭风霜

话说刘泽脱出樊笼,一身轻松,往琅玡地面疾驰而去;吕后却是足有三晚未睡好,这日想想,便召了张释来,当面问罪:"张释,你一个阉宦,做到此位,也算是位极人臣了;居然卖官鬻爵,上下其手,风都吹到老娘耳朵里来了,究竟有何所图?"

张释不知此话从何说起,不由就慌了:"太后,小臣心中正知足,哪里还敢有图谋?"

吕后便冷笑:"你忘性倒不小!那刘泽,竟然将老娘我哄过,去做了琅玡王。居间说合者,便是你张释,莫非你看他能登大位吗?"

张释面色一白,连忙伏地道:"臣荐他出为诸侯,是为天下计,岂敢有私?"

"岂敢有私?如今你这班朝臣,说谎竟连结巴都不打一个了!那刘泽,是如何攀上你的?他究竟给了你多少钱财?"

"他……分文未给小臣。"

"不给钱,你为何要助他,莫非要做个活圣人吗?"

"小臣……"

"罢了罢了!大丈夫做事,你怎就不敢认?老娘又不要你吐出贿金来!只是那刘泽跑掉了,你可敢担保他?"

"臣愿担保。"

"哼,那刘泽多诈、有谋断,怕是你也担保不起!既然收了他钱,为他鼓吹,总不能只赚不赔吧,这样好了——若刘泽日后不反,便好说;若他在琅琊反了,你那头颅,就要交予老娘了!"

"臣愿以头颅担保。"

"那,日后就莫怪我寡恩!若要保命,你这就遣人往琅琊,告诫那刘泽,识相者命长,切莫心存歹念。若他有一星星儿蠢动,哀家必发兵讨灭,还要拿你张释的头来祭旗!"

张释慌忙叩首道:"恕小臣方才隐瞒,那刘泽贿金,为数确是不少。臣愿缴清,不使恶名在外。"

吕后便仰头大笑,戟指道:"府库还少你那几个钱吗?老娘调教大臣,还不至一窍不通,既要你卖命,就得容你脚底板滑润。那贿金,你自家收好吧,若教外人知道了,我也保你不得。下去吧!"

张释至此已是汗流浃背,忙谢恩道:"臣知罪,臣不敢大意。刘泽那边,这便遣人去知会。"

张释退下后,手抚额头,心中连呼侥幸。一面就写了手书,遣人快马去送给刘泽,再三嘱他不得乱动。

那刘泽得信,心里便笑:"此时岂是我动手时?若真是时机到了,莫说你张释,便是太后出面,也拦挡不住我。"稍后,便交代田子春复了信,巧言巧语令张释放心。

如此半年光阴过去,琅琊那一带,果然无异常,张释松了口气,伺候吕后就更加殷勤。堪堪又一年过去,刘泽仍安稳如故,张释这才放下心来,以为刘泽谋外放,无非是图个享乐。

至高后七年(公元前181年)之初,东边诸侯无事,北边诸侯却闹起了家事。此时的赵国,赵王为刘友。那刘友为刘邦之子,虽是后宫美人所出,然究竟是龙子,惠帝在时,由吕后做主,先封了淮阳王。后赵王如意被鸩杀,刘友又改封了赵王。

为羁縻刘友,吕后也选了一位吕氏女,为刘友做王后。那刘友尽管气傲,娶回来这样一位浑家,却也无可奈何。

这位刘友浑家,本不是吕氏近亲,史上连个身世也未留下,脾性却是不输于吕后。进了赵王宫,一跃而为王后,便作威作福,时常欺凌刘友。那刘友,再不济也是高皇帝血脉,脾气还是有一些的。见这吕氏女骄横无礼,又不能与之争,便不掩饰满心的厌恶,将这雌老虎冷落一旁,偏去宠爱其他姬妾。

那吕氏女见丈夫不理不睬,怒从中来,整日里在宫中摔东摔西。然此等秘闺家事,不独大臣无法劝说,便是吕后本人闻知,又能如何?

那吕氏女越想越气,醋意不可遏。忽一日,便狠了狠心,索性想害死这亲夫了事。害了,还可以再嫁,总比这日日守活寡的好。

女子主意一定,便是九头牛也拉不回。正月里,这吕氏女冒雪奔回长安,见了吕后,也不哭诉家事,只声称变告:"我夫赵王刘友,胸有异谋,闻吕台、吕产先后封王,便憎恨太后。平素屡与人言:'吕氏安得封王?待太后百年后,吾必诛之!'"

吕后便竖起眉毛来:"刘友敢如此?可是你亲耳闻之?"

"吾夫刘友,人前一面,人后又一面;然出此恶语,毁谤太后,则不问人前与人后。"

"竖子也敢谋反?此罪若坐实,我便教他不能再活……也好!你便无须再做他浑家了,索性改嫁,天下好男子,还愁找不到不成?"

"回太后,此事我早想好:为大义计,妾身得失在所不惜。"

吕后便一笑:"你本小家女,何时竟有了大丈夫气?别不是夫妻吵架,你跑来告恶状。"

那吕氏女面不改色,只叩首道:"异谋之事,小女不敢乱说,请太后查实。"

"那诸刘,哪有一个好崽儿?你既如此说,我又何必再查?你先在长乐宫住下,稍后再安顿,我这便召刘友来问罪。"

旬日之后,太后诏书飞递至邯郸,刘友闻吕后宣召,心中一惊,想到浑家刚刚出走,太后便宣召,定是浑家去告了恶状,此去长安,恐非好事。

犹豫不决间,刘友召左右近臣来商议。众人议了半日,皆以为:此去安危难料。

刘友便道:"孤王也知长安去不得,然又怎能抗旨不从?"

此时便有近臣道:"大王终究是高皇帝骨血,太后或有疑心,总要顾及先帝脸面。此去,我等尽数跟随,如有万一,也好商议。我辈入都人多,太后也将有所顾忌,不至突生变故。"

刘友想想,蹙眉道:"也只得如此了,你等随我入都,日夜警惕,万一有不测,则相机逃出。唉!先帝之子本为福气,如今却成了祸根,还要牵连诸位。"

诸臣则齐声应道:"愿与大王共生死,大王请无虑。"

刘友既不能反,又不能坐以待毙,唯有留下丞相监国,自率近臣火速入都,不欲授吕后以口实。正月里,一行人奔至长安,便安歇在赵邸内,等候召见。

晚来掌灯,刘友与长史、都尉、督邮等数十近臣小酌,道:"我今还朝,未有半日延迟,文武重臣皆随行,太后见我心诚,或无事。"

众臣都纷纷道:"唯愿如此。"

长史秦眇房却道:"王后日前出走,太后即召见大王,恐不会无事。想来是大王宠爱姬妾,王后心中有怨。明日召见,大王请勿任性,向王后赔罪便是。"

刘友怔了一怔,颔首道:"你说得是!这世道,哪里还有甚么'男尊'?"

岂料君臣在赵邸等候,一等就是旬日,却不闻太后召见。正在惶然间,忽一日,从南军中开来一队甲士,约有百人,围住了赵邸。为首一校尉手持符节,叩开大门,向刘友一揖道:"奉太后令,除赵王而外,赵邸不得居留他人!"

刘友一惊,看看符节不假,便道:"卫尉刘泽,乃孤王叔父,我有话与他说。"

那校尉便拱手道:"大王有所不知,营陵侯刘泽已卸职。长乐宫卫尉,今为赘其侯吕更始接任。他与大王别无可说,唯请大王遵令。"

刘友还想分辩,那校尉却不容他多言,高声下令道:"邸内闲杂人等,尽都驱离,不得留一个!"

众军卒得令,发了一声喊,便拥入大门,一阵扰攘,将赵邸内官吏统统赶了出来。

长史秦眇房回望,见刘友为众军剑戟拦住,形同囚徒,不由心伤难抑,向那校尉打了一躬道:"军爷,我等尽可驱离,然家仆婢女总该留下,以伺候大王。"

那校尉想了想,便道:"事已至此,留下家仆又有何用?"

"军爷,赵王到底是高皇帝血脉,还请赏个脸面。"

那校尉便冷冷道:"我只知当今是太后坐庙堂,还不知有别人坐庙堂!闲话少叙,请君速离去,若是迟了,太后亦有令:凡交通赵王者,杀无赦!"

众臣万般无奈,一面散去,一面洒泪回望。

当夜,众赵臣在城内逆旅安顿好,便聚到一处,对泣不止。那秦眇房道:"赵王待我等情同父子,今有难,我等仅效妇人泣泪,又有何用? 明日,理应前去探望,看大王有甚难处,妥为回护,方为臣子本色。"

众臣闻言,抹去眼泪,都纷纷应声愿往。

次日晨,众臣即携了衣物、吃食,前往赵邸,欲探望赵王。却见门外军卒林立,剑戟密布。秦眇房提了食盒,刚要上前,但见两士卒挺戟挡住,喝道:"太后有令,无论何人,不得擅入赵邸。有违禁者,斩!"

"我等为赵臣,今为赵王备好饭食,别无他物。即便是囚犯,也须饱餐吧?"

"我乃南军甲士,唯太后之命是从。若再啰唆,请吃我一剑,你信也不信?"

秦眇房见与粗人说不通,便绕着赵邸走了一圈,见各处密布甲士,虎视眈眈,遂不敢冒昧,只得与众臣怏怏而归。

当夜,众人又聚在一处商议。秦眇房道:"赵邸内,仅有赵王一人,众军卒又不允送饭,这分明是要饿毙赵王!临此大难,我等不可退缩。今夜,我即携食盒,潜近院墙外,将饭食抛将进去,不可眼看主公丧命。"

座中便有都尉蔡游威道:"公为文臣,不如我等身手矫健,今夜我来当此任,必将饭食送入。"

当夜,都尉蔡游威便带领随从,着一身黑衣,携了食盒,蹑踪窜至赵邸近前。蔡游威吩咐随从望风,他一人跃至墙下,刚要抛食盒进去,不料暗处早有埋伏。数名甲士已等候多时,此时见有人至,便点燃火把,一起扑出,将那蔡游威擒住。

蔡游威攘臂抗拒,大呼道:"赵王何罪,竟遭此虐待? 堂堂汉家,何时兴起的如此勾当?"众甲士忙将他嘴捂住,拖至当街,一剑便斩了!

随从在远处见了,心胆俱裂,连忙趁夜色逃回,泣告众臣。

众臣闻听,皆泪如雨下。少顷,秦眇房缓缓立起,吩咐从人道:"武臣死义,文臣又岂能偷生? 再备食盒! 我偏要在朗朗白日下,为赵王送饭。"

众人大惊,纷纷起身相劝:"公不可轻生。"

秦眇房微微一笑:"求仁者,何谓轻生? 眼看君将死,臣却不能舍身相救,才是轻贱此生。臣意已定,无论斧钺剑戟,也愿从君而去,稍有蹙眉,便算不得大丈夫!"

众人再劝,秦眇房只是不语,默默更衣,坐待天明。

次日,晨光熹微时,秦眇房提了食盒,回首望了同僚一眼,从容迈出了门去。其余众臣,哪里忍心见他独自赴死,只得在后远远跟着。

不多时,众臣见秦眇房刚走近赵邸,便有甲士窜出,喝令止步。

秦眇房昂然答道:"我乃赵长史,今为赵王送朝食。"

为首甲士道:"公请退。"

"军爷,家中可有父母?"

"有。"

"父母可以两日不食否?"

"吾为兵卒,不知其他,唯知有严令。公请后退!"

"吾不能退。"

"不退则死!"

"那正遂我愿。赵之大臣,宁死,亦不退!"

秦眇房话音刚落,但见那甲士退后半步,掣出长剑来,逼住秦眇房。秦眇房凛然作色,昂首而立,只不退半步。

那甲士怒视半晌,忽就狂吼一声:"退也不退?"

"不退!"

甲士顿足暴怒,一剑便刺入秦眇房胸膛。少顷,剑拔出,血流便如喷泉。秦眇房趔趄两步,犹自挺住,双目圆睁,手指甲士,一面就缓缓仆倒下去。

众赵臣一声惊呼,都争相上前,要抢下秦眇房来。那边厢,众甲士也一拥而上,剑戟齐指,逼住了众赵臣。

为首甲士喝道:"诸人退走,否则一个不留!"

众人僵住,呆呆张望。初起,只见秦眇房尚能努力张口,似在詈骂;稍后头一歪,眼看便不再出气了。

众赵臣看看施救无望,只得含泪伏地,朝秦眇房尸身拜了三拜;又凝望良久,才缓缓退走了。

至此,幽禁赵王事,风传长安闾巷。朝臣闻之,人人震恐。至第三日,赵臣无人再敢来送饭。刘友饥肠辘辘,凭窗而望,但见窗下满是甲士,街上人影全无,连鸟儿也难飞进。

刘友望了半日,知隔着这条街,便如相隔山海,将他与世上活人分开来了。想想心伤,不由便唱出一支歌来,那歌词曰:

> 诸吕用事兮,刘氏微,
>
> 迫胁王侯兮,强授我妃。
>
> 我妃既妒兮,诬我心恶,
>
> 谗女乱国兮,上曾不寤。
>
> 我无忠臣兮,何故弃国?
>
> 自决中野兮,苍天与直。
>
> 于嗟不可悔兮,宁早自贼!
>
> 为王饿死兮,谁者怜之?
>
> 吕氏无理兮,天将报仇!

唱了一遍,见无人理睬,便又一遍遍地唱,声声哀戚,直传入空寂闾巷中。

赵臣闻百姓中传唱此歌,皆感悲伤,纷纷买通赵邸附近户主,潜进民宅内,伏于窗下,听赵王吟唱。

至第四日,声音渐小。至第五日,尚隐隐有声。到得第六日上,赵邸内声息全无。赵臣仍是每日潜来，于民宅侧耳细听。赵邸内凡有一丝声响，都堪可宽慰。至第十日，终未闻再有何声响，众赵臣知事已无可挽，不禁泪如雨下，朝那赵邸三叩九拜，算是祭了灵，回去又换了素服，为赵王服丧。

春正月丁丑日，正是上元节这日，南军甲士入宫报称："赵王刘友已薨。"

吕后闻之，哂笑道："他薨了？是升仙了吧？他看不惯我吕氏女，今日逢节庆，或是上天去寻佳偶了。这竖子死前，有何言语？"

甲士背诵不下那歌词来，便道："无甚言语，只喃喃几个字。"

"说了些甚么？"

"上元节……平吕……"

"上元节？平吕？他做的千秋大梦！"

吕后正在恨恨间，有宗正刘郢客前来请旨，问赵王谥号、葬仪如何处置。

吕后道："刘友既幽禁而薨，谥号叫'赵幽王'便好，实至名归，不亦美哉？葬仪就不必了。以民礼，葬于民壕之内，我看就恰好。"

刘郢客不敢反驳，遵旨而行，果然依民礼，将刘友葬在了城北乱葬岗上。

夜来，此岗无人看守，皆是狐兔乱窜。众赵臣瞒过逻卒耳目，潜入民壕，烧了些柴枝，算是拜祭了。

众臣拜毕，立于岗上，见赵王墓无碑无丘，凄凉似无主荒坟。又望见夜气迷茫，天高月小，满城已无半点灯火，都倍感凄凉，不由放声大哭。哭毕，唱起赵王《幽歌》来，唱罢又哭，如此直至天将明，方才散去。自此，刘友一支便作星散，亲眷流落于民间。

再说那吕后，只用一道诏书，便结果了刘友性命，心下也是不安，不知臣民将如何议论。恰在三日之后，天有日食，长安白昼骤见晦暗。闾巷百姓都仓皇奔出，鸣锣击鼓，恐吓那"天狗"。

见此状，吕后心甚厌恶，坐卧不宁，耳畔似闻刘友临终呓语，便问审食其道："天有异象，此乃为我乎？"

审食其忙劝慰道："天象示警，或为他事。刘友怀有异谋，薨也就薨了。那竖子死活,上天岂能为之所动?"

吕后摆手道:"你也不必宽慰我。平白无故日食,不为此事,又能是何事? 然我之所为,虽失之过,初心却是为天下,并非为吕氏一门。我归天之后,万民自可知我用心。"

"太后看得明白。天道已移,臣民迟早都会归心。"

"罢罢,顾不得那许多了! 天上有日,地上亦有日,老娘便是那地上红日。我之所为,尚无人可阻,事就要做下去。如今刘友薨了,赵王位空缺,便教梁王刘恢去接替吧。"

"那么,空出的梁王位……"

"吕产可为梁王! 他那吕国,地狭人稀,无大国气象,实是委屈他了。便教他做梁王,更名梁国为吕国,方才气壮。他也不必就国,就留在朝中,做那少帝太傅,朝夕为我献计,我也好省些心。"

"如此,原吕国又何如?"

"那蕞尔小国,更名济川国,随意打发了便是。你可知? 少帝如今亦有皇子了,尚在襁褓中,名曰刘太,已封了平昌侯。这小崽儿,留之何用? 就教他顶了济川王吧。"

审食其不由一笑:"太后打理天下,如同弈棋。"

吕后也笑道:"岂不就是弈棋吗? 地为棋枰,人为棋子。治天下,也就是个摆布之术,不必非圣贤不可,老妇我也会。"

吕后这一番铺排,朝臣见了,无不眼花缭乱。嘴上不说,却知太后又在扶植诸吕。只是那梁国改名吕国,吕国改名济川国,众人皆暗笑,除公文而外,无人加以理会,仍是按老名号叫着。

却说那梁王刘恢,虽年已弱冠,却还未婚配。他脾性懦弱,不似刘友那般倔强,在梁都睢阳(今河南省商丘市)安居,优哉游哉。睢阳王宫本就壮丽,宫外又有闻名天下的禁苑"梁园",美轮美奂。刘恢常与文友来往,饮宴于梁园,好似富家子一般。

这年二月,刘恢在梁园踏春,忽接到太后诏令,徙他为赵王,当下便满心不悦。

想那赵地苦寒,又当匈奴南犯之锋,岂能与梁园美景相比? 再者说,赵国自张耳之后,已相继废一王、薨两王,可称不祥之地,此去无异于赴险地。

于是,接旨后,刘恢便迟迟不动。吕后亦知刘恢不悦,为安抚计,又下一诏,将吕产之女嫁与刘恢。

刘恢见此,更是沮丧,怕又生出更多事来,连忙收拾行装,带着家眷、属官就国去了。

果不出他所料,至邯郸后,诸事皆不顺遂。刘恢所带属官,与那赵国原有官吏,不知何故,便生了些嫌隙。国中政事,纷乱如麻。刘恢北上之时,睢阳有数百户百姓感念刘恢仁慈,自愿跟随北上。这一干百姓,落户于邯郸后,与当地民户又起了纷争。官司打到刘恢面前,刘恢偏袒哪一面都不是,终日不胜烦恼。

再说那吕产之女嫁过来后,更是大显雌威,直吓得人不敢近前。又自带属官十数名,个个都是诸吕亲戚,擅权揽政,只盯着刘恢一举一动。稍有不合意之处,便状告长安,吕后那边,立即就有敕令发来,责备刘恢。

如此鸠占鹊巢,那刘恢实似家奴一般,动辄得咎。想想心灰意懒,便百事不问,只陷身于声色犬马中。然这也不成,凡刘恢宠爱的姬妾,吕产之女探听得清楚,未过三五日,便予鸩杀——你宠几个,我便杀几个。到头来,刘恢万念俱灰,写了歌诗四章,令乐工歌之。

刘恢本是个情种,听乐工唱此曲,想起几个爱姬面容,心愈悲伤,终日流泪不止。

如此生涯,哪里能熬得多久? 至六月,刘恢愈觉生之无趣,便一狠心,仰药自尽了。

那吕产之女,将自家折腾成了寡妇,竟也没了主张,只是哭泣。刘恢死讯,便由赵相府遣使,飞报至朝中。

吕后闻知,不禁大起疑心:"好好的诸侯王做着,为何要自尽? 莫非他也有异谋,为吕产之女所逼?"当下便遣使,急召赵相入都,要问个究竟。

赵相入都后,不敢隐瞒,将刘恢夫妻龃龉之事,如实禀报了。

吕后听了，冷笑一声："我猜也是！那吕产之女，有何本事能逼得刘恢自尽？无非是妇人争宠。这个刘恢，实无度量！"

刘郢客便奏请道："赵王刘恢既薨，可定谥号，其子应为王嗣。"

吕后沉下脸道："他堂堂一个王，竟为妇人事而弃宗庙，哪里还像个王？哀家之意，谥也不用谥了，其嗣索性也废之。这一门，本就不配做王！"

那刘郢客不敢违抗，只得建言道："赵地雄踞北边，屏障中原，赵王位不可虚悬。"

吕后当即怒视刘郢客道："我不虚悬！那刘恒做代王，不是做得好好的吗？徙他为赵王就是。"

不久，太后便有诏令，飞传至代，令代王刘恒徙赵。那刘恒在代地，已安稳了十余年，闻诏大惊，遂与其母薄太后商议："诸兄弟封于赵者，再死三死，无一善终，我又如何能去？"

薄太后遂道："正是。吕太后容不得刘氏枝叶，百计除之。而今高帝之子，还剩得几个？你稳居代地，或还可多活几年，倘今日赴赵，明日便是个死。"

刘恒会意，道："母后之意，与儿臣相同，儿这便致书吕太后，婉言谢绝。"

数日后，朝使携刘恒信返回。吕后拆开信来看，见信中写道："儿臣蒙恩，守代十余年，使匈奴不敢南犯。今又蒙太后看重，转徙赵王。赵地远胜代地，然儿臣守代日久，于人情地理已谙熟于心，故不愿徙赵，宁愿为太后守代边。乞予恩准。"

吕后看了信，便对审食其道："想想那刘恒，确也恭谨，十余年未曾生事，拒胡骑于边外。今若强徙赵地，天下人未免有非议，还不如做了这人情，随他去吧。赵王位空悬，无人愿去做，就教那吕禄去！"

审食其拊掌赞道："如此甚好。那吕禄，尚有些才。年前由胡陵侯徙为武信侯，位次为列侯之首，不如趁此时，加封为王，也可使吕氏再添一王。"

吕后道："哀家身体，眼见得日渐衰败了，后事不可不虑。此次吕禄回来，便留他在都中，不要就国了，与那吕产一道，为我掌文武大事。只可惜诸吕数十人，唯吕产、吕禄二人，略似吾之子。"当下就召来太傅吕产，低声叮嘱了一番。

次日上朝，吕产、陈平等重臣便进言道："赵王位不宜虚悬过久，今吕禄为上等侯，位列第一，可以为赵王。"

吕后佯作犹豫道："吕禄确是小有才。然封王……其德能，可当乎？"

陈平便道："吕禄之才，可经天纬地，惜乎未逢楚汉争霸时。今为赵王，只觉此位太轻，而吕禄兄才具更重也。"

吕后便笑道："古今会说话者，哪个能胜于你陈平？也好，如此哀家便准了。赵王之位，既然不配吕禄之才，那么遥领也可。人留在长安，兼顾朝中事，不必就国。"

陈平闻言，怔了一怔。日前吕产私下里招呼时，陈平原想：若吕禄徙至赵地，管他是王是侯，总还是离朝中远了。因此欣然附议，与吕产一起举荐了吕禄。此时方知，吕后如此安插子侄，竟似在布置后事了。

想到此，陈平便眨眨眼，强作欣然之色，贺道："太后英明！贤才不外放，朝中之事才理得清楚。吕禄才艺俱佳，留朝中任事，乃汉家之福，臣为太后贺。"

吕后笑指陈平道："哀家睁眼之时，你无须说这些好听话。待哀家闭眼之后，你也能如此说，便是君子了。"

"微臣所言，或有溢美，然不至于无心。"

"好了！你也毋庸辩白了。吕禄封王，顺天应人，也不算是阿谀。我在，听你说话顺耳，这便够了。我那身后事，交付予天，也做不得主了。"

众臣闻此言，皆笑。吕禄封王事，就此一言而定，全无滞碍。

诸臣议罢，正要散朝，刘郢客忽又奏道："吕禄封王，其父吕释之，亦当追尊为王，方合礼仪。"

吕后道："不错。宗正府便拟个谥号吧，即日颁诏。"

如此，隔日便有诏下：封吕禄为赵王，留都中任用。其父吕释之，追尊为赵昭王。众臣闻之，仍是敢怒不敢言，各个道路以目，在心中愤愤。

当此际，吕后处心积虑，欲剪除刘氏枝叶；偏巧那刘氏子弟，又纷纷凋零。当年九月，忽有燕使快马入都，报称：燕王刘建因操劳伤身，已于日前病殁。

这刘建，乃刘邦最末一子，在当年卢绾投匈奴后，便立为燕王，迄今已有十五年。

吕后闻报,甚感惊奇,便召燕使来问:"燕王年方十七,政事全托付相府,如何便操劳至暴薨了? 内中有无隐情?"

那燕使不敢隐瞒,老实答道:"燕王喜围猎。近日围猎,为狐狸所伤,未能及时敷药,染疾而薨。"

吕后当即面露不屑:"死都如此不雅! 刘氏子孙,多似他们老祖,亡命徒也。"

燕使不敢对答,只伏地叩首。

吕氏想想,便又问:"燕王尚未婚配,后宫美人,定又是多多。究竟有多少子嗣了?"

燕使答道:"燕王身后,仅庶出一子,为后宫美人所生。"

"果然! 有几岁了?"

"尚在襁褓中。"

吕后一笑,对燕使道:"你且退下吧,谥号及嗣王事,静候诏令。"

燕使便遵命而退,吕后又拿起燕使所呈文书,沉吟起来。

其时审食其在侧,深知吕后心思,便道:"燕王,末枝也,不足为虑。刘建为王,自幼及长,十五年来未曾生事,便令其庶子继嗣好了。"

吕后却道:"审郎,你可知朝野之议,说谁最似高帝吗? 就是这个刘建! 我不怕高帝子孙有才,单怕有人貌似高帝。也是老天有眼呀,竟将刘建收去了,不然,此子便是天下大患。"

"长得像其父,便可得位吗?"

"你见识浅了! 长得类其祖父,也可得上位呢,此事奇怪吗? 千年之后,亦必如此。"

"臣生平未闻有此说。且刘建之子,总不至酷肖高帝吧?"

"那刘建,本就是后宫美人所生;其子,又是美人所生。难不成汉家之王,都要给美人之子来做了?"

审食其回味此言,便觉惊异:"太后之意是……"

"你门下,可有那鸡鸣狗盗之徒?"

"有。"

"明日遣一得力者,潜往燕都蓟城,刺死刘建之子,哀家自有重赏。"

"此事易耳。只是……太后此意已决?"

吕后便甩了甩长袖,笑道:"秋之时,扫扫落叶而已。"

审食其便一揖道:"臣领命,这便去扫。"

一月后,蓟城果然有使入都,报称燕王庶子暴毙,系溺水而亡。

吕后召见燕使,故作不解,问道:"襁褓幼子,如何落入水中? 有司可曾勘验过,是否有人加害?"

燕使答道:"有司验看过,全无头绪,或为自行落水。"

吕后一笑:"自行落水? 如今这死法,真是千奇百怪。"便又回头问刘郢客道,"日前拟了燕王谥号吗?"

刘郢客答道:"已拟好,谥号灵王。"

吕后便道:"这燕灵王也是无福,独子夭亡,即属无后;无后,则国除。这一门,便废了。"

陈平心中一惊,连忙建言道:"刘建一门,可以除国,然燕王位不可废。"

"自然不可废,老娘囊中,有人呢。年前吕台薨,朝野都叹可惜。幸而有长子吕通,人如其名,堪称通达,便去接那燕王位吧,为我守北边。"

诸臣听了,面面相觑,沉默有顷,只得错落赞道:"太后圣明。"

于是,至十月新年,便有诏下:立东平侯吕通为燕王,吕通之弟吕庄为东平侯。

至此,刘邦所生八子,多半凋零。仅存活二人,一为代王刘恒,与薄太后相依为命,屈居代地;一为淮南王刘长,系赵姬所生,由吕后抚养大,因而得存活。

如今算起来,加上齐、吴、楚、琅玡、常山、淮阳、济川等诸王,刘氏子弟及孙辈仍有九人为王,看似人丁兴旺,实则多为弱枝,分散四方,全不成气候了。

吕后问政,至今已有八年。其间苦心布局,或废或立,致使后少帝形同木偶。吕氏子侄遍布内外,其中已有三人为王,即梁王吕产、赵王吕禄及燕王吕通。其中吕产、吕禄两人，因高踞朝中，权势尤重，与审食其勾连，已成难以动摇之势。

如此，吕后既不敢公然坐龙廷，亦不欲还政，专以刘氏为表、吕氏为里，将子侄亲信四处安插，以便来日可放心离去。

八　皇孙拔剑击浊浪

　　上文说到,历经八年经营,吕后权势,已如泰山之固。三个赵王的厄运,如阴霾压顶,令刘氏子孙心惊胆寒,纷纷蜷缩避让,或隐忍于僻地,或甘心为附庸,鲜有如前少帝刘恭那般硬顶的。

　　然凡事都有例外,刘氏子孙中,竟然有一人,既受吕氏赏识,又心怀除吕大志,游走于朝中,如鱼得水,可谓太后称制时的奇观。

　　此人年方二十,生得仪容俊美,膂力过人,是个极好的才俊。他不是别人,正是朱虚侯刘章,乃齐悼惠王刘肥的次子。前文表过,那刘肥,虽庸碌了一生,却是生有九子。他病殁后,长子刘襄袭了齐王。吕后放心不下刘肥这九子,每思之,便觉是虎狼成群。及至见到刘章英气勃勃,吕后眼前就一亮,心下也喜欢,便做主将吕禄长女吕鱼许配给刘章,又封他为朱虚侯,调入长乐宫做宿卫。其弟刘兴居,也因此沾光,于数年后亦入都任宿卫,且封了侯。

　　那吕后做主的刘、吕婚配,夫妻多不谐,吕氏女猛如雌虎,乖张横霸,先后逼死了两位赵王。然吕鱼与刘章,却偏就恩恩爱爱,情同鱼水。这一番情景,吕禄看在眼里,只道是招到了一个佳婿,心中欢喜,对刘章格外高看一眼。吕后也喜刘章英俊伶俐,直将他当作"弄儿"①一般。起居坐卧,常唤刘章来侍卫,方才安心。

　　刘章岂能不明大势,原本他是想:太后定下的媒妁之婚,既然不能违逆,便作权宜之计,讨好了吕氏女再说。哪知弄假成真,小两口真的就恩爱起来,刘章心中暗喜,一面借浑家之口,哄得太后放心;一面暗自韬晦,为光大刘氏埋下伏笔。

　　且说有一夕,刘章入宫侍卫,正逢吕后置酒高会,款待刘吕宗亲。各支宗室,络绎入长乐宫正殿,人头攒动,竟有百位之多。刘章抬眼一看,内中竟多半为吕氏子侄。

　　看诸吕意气飞扬,似天下已改姓了一般,刘章心中便冒火,手按剑柄,僵立半晌,才忍下气来,只想寻个机缘,要煞煞诸吕的威风。

　　他刚侍立片刻,吕后便一眼看到,扬手招呼道:"章儿,过来!"

　　刘章连忙上前,拱手一揖道:"太后请吩咐。"

　　吕后拉过刘章,满面喜色道:"今日高会,饮宴自家人。你来做酒吏,为我监酒,哪个不饮,便是折老娘面子,你须狠狠责罚!"

　　刘章心下一喜,便有了主意,慨然道:"臣本将种,奉太后之命监酒,请比照军法从事。"

　　吕后只道刘章是撒娇邀宠,便摩挲他头顶道:"好个将种! 今日酒会,无有诏令;你出言,便是诏令。谁敢不从,行军法便是。"

　　刘章得令,便掣出剑来,双目炯炯,环视殿中,高声道:"诸位听清,今日饮酒,不可敷衍蒙混,否则军法从事。"

　　诸宗亲只道是戏言,都嘻嘻哈哈道:"今日须强饮了,否则头颅不保呀!"

　　待众人陆续就座,谒者一声唱喏,乐工将丝竹奏起来,便有宦者鱼贯而入,为众人斟酒。

　　吕后举杯,环顾满堂道:"天下者,我宗室之天下,在座者不可糊涂。哀家昔年随高帝,杀伐征战,实属不易。丁壮也不知死了多少,方得了这天下。至高帝宾天

①　弄儿,供人狎弄的童子。

之前,仍有兵燹,其余可想而知。所幸哀家称制后,四海无事,或为天意也未可知。今日大宴宗亲,便是要刘吕两家浑如一体,不分彼此,勿使天下移作他姓。鼎革之事,血流漂杵,也是惨得很,可一而不可再。我辈今日尚在世,便是上天眷顾,今后诸事宜协同,莫因自相残杀而失了天下。"

在座诸宗亲闻言,都齐声喊好,一同举杯,贺吕后长寿。

如此酒过三巡,席上喜气便愈浓。刘章见势,上前一步,向吕后请道:"臣愿以歌舞助兴。"

吕后含笑道:"难得盛会,章儿,你且好好歌舞一回。"

刘章获允,便披一身软甲至殿中,手持长剑,歌之舞之,跳了一回"巴渝舞"。只见他簪缨如火,剑芒如蛇,左右腾挪,灵巧如猿猱。吕后看得心喜,击节赞叹,诸宗亲也大赞不止。

一曲舞罢,满堂喝彩。吕后喜极,几欲泣下,对众人道:"章儿所歌,甚是好!高帝在时,常闻此曲。自他走后,竟有十余年不曾耳闻了。"

刘章便又请道:"臣愿为太后唱《耕田歌》。"

吕后便笑:"崽儿,才夸你两句,便又耍狂了!你父幼年在沛县,尚知耕田;你一出世,便是皇孙,哪里知晓耕田?"

"臣亦知耕田。"

"唔?那好,就算你也知耕田,且为我歌吧。"

"遵命!"刘章望了一眼吕后,便挺直身,高歌起来。歌词曰:

> 深耕溉种,立苗欲疏;非其种者,锄而去之。

此曲一唱三叹,回环往复。尤其"非其种者,锄而去之"一句,越唱声越高,尾音竟凌空而上,久久不散。

座中诸人听了,都起身叫好,大赞不止。

吕后却听出刘章所唱,是暗讽剪除刘氏子弟事,心中便不快,欲当场责问,又觉不妥,只好装作不解,默然无语。

刘章歌罢,诸宗亲喧嚣愈甚,直呼"拿酒来"。宦者又鱼贯而入,逐个斟酒。如此饮了数巡,便有人东倒西歪,显见得是大醉了。

一片杂沓中,有一吕氏子弟,不胜酒力,眼看宦者来添酒,便欲趁乱潜出殿去,脱席溜走。刘章看得清楚,哪容他跑掉,立即持剑,追下阶去。那人酒已半酣,腿脚不快,刘章三步两步追上,喝问了一句:"胆敢脱逃耶?"

那人吓得酒醒了一半,转身欲赔罪,忽闻刘章厉声道:"已奉太后令,今夜监酒,以军法从事。你擅自逃席,藐视军法,当立斩!"

那人大惊:"怎么,不饮酒,也当斩?"

刘章一把拽住那人衣领,道:"不错。军法岂是戏言? 恕我不敬了。"言毕,将那人按在地上。那人正待喊叫,刘章便猛一剑下去,斩下了他头颅来。

此时殿上诸人已醉眼迷离,皆未理会阶下之事。刘章便一手提首级,一手提剑,步入正殿,高声道:"适有一人,违令逃席。臣已依军法处斩!"

众人循声望去,但见刘章左手上,正提着一颗血淋淋的人头,不禁都大惊,满堂立时鸦雀无声。

吕后亦吃惊不小,凤眼圆睁,直视刘章,良久不作声。

刘章却镇静自若,手提首级,向四面宣示,而后将那首级一抛,正落在那人的空席上。众人不由惊呼一声,纷纷退避。刘章则从容收剑,向吕后一拱手,奏道:"臣执法已毕,酒会可重开。"

吕后心中冒火,几欲发作,然想到既允了军法从事,便不好反口,只得强忍怒气道:"你看你看,哀家一念不周,话音刚落,便又砍杀起来了! 今日事……砍便砍了,下不为例。我死后,你们再随意砍杀也不迟。"

张释闻吕后此言,连忙传令道:"诸臣请就位,重开酒会。"

吕禄眼见这一幕,也是心惊,然终究是自家女婿所为,不便多言,只得低头不语。吕产却气不过,面露怒意,起身道:"臣甚感不适,不能奉陪,这便告辞了。"

他话音一落,便有十数人也相继站起,声言告辞。

吕后望望众人，一拂袖道："今日便散了吧，都不要再生事。若将老娘气死，看你们如何收场！"说罢，便也起身离席，转入后殿去了。

诸宗亲见吕后离席，便都起身，纷纷朝殿外走去。只见刘章面不改色，随众人之后，也大步走下丹陛。诸吕见了，都纷纷闪避，不敢多看一眼。

刘章回到家，吕鱼见他一脸杀气，吃了一惊，忙问缘故。刘章将方才监酒事讲了，吕鱼大惊："夫君，杀了吕氏子侄，这如何得了？"

"太后尚未责备，你有何惧？"

"……人家要害你，手脚岂能做在明处？你命危矣！我今夜便要去见阿翁。"

刘章一笑，也不阻拦。那吕鱼确也好生了得，要了夜行符牌，便亲自御车，直赴吕禄府邸。

见了吕禄，那小女也不多言，只是跪在地上哭。吕禄正恼恨刘章，气还未消，一脸都是严霜。见女儿悲泣，心中又不忍，思忖片刻，才道："你嫁得一个好夫君！罢了罢了，回去吧，我自会在太后面前说情。"

此事之后，吕禄因刘章之故，受了族人许多白眼，本欲斥责刘章一番，然想到女儿，也只得忍下了，但求小两口恩爱便好。

经此次饮宴，诸吕个个胆寒，都盼吕后能发雷霆之怒，诛了那刘章。哪知多日过去，吕后并未责罚刘章，反而宠信如故，诸吕不由就疑虑丛生，气短起来。刘氏子弟则反之，闻说刘章斩了吕家人，都心中暗喜，只为刘章捏了把汗。

隔了数日，刘章正在家中休沐，见司阍忽然奔进，报称陈平丞相来访。

刘章心中一动，面露喜色，急推司阍道："快去迎丞相下车，我这便到大门恭迎。"

当下，刘章便整好衣冠，恭恭敬敬迎于侯邸门内。

陈平见了刘章，不容刘章施礼，一把便拽住他衣袖，连声道："虎子，虎子！刘肥兄好福气，竟有如此虎子。"

两人步入正堂坐下，刘章又唤出浑家来见过。那吕鱼见是丞相光临，心中暗暗吃惊，寒暄过后，便退至内室，躲在屏风后偷听。

刘章遂向陈平一拜,道:"丞相光临敝舍,实不敢当,有何吩咐,下官当效犬马之劳。"

陈平道:"朱虚侯客气了。你入都后,尚未来你府上叙过。当年在军中,你不过是个小儿,匆匆十余年,竟成虎将一员,甚是可喜呀!"

刘章连忙致谢,道:"有劳丞相登门下问,下官不胜荣幸。"

陈平问了侯邸大小、房宅几间、仆从若干,而后又问到身体如何。

刘章一一作答,拍拍胸膛道:"在下别无长技,肉还吃得几斤。"

陈平便笑,又闲聊了些天气,便起身告辞。临别,在门口稍停步,殷殷嘱道:"小将,也须保重。"便深深一揖,登车而去。

刘章回到内室,吕鱼便问:"丞相今日来,倒是奇了,如何说了些不咸不淡的话,便走了?"

刘章佯作不解,挠挠头道:"这个……我也不知。那班功臣,人渐老,言谈亦多不明其意。"

隔了没两日,司阍又报,有太尉周勃来访。刘章便一惊,连忙迎出中庭。

周勃入得堂来,与刘章相对而坐,半晌未发一语,只将那室内陈设细细打量。临了,忽问了一句:"小将军,身体可有恙?"

刘章忙答道:"谢太尉挂心,下官并无恙。"

周勃便道:"无恙便好,无恙便好。老臣路过,打扰小将军了。"说罢,起身便告辞。

刘章也不挽留,亲送至大门外。周勃正要登车,忽又驻足回首,目视刘章。刘章心中一凛,想了想,便一揖道:"下官自当保重!"

周勃这才颔首微笑,拱了拱手,登车而去。

此后数日间,又有灌婴、张苍等文武重臣,陆续造访,也都是言不及义,坐坐便走。

吕鱼便大惑,拽住夫君问道:"你近日未封未赏,祸倒惹了一堆,那文武诸臣,为何倒是蜂蝶儿一般,相跟着来做访客?"

刘章暗暗心惊,连忙敷衍道:"我哪里知?想必是太后赏识我,诸臣亦趋附罢了。若不是太后推重,公卿岂肯屈尊来咱家?"

吕鱼闻之,颇觉有理,也就不再追问。刘章便将那心机深藏,每每与诸臣相会,数语之间,都彼此会意,要伺机举大事。

隔日,吕鱼又稍起疑心,娇嗔道:"诸臣之意,你岂能不知?只哄着我一人罢了!"

刘章连忙搪塞道:"功臣都已老,巴结小辈,显是气数已尽了。"如此哄着,一面却在心中暗笑。

又数月过去,见刘章安然无事,刘氏子弟便都扬眉喜笑,互相走动,声势大振。

朝中诸臣见了,也扯起顺风旗,纷纷依附刘章、刘兴居兄弟。原已倾斜之政局,竟稍稍有所回摆。

且说那吕后之妹吕媭,得封临光侯,消停了几年,近日见右丞相陈平势大,不免勾起旧恨,又想进谗。这日入宫谒见时,忽对吕后道:"姐夫在时,用萧何治天下,四海安泰。阿姊问政,却用了个陈平……"

吕后不同于吕媭,到底以治天下为重,此时倚赖陈平,反倒甚于审食其许多,闻此言,便面露不悦,问道:"我用陈平,又如何?四海便沸腾了吗?"

"那陈平做了右相,初起尚可,近年阿附者多,权势渐盛,便只知醇酒妇人,越发没个样子了。朝中重臣,品行不端,只怕阿姊也要被人戳脊梁呢。"

"哼,我坐这龙庭,做好做歹,都会有人戳脊梁,莫指望众心皆服。倒是陈平他耽迷醇酒妇人,我甚是放心。"

"为何?这……我便不懂了。"

"朝中众臣,若行事都似鲁儒,一板一眼,你我焉能在大殿上议朝政?"

"哦?"

"陈平岂能不知,他所得好处,系何人所赐?若想长享乐,便要知吕字如何写。你说,他既爱醇酒妇人,还敢怀有异心吗?"

吕媭却不服,喃喃道:"自古做官便要正,怎的到了阿姊这里,做官也须是歪的?"

吕后瞄一眼吕媭,笑道:"你且说说,自古女子,有几个能封侯的?阿娣论事,不要只拣有理的说!"

正在此时,有谒者来报,称右丞相陈平求见。吕媭闻之,起身便要回避。

吕后伸手拉住吕媭,道:"你且坐下,听听我如何问政。"

少顷,陈平趋入,猛看见吕媭在侧,不由一怔,忙向两人施了礼。吕后笑道:"丞相莫怪,吾女弟进宫来,不过说说平常话而已。你有事,不妨坐下说,不碍事的。"

陈平所奏事,原是入夏以来,江汉两水暴涨,水患所及,流走万余家。陈平讲明灾情,便向吕后讨教赈济事。

吕后偏头思忖半晌,道:"人祸消弭已久,天灾却不绝,莫非天公也来逼我?哀家之意,各地官库虽不充盈,然亦须赈济。那流民可怜,不可佯装不知,先要有食,后要有居。"

"有食不难,郡国皆有藏粮;唯有居室,甚棘手。"

"棘手亦须做。丞相之用,便是用在这上面!上古那始祖,名儿叫个'有巢氏',便是使民有居。我汉家行仁义,怎可以使民无居,教那有巢氏在天上笑?"

"太后所言极是,臣当竭力,务使流民有居。"

"令郡国筹钱,劝富户舍财,发丁壮相助,这都是解救之道,你自去筹划吧。"

陈平应道:"太后既明示,臣心中亦有数了,当极力赈济。"说罢便要告退。

吕后却摆手道:"且慢,稍坐坐不妨。丞相,今吾女弟在,吾有数语,要嘱咐你。市井有谚曰:'儿女子之语,不可听。'君为丞相,循例做事,吕媭若有何话说,你无须听。我但信君,不信他人。"

此语一出,吕媭与陈平都大窘。吕媭当下以袖掩面,陈平则惶恐万分,叩首道:"臣不敢!昔年为奉先帝诏,惊到了樊相,罪无可赦。"

吕后挥挥袖道:"你扯到哪里去了?哀家今日所嘱,绝非戏言,丞相请退吧。"

陈平连忙谢恩退下,这边吕媭闻听他走远,才哇的一声哭出声来。

吕后也不劝解，只冷眼瞄着吕媭哭泣。僵了片刻，吕媭自觉哭得无趣，便起身拭泪道："阿姊一问政，便不似往日了，只信那些粉面郎。满堂上下，哪个不似宋玉？那些粉面郎，当得饭吃吗？迟早我吕姓人，都要死在粉面郎手中。"

吕后忽也气上心头，叱道："吕氏若不想死，也须稍加收敛才是！我在，尔辈个个权势熏天；我若不在了，何人还能看你脸面？"

"莫非姊妹至亲，倒不如外姓亲了？"

"用人是用人，岂是论亲疏？我固然与你亲，如骨肉之不可分，然你可知掌兵吗？可知治国吗？你便说与我听——那周勃、灌婴、张苍、周緤、徐厉，哪个是粉面郎？即便天下改姓了吕，那官吏也不能皆姓吕。你且回吧，好自省思，不要泼妇似的来骂。"

"好好！阿姊，我今日方知：这长乐宫，竟不是吾姊妹的长乐之地。你尽管安心，我不会再来了，只在家中做个守财老妪，免得人看到生厌。"说罢，扭头便跨出了门，一路抽泣而去。

吕后眼看吕媭掩面走远，也不挽留，仰首想了想，便唤了宣弃奴来，吩咐道："去嘱少府，为临光侯邸送去五百金。"

宣弃奴忙问："太后有谕旨吗？"

吕后略略一笑："无须言说，送去便是。"

又过了半月，春意渐浓时，吕后觉身体愈加虚弱，忽而想道：吕媭所言，也并非无端生事，总还有回护吕氏之意。然环顾诸吕，已各占要津，不便再贸然加封了。

如此想着，卧于榻上，望见窗外绿意，吕后便生出些孤苦之感。想到自家一对儿女尽都早死，连那女婿张敖也死了，不由就流泪。张敖与鲁元的嫡子张偃，虽封了鲁王，此时却还年少，父母双亡，正是孤幼无助。于是，便起身唤来宣弃奴，传令中涓下诏，将张敖与前姬所生的两子——张侈、张寿，都封了侯，以辅佐鲁王张偃。

同日，又下诏：加中谒者张释为建陵侯，位在列侯，可出入太后卧室领旨。又加封所有阉宦为关内侯，倚之为心腹。

经此一番安排，吕后仍不能抛却心事，总觉吕氏天下有飘摇之感，然想想已尽了人事,也不知该如何再使力。

那边厢,陈平也正心事重重。吕后虽已当面斥责吕媭,以示笼络,然陈平心中仍是惴惴,想到吕氏枝叶已渐盛,自己这右丞相,便做得尴尬,事权屡屡被侵夺,竟是朝堂上一个摆设了。看来,应早谋应对之策才是,不然祸将及己。如此一想,不由便发起愁来。

环顾海内,可用之才或凋零或隐没,全不成阵势,重臣如周勃等亦不吐真言。若想遏制吕氏,竟然无一人可以共谋了。

平日里,陈平本就酗酒,而今更加颓唐起来,每隔三五日,便要大醉一场。却未料到,此刻有一位老臣,正想与他商议平吕之计。

此人便是老夫子陆贾。自惠帝登位之后,陆贾眼见吕后专权,天下已是要改姓的样子,自觉无力与之争,便托病,辞去了太中大夫职,一心要隐居起来。当其时,老妻早已病殁,家中有五子,便率了这五子西行,去寻个隐居处。

向西走了一百余里,路过好畤,望见有座九峻山,便觉此处山色甚幽,可以隐居。于是唤五子至膝前,吩咐道:"阿翁不善聚财,家无寸土,仅有南越王所赠财宝,或值得千金。尔等拿去平分,各自去谋生好了,若买卖有盈余,便轮流送些饭钱来与我。我自有剑一柄、车一乘、马四匹,居于好畤山中,偶尔云游,正为平生之快事。儿郎们以为如何?"

长子便道:"阿翁岂能独居?可居吾家。"

陆贾摇头道:"人世龌龊,尔等仍孜孜以求,不觉餍足。然阿翁我已看够,不欲心上蒙尘,只想登仙,小子就无须再劝了。"

五子虽是放心不下,却也不便勉强,只得平分了财宝,各奔生计去了。余下陆贾一人,带了两个仆役,在好畤赁了屋,布衣蔬食,悠游林下。邻人不知夫子是何人,只疑是硕儒来此安家,竟有携童稚前来求教识字的,陆贾也含笑应下。

春日桃杏花开,夫子率了农家稚子,濯足水畔,沐风陌上,琅琅诵读《论语》,大有孔门之风。然每隔十天半月,必乘车赴长安,去拜访旧僚。

陆贾善辩,与人谈,滔滔不绝,大小旧僚均喜他来访。久之,各府阍人皆识得陆夫子，不须通报，便可昂然直入，连那右丞相陈平府上，亦是如此。这日，陆贾来至丞相府，司阍自然放过，他便直入内室。

时陈平正在内室独坐，冥思苦想，不知该如何保全自己。待陆贾入，陈平竟视而未见，陆贾便一笑，拱手道："丞相，何思之深也？"

陈平愕然抬头，见有客至，连忙起身道："得罪，原来是陆生来了。"便邀陆贾入座。

两人坐下，陈平便道："陆生，你猜，我所思为何事？"

陆贾道："陈平兄位列上相，食邑三万户，可谓极尽人间富贵也。当此际，应无悔无欲。然以我观之，足下满面忧思，必是因诸吕势大、主少国疑而致。"

"正是如此。夫子知我心，然怎奈何？"

"丞相且听腐儒一言。人皆曰：天下安，重在相；天下危，重在将。将相和，则群僚依附，人多势众，即使天下有变，权亦不分。权既不分，社稷之大计，便在将相两人掌中，他人不可窥伺。"

陈平略感惊异，问道："夫子是在说太尉？"

陆贾颔首道："不错。在下常访太尉周勃，天下之事，亦曾与他说到过。然太尉与我太过相熟，每见，他必屡出戏言，不以为意。君为丞相，令出如山，何不交欢太尉，深相结纳。如此，将相共谋，天下事何患不济？"

陈平面露难色，起身一揖道："惜乎吾与周勃，略有嫌隙，欲交好怕是不易。今谋大事，为何要拉上他？还请先生指教。"

陆贾连忙起身，拉陈平坐下，含笑道："君与太尉有何隙，在下怎从未闻说？"

陈平脸便一红，道："我早年投汉，周勃曾向高帝进言，劾我收取僚属贿金，又诬我盗嫂……"

陆贾便大笑不止，险些笑出眼泪来："丞相，这些陈糠烂谷之事，还提起来做甚？周勃乃武人，早年受人怂恿，妒你白面郎做了高官，亦属常情，万不可记恨在心。太尉到底是忠厚人，决不至与足下为难。"

陈平也觉尴尬，便道："夫子，你劝我联结太尉，道理何在？"

陆贾左右看看,方低声道:"诸吕羽翼,如何比得上丞相之势? 彼辈能震慑京畿者,唯南北军而已,故丞相必借太尉之力,事先谋划,适时夺下南北军之权。南北军若归顺,则百僚再无疑虑,皆愿群起相从,平吕之计,又何愁不成?"

陈平大悟,连连致谢道:"夫子在野,仍心存庙堂,难得难得! 若事成,实不知当如何谢你?"

陆贾闻言,便低头略作沉吟,而后道:"事若成,群情激奋,当诛者恐不唯诸吕,凡依附诸吕者,命皆危矣。然朝中诸臣之间,恩怨交错,不可判然两分。来日平吕,应止于吕氏一门,不事株连。届时,我或为亲朋故旧讲情,还望丞相宽大为怀。"

陈平道:"这个自然。今日闻君之言,如开心窍。待事成,夫子的情面,我岂能不顾?"

送陆贾走后,陈平立即依计行事,命家老取出五百金来,送往太尉府,为周勃贺寿。

周勃在府中闻报,心中纳罕,连忙出来察看。见果然是陈平家老登门,便道:"周某当不起丞相如此抬举,你且携回礼金,我自会写信答谢。"

那家老却不动,只拱手道:"太尉,丞相交代之事,小臣不得不从。太尉若坚辞不受,可另请他人送还,恕小臣不能携回。"

"我焉能无端受丞相之礼?"

"我家丞相,想来不会无端,或有求于太尉也未可知。太尉先请收下,容小臣告辞。"说罢,转身便带着从人走了。

周勃瞟一眼堂下,见五百斤金锭堆得整整齐齐,心中不免疑惑,与左右道:"丞相意欲何为? 莫非看上我周家女子了?"

正进退两难之际,阍人忽又来报:"丞相陈平有请柬送来!"

周勃忙接过请柬,拆开来看,原是陈平在府中设宴,专邀太尉对酌。看罢,周勃觉陈平似颇有诚意,便不再疑,吩咐下人道:"这五百金,暂且收下吧。"

至约定日,周勃亲临陈平府邸,陈平迎出门来,于正堂开宴,备极隆重。宴席上,陈平只谈享乐,不涉其他。在这半日里,飞觚流觞,乐声绕梁不止,两人都饮得大醉方罢。

周勃酒足饭饱，回府后，甚是感念。未及五日，便以同等酒宴，回请陈平。两人一来二往，渐渐便言及国事，都露出伺机平吕之意。

周勃以拳击案，叹道："天无日，实在难熬。"

陈平便劝道："莫急。待此日落，彼日方出。"

周勃会意，转而一笑："正是！"

两人便击掌为盟，心中都有了数。宴罢，周勃也送陈平同等厚礼，陈平欲不纳，周勃便道："不为别事，谢足下来访，令我猛醒。若足下不来，我终将随波逐流矣。"

陈平结交周勃之后，忽又想起陆生来，便遣人往好畤，送去奴婢百人、车马五十乘，嘱陆贾要多多结交百官，伺机兴刘。

陆贾慷慨从命，遂奔走于公卿府邸之间，凡谈得稍微入港者，便劝人助刘灭吕。众臣本就厌恶诸吕，经陆贾一说，都愿为扶刘出力。

这日，陆贾想到中大夫曹窋，为曹参之子，必与吕氏有隙，又常在宫中值守，将来定有大用，须刻意笼络，便登门去拜访。

曹窋见陆贾来访，心中亦有数，忙迎入密室，屏退左右。

陆贾便道："贤侄，令尊过世之后，便没来看过你，匆匆十年，光阴也是快。如今世事更易，奇葩异草遍地，不知故旧之子，是否还如旧？"

曹窋略一思忖，便答："旧也未必朽，新也未必不朽。小侄倒一向是念旧的。"

陆贾笑道："老夫是旧人，许多事是有心无力了。可知，汉家河山，皆为高帝与令尊辈一刀一枪搏来。若在贤侄手中失却，你辈是当不起的。"

曹窋便面露凛然之色，回道："世伯，无须忧心。小辈虽未弄过刀枪，然不会轻易任人宰割。"

陆贾闻言，心中便豁亮了，仰头大笑道："虎父，果无犬子。世事，可以不平，然不可以颠倒。今日是如何颠倒过去的，明日便要如何颠倒过来，不过是那些躁进之徒，搭上几条性命而已。"

曹窋两眼炯炯有神，赞同道："然也！拨乱反正可待，且为期不远。"

陆贾大喜，竖拇指道："智者无须多言。贤侄便请留意，拨云见晴之际，还望襄助。"

曹窋便斩钉截铁道："愿为内应，以迎王师。"

陆贾不由朗声大笑："须待日落时，方可动手。"

曹窋会心，便一笑，大声唤从人拿酒来，两人即酹酒为盟。

出了曹窋府邸，陆贾又来至朱虚侯邸叩访刘章，又是一番如法炮制，亦得刘章慨然允诺。

经此一番奔走，陆贾之名鹊起，公卿中愿跟从者甚众。刘氏之势，不知不觉竟由弱变强起来。

那吕产、吕禄，妄自尊大，以为深结党羽，权势已固，便不信世间还会有强敌，举措往往失当。虽也知陆贾喜好东游西窜，但又想此人好歹与审食其为挚友，或不致为敌，便未加留意，竟令陆贾轻易得了手。

九　齐鲁忽闻军声壮

这年春上,吕后常犯心慌,眼皮跳动不止,枕上便睡不安稳,只是唉声叹气。至三月中,依例要赴霸上渭水边,行"祓禊"①大典。吕后举着铜镜,端详半晌,对宣弃奴道:"天下已安,我却无一日得安。我做善事,是为万民,世人有谁能知,后世又有谁肯信耶?"

宣弃奴忙劝慰道:"太后想多了。太后之功,不输于高帝。且高帝在时,时有诸侯反;太后临朝,则郡国心服,四方无事。显见得太后功劳,前世无人可及。"

吕后便笑道:"不是我能胜高帝,是天下已无英雄了。治天下,好比治家,要那些逞能之徒何用? 能循规蹈矩,便是好。"

"太后说得是。高帝若能见今日,也定是心喜。"

"虽说称制不易,我到底对得起刘家,也对得起吕家了。"

宣弃奴想了想,又道:"不止于此。天下万姓,太后都是对得起的。"

吕后便大笑:"明知你这是阿谀,听来也还是顺耳——哀家做了事,总不能白做呀!"

宣弃奴忙道:"太后太过操劳,小的们都心疼。渭水大典在即,除凶祈福,还要

①　祓(fú)禊,古代春秋两季在水边举行的祈求福佑的祭礼。

有一番操劳,这几日,太后还请好好将养。"

如此,祓禊大典前,吕后便在宫内斋戒了三日,焚香沐浴,将身上弄得清清爽爽。

高后八年(公元前180年)三月上巳,乃祓禊之日,一清早,大队卤簿即浩浩荡荡出城,东赴霸上。

长安百姓已多时不见大驾出行了,都奔出家门来看,一路观者如堵。吕后一身盛装,强打起精神,端坐于黄盖戎辂车上。百姓远远望见,欢声震天。

吕后环顾左右,心头略喜。又见身后吕氏子侄,人人高头大马,簇拥而行,便更是得意。此时诸臣也都欣欣然,唯审食其一人郁郁寡欢,吕后见了,便甚觉奇怪。

至渭水,天色已晚,君臣露宿了一夜。次日晨起,众人走出帐幕来,见水畔早已矗起九尺高台,四周遍植松柏。群臣来至台下,分席入座,不多时,便有乐声响起。但见少帝刘弘,头戴十二旒冕,身佩白玉,由奉常杨根引导,径直步向台顶。

台下,百官见天子出来,皆高举双手,避席俯首。少帝缓步登至台顶,笔直站定,大行令便向台下唱道:"起!"百官这才起身,各归其位。

此时,有宦者持酒觞,步上台阶,呈给少帝。少帝手便一挥,将酒酹入渭水,以为祭礼。此后,各皇子皇孙依次上台,亦洒酒祭之。

酹酒礼毕,群臣皆伏地而拜。少帝便缓缓步下台阶,为百官分赐胙肉。待众臣食毕,大礼方告成。少帝换了衣巾,大队人马便又重张旗帜,浩荡返城。

路上,吕后将审食其唤至近前,问道:"左相,春日郊行,人皆有喜色,如何你独自不欢?"

审食其勒马道:"不知为何,臣近来心甚不安。虽朝野气象博大,远胜于高帝基业,然微臣只觉——座位下就是个汤镬!"

吕后遂仰头大笑:"左相过虑了。吕家子侄今已成强干,与刘氏枝叶相连。山河之固,甚于高帝时,不知何事能烫了你屁股?"

"只恐盛大之世,顷刻间冰消瓦解。"

"焉有此理!哀家自问政以来,无一日不在用心,只悟得一个理来,即是:汉家之危,唯在外患。前年匈奴击狄道(今甘肃省临洮县),去年赵佗侵长沙,皆小恙也。今南北之敌,已无力与我做生死缠斗,汉之天下,无大患矣。"

"非也,祸恐在宫墙内外。"

"哦?"吕后双目灼灼,似有所思,稍后才道,"此事不必再提了。倒是你,与陆老夫子可有结交?"

"臣素来与陆贾友善,近年走动更勤。"

"那便好!吕氏子侄大势已成,哀家这里,你可以少操些心了。我送你一个为臣之道——不树私敌,便可保全。"

审食其心头一热,几欲泪下,忙谢恩道:"臣之得失无所谓,太后须保重。"

两人正说话间,车过轵道①地方,有亭长率父老数十人,夹道迎送。吕后朝父老们招手,见百姓衣衫敝旧,便对审食其道:"出长安,仅二三十里,便可见乡间贫瘠,看来,所谓'三代之盛',你我都看不到了。"

说话间,吕后便命车停下,下车面询亭长及三老诸人。

二人上前,与父老们逐个揖过,忽见一位三老面熟。吕后与审食其对望一眼,同声惊呼:"曹……国舅!"

那老者抬头,果然是当年栎阳酒肆所见之人。老者亦颇愕然,忙一揖道:"不敢!在下曹无妨,迁居于此,为乡民推为三老。当年栎阳偶遇,竟不知……这厢见过太后、丞相。当年相遇,小民十分唐突了。"

吕后便道:"哪里?既是故人,便不必客套。如何从栎阳迁至此处?"

"回太后,昔日咸阳,兵连祸结,百姓逃散一空。萧丞相起造长安城之后,栎阳百姓即多迁徙至此。老夫故旧星散,耐不住寂寞,便也跟来了。"

"也好也好。当年说起这……'国舅'来由,只不知令爱可曾寻到?"

那曹无妨便是一震:"此等细事,太后竟也未忘?"

---

① 轵(zhǐ)道,此处是指"轵道亭"。轵道即是秦时驰道之一,从渭水南至长安横门,穿过北城,宣平门东出,过灞河。

吕后瞟一眼审食其,笑道:"哪里忘得了? 前朝'国舅'嘛!"

曹无妨也忍不住笑:"蒙太后垂问,小女当年九死一生,逃至上郡,嫁了人,前年方有路资归宁,总算得见,如今倒也好好的。"

"哦,那便好。当年酒肆中,长者曾有教诲,老身经年也不曾忘呢。我本信黄老,不喜孔孟之说,先生则教我孟子所言,铭感至今。先前只觉那老孟,与孔子无异,惶惶如丧家之犬,所主张者,玄虚过甚。然闻国舅指点,方知与民同忧乐,乃山河永固之韬略。先帝宾天后,我秉政十五年,更觉老孟之苦心。看如今世道,民是否更少忧?"

"太后垂治之功,自不待言。然人主事功,就似妇人所用铜镜。在上者,喜抚其面,甚觉光洁;在下者,则恶其背后甚不平。太后所自得者,镜面也;百姓所愤者,镜背也。汉家天子一向所虑,为民之仓廪。然天下事,不唯仓廪一节,首要者,仁也。孟子曰:'天子不仁,不保四海;诸侯不仁,不保社稷。'故老夫以为,饱腹,不过事功一尺;为仁,才是功高千仞。太后,以今日论,天下事,可称仁乎?"

吕后便面色大变:"公以为我不仁乎?"

那曹无妨忽然跪下,伏地道:"臣并无此意,然……民间皆怀赵王!"

吕后脸忽地涨红,审食其也大惊,欲拉吕后退走。

吕后不肯走,凝视曹无妨片时,方揖谢道:"终有敢忤我者,使我知有亏。谢了!"言毕,回身便走。

上得戎辂车,吕后一路郁郁寡欢,良久,方叹息道:"我为政,其不仁乎,弄了这许多年?"

话音刚落,忽见道旁荆丛中,窜出一只怪兽来,颇似黑犬。那兽倏忽而过,低吼一声,一头便撞在了吕后腋下!

吕后吃不住痛,大呼一声,险些摔倒。审食其连忙拔剑,护住吕后,然定睛一看,那黑犬却不见了踪影。车后郎卫听见喊声,皆执戟跑上前,闻说有怪兽,立时四散开来,在草木中搜寻。

寻了半晌,毫无所获。审食其问近旁郎卫道:"适才可有人见怪兽窜出?"

众郎卫皆感茫然，答曰："不曾见。"

吕后手抚腋下，犹觉疼痛入腑，便纳罕道："这轵道上，难道有人作祟？"

审食其应道："早年间，秦王子婴便是在此处，素衣白马，降了高帝的。"

吕后摇摇头道："那子婴，又不是我汉家杀的，他做鬼祟，怎能来害我？"

回到宫中，吕后即唤太医孔何伤前来。孔何伤验视伤处，见吕后腋下，已有瘀青一片，便连忙敷药，然疼痛却未减分毫。

见外敷无效，孔何伤又张罗要煎药。吕后一拂袖道："你医术究竟如何，哀家不知，然从未听你说过一句清楚话！我也不怪你，且退下吧。十五年前，你治死了一个高皇帝；今日，莫要治死老娘就好。"

孔何伤满面羞惭，退了下去。吕后便吩咐，传太史令谭平定入宫，有话要问。

不多时，谭平定匆匆而来。吕后便道："今日大典毕，返回途中，忽有恶犬撞我，众人却未曾见。你且就此事占卜，问个究竟。"

那谭平定久已厌恶吕后专政，受命起卦，心中已打好主意，要吓一吓吕后。遂翻开《日书》①，查阅今日天象，阅后，故作大惊失色，禀报道："今日荧惑守心，竟是大不吉之象。"

"你不要弄玄虚，且讲，守甚么心？"

"荧惑星，滞留于心宿中不去，赤光四射，是为守心。主兵乱、旱灾、饥荒，或……"谭平定忽然就咽下了后面的话。

"你说嘛，哀家不怪罪你。"

"……或死丧。"

"好，这个我已知，你且占卜。"

谭平定便以火炙龟甲，细察其裂纹，看了半晌，神情又是一变，举起龟甲，呈与吕后察看。

---

① 《日书》，是古人从事婚嫁、生子、丧葬、农作、出行等活动时选择时日的参考书，书内标明每日的吉凶宜忌等。

吕后问道:"此象如何?"

"鼎折足,凶。"

"鼎折足? 是何意?"

"力小而任重,将有祸。"

"历书、龟纹都看了,你所言,我半句也不懂。我只问你:那轵道黑犬,究竟是何人作祟?"

谭平定一迟疑,横了横心,答道:"是……赵王如意。"

吕后脸色便惨白,忽地想起当日,田细儿禀报,如意死前,曾哀告愿做黑犬效命,于是喃喃道:"他果然不甘心,弄死了田细儿,今日又要来拉老身下黄泉了! 太史,可有解脱之术?"

"有。诗曰:'彼泽之陂,有蒲与荷。有美一人,伤如之何? 寤寐无为,涕泗滂沱。'便与此象甚合。那荒郊野外,赵王如意坟前,不要有女子夜哭,便好了。"

"哦,女子夜哭? 莫不是……哀家知道了,便赏你百金,且退下吧。"

翌日,吕后召来审食其,告之:"昨日黑犬事,已问过太史令,是个想不到的人与我作祟。"

审食其不免惊奇:"是何人?"

"赵王如意。"

"啊! 谭平定不是乱说吧? 那如意,一个小崽儿,何来这般神通?"

"谁知道? 谭平定嘱我禳灾,要赔个罪;这人情,就派给你去做吧。明日,你去寻到如意墓,好好修缮一番,算是我给戚夫人赔了罪。"

审食其闻言,怔了半晌,才喃喃道:"居然是如意!"

吕后便道:"那崽儿确也冤,皆因他娘,才不得好死。你代我去,好好祭扫一番,以祷免灾祸。"

审食其领命,当下去问了宗正,知如意墓并未迁入安陵,仍在城北乱葬岗上。便率了石工、园丁等一众杂役,去了墓地,将杂草除尽,植下松柏,重新立了石碑。

一连数日,审食其带领数十人忙碌,岂能不惊动地方? 有啬夫、里正前来询问,知是左丞相带人来,修葺赵王如意墓,都惊得半晌合不拢嘴。

十日后,如意墓修整一新,碑碣巍然,四面松柏森森。审食其备了酒水果品,叩首上香,祭了一回。附近百姓有来观望者,也不禁动容,齐刷刷地跪下,跟着审食其叩头。

未几,消息便传遍长安。百官闻之,都极感惊愕,只道是审食其良心未泯。众功臣相聚,说起此事来,都忍不住为如意洒了些泪。

审食其禳灾归来,复了命,吕后便拉住他手不放,哀声道:"杀人多,必有报应,老来才应验出来。近年已觉命不久长,今日,果然有如意来索命! 这几日,腋下愈发肿痛了,似有刀剑穿心,或将不能痊愈。看来,这长乐宫,我也住不得了——那戚夫人鬼魂,就在永巷,如何能放得过我? 明日,我将移往未央宫住,暂避祟气。万一有个山高水低,也可与少帝在一处,如此,倘有大事,子侄们不用分作两处。我移住未央之后,你便不必再来,来多了,于你无益。我若能病愈,日后再召你;我若病重不起,你自顾保命便好。"

审食其闻听,心中大起感伤,伏地道:"太后永寿,岂能说走就走? 偶染疾患,挨过了炎夏,便可痊愈,何由伤悲若此?"

吕后便摇头,惨笑道:"哀家寿数如何,哀家自知。我吕雉,是何许人也? 生于乱世,一田舍妇罢了,未料却做了皇后,此乃一知足也;自沛县至今,有你审郎为伴,此乃二知足也。有福若此,不能再奢望长生了,牵牵绊绊,好歹也胜过无数平常妇人。"

"太后,你有天赐之福,岂是平常民妇所能比的? 臣半生跟从你,乃大幸。"

吕后望望审食其,温言道:"审郎,你头也渐白了,当年英俊,似还在眼前呢。随我半生,也是多磨难。此刻无外人,我只要你说:平素你在朝野奔走,闻民间议论,究竟是如何说我的?"

"太后不必多虑。民间称颂太后,皆出自肺腑,不似朝堂上那些阿谀话。"

"是如何说的?"

"说太后政令不出门,天下却晏然。刑罚罕用,罪人稀见,民无租赋之苦,皆安心稼穑,衣食滋润。"

吕后便吐了口气:"天下,竟有这么好了吗?"

审食其便道:"民之口,如江河泻地,他们要说甚么,无人能阻得住。"

"官吏也知感恩吗?"

"大小臣吏,俱得休息,以无为而治民,官民皆安。故而,臣吏无不赞太后宽宏。"

"哦? 这就奇了! 如何我见群臣,却多有怨恨之色呢?"

"或是为诸吕。"

吕后便仰头一叹:"正是! 我施政一反秦政,秦政苛,我便宽怀;秦政不施仁义,我便体恤鳏寡。按理,千秋后应留美名,然诸吕封王事,惹得群臣不乐,难与我同心,后世也不知将如何褒贬呢!"

审食其朝吕后深深一拜,道:"吾起自乡间,知民之悲喜。太后不夺民财,民无愁苦;仅此一端,纵然千秋后,亦是圣人。"

吕后面露微笑,道:"审郎,有你,我可以瞑目了。"

审食其慌忙道:"太后尚有万岁,臣愿永随。"

吕后望望审食其,忽就落下两行泪来,摆手道:"你今夜,便早早归家吧;明晨,早些入宫来,送我往西宫去。"

审食其心乱如麻,已不知如何说才好,只得流泪叩首而退。

次日平旦时分,移宫大队便从飞阁浩荡而过,审食其亲推辇车,送吕后入未央宫。吕后居所,就在承明殿,此地高敞开阔,隔窗便可俯瞰长安城内。与少帝所居之前殿,亦相去不远。

那少帝刘弘,今已长成翩翩少年,一早便迎候在飞阁出口,见辇车缓缓而来,急忙上前,换下了审食其,亲推太后至承明殿。

随行阉宦、宫女们忙碌了一阵,将各样器具安顿好。吕后便对审食其道:"搬来西宫,有孙儿刘弘照拂,你就不必辛苦了。自沛县起事,便苦累了你,我这里总算无事了,你且在家中将养,我若不宣召,你不必来。"

审食其顿时哽咽，竟不能应对："太后……"

吕后卧于榻上，命少帝道："弘儿，你去送送左丞相。"

少帝应命，向审食其揖道："左丞相请。"

审食其心中顿起悲凉，知再也难见吕后一面了，只得含泪而去。至殿外，忽泪如奔涌，一步三回首，徘徊多时。

此后，吕后心如槁木，在病榻上迁延时日，觉身体时好时坏，病愈却无望。平常所有朝政，都交陈平、周勃、吕产、吕禄去打理。四人若有事不能决，再呈报上来，吕后也懒得理，一概答复"容后再议"。

病榻上，所见人少，耳目清净了许多。宫内诸事，多由张释、曹窋两人打理。那两人，都是清静无为之人，一连数月，涟漪不生。吕后每日卧着，看花开花落、静日生烟，心中便起了感慨，想自家沧桑半生，到如今，却只余了吃睡两件事，这人间之事，真是难料。

身边人，唯有阉宦宣弃奴善解人意，可以说上两句话，吕后便常与他说起病情。

这日晨起，吕后又觉腋下剧痛，便叹道："这是煞气蚀了骨肉了，药石怎能解得？别家君王当政，多有祥瑞。我一个妇人问政，却遇见这般恶煞，神鬼也不放过我。"

宣弃奴连忙绞起汗巾，为吕后擦脸，一面就劝慰："太后病弱，不宜多想。那苍狗，虽不是祥瑞，却也未必是凶煞。天地间，生有万物，能亲见苍狗者，万不及一，或是幸事也未可知。"

吕后便微笑，嗔道："你这甜嘴的话，比陈平要差得远了，有云泥之别！那苍狗若不是祸，还有甚么是祸？哀家不怕就是了。这辈子，想也想了，做也做了，可以闭目了。"

宣弃奴望住吕后，呆了半晌，方道："小的明白了，眼见敌手先走，便是大幸事。"

吕后笑了笑，道："身边人，只你一个是明白的。"

搬来未央宫后，少帝刘弘便逐日来请安，未尝稍懈。起初，吕后还记恨着前少帝刘恭，见了刘弘，总觉心中不快。日久，见刘弘低眉顺眼，绝无冒犯，吕后渐渐也就心软了，常笑着夸道："你父惠帝就是个疯癫，你却生得好，恁地知礼！"

堪堪来至七月中，吕后忽觉病情加重，心知将要不起，便急召吕产、吕禄入宫。吕产、吕禄闻召，知大事不好，仓皇奔入宫内，跪在吕后病榻前。

吕后强打精神，双目灼灼，望住二人道："天将召我去，我不能不去，身后事，要交代你二人。"

吕产、吕禄都慌了，涕泗横流道："太后，你不能走，我等撑不起这天下呀。"

吕后挥挥手道："事已至此，焉有退路？朝中重臣尚堪用，遇事须与之好生商议，不可仗势欺凌。"

吕禄便道："那陈平、周勃，如何能靠得住？不如这便除去，以免生事。"

吕后摇头道："顾命老臣，系高帝再三嘱托，可以安天下。今若下诏除去，虽为易事，然来日我一走，朝中人心不服，必有人倡乱，你等便要以命偿之了，故万万打不得这主意！"

吕产望一眼吕禄，仍是疑虑，便又问道："少帝刘弘，应如何待之？"

"我看他还听话，及至年长，便知感恩了，必将厚待吕氏。太远的事，我不能替你辈谋划，且将眼前的事打理好。今日便可下诏：吕产为相国，位在陈平之上，居于南军，严守宫禁。吕禄为上将军，领北军，拱卫京畿，北防匈奴。"

吕产、吕禄心中一凛，双双下拜领命。

吕后又嘱咐道："今日天下晏然，既无山贼，亦无外寇，故而谁领禁军，谁便是真皇帝。吕产，你平日起居，只在南军，不可离开一步。吕禄，北军有人马五万，此兵一动，便地动山摇，故不可似往日嬉戏了。我这里，有《韩信兵法》三篇，所述皆精要，你拿去，好好研习。平素只知游猎，有事如何能掌兵？"

吕产、吕禄汗流浃背，连声应诺。吕产心中惴惴，忍不住问道："太后称制已八年，群臣并未有不服。今日看太后安排，似要动刀兵一般，事有如此之急吗？"

吕后道："高帝病重之时，与大臣相约：'非刘氏而王者，天下共击之。'今吕氏封王，大臣不服，不过嘴上不说罢了。我是活不了几日了，那刘弘年少，张嫣也只是小家妇，都镇不住，恐将生变。你二人，须领兵守牢宫禁，勿为我送丧，免得半途为人所制。"

吕禄愤愤道："大臣果有如此胆量吗？"

吕后叱道："你又耍公子脾气！我一崩，你若无兵，谁人都敢踏你一脚！"

吕禄怔了怔，脸红道："这一节，侄儿倒疏忽了。"

吕后又道："领南北军，是为威吓天下。另一面，也须安抚好公卿百官，我崩后，赐诸侯王各千金，将相、列侯、郎吏等按级赐金，并大赦天下。臣民领了些好处，想来也不至生乱。"

吕产应道："太后所虑深远，侄儿当谨守。"

吕后忽又注目吕禄，问道："你还有一女，在闺中？"

吕禄答道："然也，便是次女吕鳌，此女幼小，尚未字。"

吕后断然道："就嫁与刘弘，为皇后。后宫之贵，莫过于此，吕氏一门自然也就安稳了。"

吕禄连忙叩首谢恩，想了想，又试探道："辟阳侯可以信赖否？"

吕后便低头沉吟，半晌才道："审公此人，与你辈到底不同，人若恨他，他防无可防。我崩后，可令他退下，万勿招风，改任帝太傅就好。"

二吕便应道："太后之命，侄儿必遵行。"

"我称制八年，每夜必读黄老，那老子曰：'强梁不得其死。'你等若想久安，便不能逞强。想那韩信、彭越，哪个不是强梁？就连那戚夫人，也想逞强。这几人，今在何处？全在老娘面前化作了土！你二人，掌了禁军，便是天下头等的强梁，须以仁厚待人，笼络住官民，方可保万世为王。"

"太后请安心。吕氏兴衰，系于我二人，我辈只得拼死担待。"

"又逞强！你二人，掂过剑戟吗？岂是无事不能的？遇大事，切记先推出少帝、张太后来，替你们挡一挡。"

"侄儿知道了，绝不敢慢待君上。"

吕后喘息一回，摆摆手道："我着实累了，不多说了。你二人下去吧。"

二人见吕后面色发白，汗湿衣裳，便不敢再多言，惶惶然退下，去找张释拟诏了。

次日，以少帝之名，有诏下，为吕产、吕禄加官晋爵，各掌文武，分领南北军。又令吕禄次女吕鳘，嫁与少帝为皇后。

众臣闻之，知吕太后来日无多，心中皆忧喜参半。

且说那朱虚侯刘章，这日适逢休沐，默坐于家中，思虑大事，不觉便失了神。其妻吕鱼见了，不免奇怪，便上前询问了几次。

刘章思来想去，终于横下心来，对吕鱼道："你下嫁至我家……"

吕鱼当即嗔道："哪里敢说下嫁？是我高攀到你皇孙家来。"

"好好！事急，莫玩笑了。你嫁入吾家门，耳闻目睹，可知万民如何看吕氏了？"

吕鱼一怔，便也坐下，满面愁思道："夫君说得是。妾身待字闺中时，只道万民感激吕氏，颂声盈耳，人皆笑面相迎。出了吕氏门，方知民间憎吕氏，切齿之声可闻。"

"你可知吕氏招怨，缘何故？"

"妾实不知。或因位高权重，故招人嫉恨？"

"绝非如此。刘氏亦为王侯，如何便不招恨呢？"

"妾于此事，也十分纳罕，还请夫君教我。"

"刘氏所得，乃天命，官民皆心服。那吕氏豪夺，却是倚太后之势，如鸠占鹊巢，万民如何能服？"

吕鱼闻之，甚不安，疑惑道："今日吾父与伯父，皆又加了官，威临中外。万民即便不服，又能如何？"

刘章便一笑，转了话头："今日里，有贵客陆夫子，要来咱家。你去吩咐灶下，好好煮些牛肉，我与夫子对饮，你在旁伺候，也好听听先生如何说。"

这日过午，陆贾果然如约前来，刘章迎出中庭，执陆贾之手，引入堂上，即招呼浑家出来伺候。

吕鱼闻声而出，向陆贾施过礼，忙吩咐庖厨上菜。

陆贾入了主座，刘章在侧座坐下，吕鱼便上前道："先生大名，四海皆知。妾在闺中时，便常闻阿翁提起。"

陆贾大笑道:"乃父不是常骂我吧?"

吕鱼道:"哪里话! 阿翁只是夸赞,天下儒者,唯先生为大。小女平素孤陋寡闻,不大知理,今日先生来,愿亲奉羹汤、面闻赐教,请先生恕我冒昧。"

陆贾便对刘章道:"哈哈! 朱虚侯,你娶得个好吕氏女。别家吕氏之女,都似猛虎,只将夫君视作犬羊;你这浑家,却是彬彬有礼。"

刘章忙对吕鱼道:"先生不怪罪,你便坐在下首吧。"

吕鱼谢过,便规规矩矩在下首坐好,屏息恭听。

刘章便提起话头来:"先生,楚汉相争时,吾尚年幼,唯喜见战车交驰、烟尘大起,如游戏一般。记得汉家兵将,各个都惧项王,闻楚军来,一日数惊……"

陆贾便笑:"小子记得不错。老夫虽为文臣,恶战却经了不少。那高帝上阵,哪里是项王对手? 大小数十战,无一得胜。汉军畏楚,如羊畏虎,于战阵上逃起命来,只恨爷娘少生两条腿。"

吕鱼便面露不解:"那为何是汉灭了楚,却不是楚灭了汉呢?"

陆贾瞄了瞄吕鱼,略显诧异,便道:"问得好! 你这小女子,还有些心思。诚然,项王善战,天下无敌;怎奈世上有一物,强势亦难胜之,那便是人心。当年,高帝出征,诸侯皆相助,关中百姓也心服,愿送子弟投军。汉军虽弱,然人心向汉,以弱兵鏖战,屡仆屡起,人马便不疲,终获完胜。楚军虽勇,却处处寡助,左冲右突,无个安稳处,终陷于死局。因此,势再大,亦敌不过人心。"

吕鱼恍然大悟,连忙道:"先生之论,小女以往从未耳闻,今日才如梦醒。"

刘章便趁机问陆贾道:"太后恐已来日无多,若太后驾崩,则刘吕两家必势同水火。先生对来日变局,有何见教?"

陆贾一惊,便抬眼去望吕鱼,见吕鱼并无异常,又见刘章以目示意,当即便领悟,忙答道:"昨日楚汉,便是今日刘吕。孰胜孰败,在深闺中或不知,然只须步出门去,闻街谈巷议,已是一目了然,还用说吗?"

吕鱼脸便涨红,惊道:"事竟已至此了? 多谢先生点破,不然,小女还糊涂着呢。"

陆贾便笑："你夫君刘章,胆略甚是了得,刘氏子弟全仗他,方能直一直脊梁。你只须随他进退,便不至入歧路,性命也可无虞;否则,一切难料。吕氏这'吕'字,我劝你还是离远些为好。君不见,这世上倒行逆施者,势再大,可有大过秦始皇的?然始皇一旦驾崩,天地却还是要翻转的。往世今世,道理皆一样,即便是来世,也变不出甚么新道理来。"

刘章与吕鱼皆大悟,对视一眼,便双双叩首致谢。谢毕,刘章握拳道:"闻先生言,如闻雷鸣。来日事起时,大丈夫当如何,小子已然有数了。"

吕鱼也道:"谢先生指教。妾虽姓吕,然也明大势:凡逆势而动者,欲求长久,可得乎? 妾不忍心害万民,定随夫君进退,唯求仁义。"

陆贾望望眼前两人,便仰天大笑:"你家的酒,饮来痛快,下回还要来饮……只怕下回饮的,该是庆功酒了!"

此后,在未央宫中,吕后又挨了几日。至七月辛巳,即月末最后一日,朝暾初起时,吕后醒来,咳嗽两声,觉周身通泰了不少。

宣弃奴见吕后面色红润,有了些精神,便欣喜道:"太后,今日气色大好,眼见是要痊愈了。"便将吕后稍稍扶起,倚在榻上。

吕后一笑,未接宣弃奴的话头,只吩咐道:"去唤张太后来。"

那张嫣,日前也随吕后移到未央宫,就住在近旁,不多时,便来到榻前。

吕后执张嫣之手,细看其相貌,微笑道:"你就似鲁元,你不似那张家人。"

张嫣笑道:"太皇太后在夸我。"

"张偃那小子还好?"

"还懂事。"

"嫣儿,你也是我吕氏一门呀。"

"回外祖母,儿臣不敢忘祖。"

"那就好。吕产、吕禄两个舅舅,你要多多相助。"

"儿臣知道。"

"唉,糊里糊涂的,竟活了六十二载……"

"外祖母不糊涂。"

"我累了……身上凉……"

宣弃奴闻听，连忙为吕后加了被盖，又与张嫣扶吕后卧下。

吕后双目合上，似在昏睡。不久，却又睁眼，拉住张嫣问道："莲荷枯了吗？"

张嫣忙答："秋七月，已然枯了。"

"谷禾熟了吗？"

"可见黄熟了。"

停了一会儿，吕后忽又喃喃道："鲁元呢？ 盈儿呢？"

张嫣慌乱中不能答，只是流泪。

宣弃奴连忙抢上答道："都在树荫下，正小睡呢。"

"哦……"吕后松开张嫣之手，呼出一口气，头一歪，便睡了过去。

张嫣与宣弃奴不敢大意，寸步不离病榻，守候了多时，仍不见吕后有何动静。

宣弃奴起了疑心，起身端详了半晌，伸手去探鼻息，探了片刻，又去号脉。忽然便大叫起来："太皇太后宾天了！"

张嫣尖叫了一声，猛扑在吕后身上，便号啕大哭。

此时，有宫女端了一盘瓜上来，闻之猛然变色，慌忙将瓜盘放下，也跟着大哭起来。

讣闻传出，长安城内一片静默。朝官多半在心中暗喜，却佯作忧伤，事事闭口不言。吕产见众人似有不服，便下令，百官不必至宫内哭祭了，仅刘、吕宗亲可以入宫。

其时，未央宫内外，一派缟素，如同八月飘雪。刘、吕两族宗亲，各怀心事，络绎来至前殿，列队拜祭。

吕产谨记太后所嘱，领南军守住两宫，将那下葬事宜，交予张释、陈平去办。吕禄则日日带一队北军精锐，往复巡城，捉拿可疑人等。禁城内外，忽就多了些甲士踪影。

如此停灵旬日，便依天子例，为吕后送丧。百官闻令集结，由陈平、周勃带领，簇拥少帝刘弘，浩荡出城而去。吕产、吕禄则立于城头，按剑而望，一刻不敢大意。

吕后棺椁，依其生前所定，葬于高帝长陵，与高帝合葬而不同陵。

早在定都之初，萧何便调发了丁壮，于高帝墓冢之东五百步处，为吕后起了墓冢①。后又陆续修造了十余年，方告落成。墓冢高约十丈，状亦如覆斗，与高帝墓冢巍然并立，仰之如山，极是壮观。

此冢迄今犹存，远望之，有恢宏之象。惜乎在史上屡遭赤眉、董卓、黄巢等乱兵盗掘，至近世十数年，又屡遭今人盗挖，已是创痕累累了。

话说高后葬毕，少帝刘弘便遵遗旨，有诏下：免去左丞相审食其职，改为帝太傅。审食其知是吕后生前安排，也乐得从高位退下，任个闲职。

朝中其余诸事，则全无变化。正值举丧之际，各类人等皆沉默行事。那吕产、吕禄唯尊吕后遗嘱，身居南北军大营内，轻易不出。

陈平、周勃看了几日，不见有隙可乘，相见时便以目会意，知道还须静待时机。

一日散朝，陈平车驾赶过周勃，便回首招呼道："太尉，大丈夫贵在动如风；然足下车驾，为何如此迟缓？"

周勃闻声，探出头来笑道："近日雾大，老夫看不真切，快不得呀！"

反倒是那边厢，吕禄耐不住，急入未央宫内，与吕产商议道："高后薨去，天下至多太平三月，后必有人反。不如趁高后余威尚在，我二人率南北军起事，以吕代刘，易了帜再说。"

吕产想了想，摆手道："不可。高帝旧臣，半数尚存，武将更有绛侯周勃、大将军灌婴，都可与项王比高下的。你我若举事，二人岂能坐视，一旦厮杀起来，我二人可是彼辈敌手？"

"事成在先机，抢先用兵，绛、灌或有所不备。"

"不然，诛杀绛、灌，易耳，然诛尽天下功臣难！只要有一人漏网，登高一呼，天

---

① 在今陕西省咸阳市渭城区正阳乡红旗村后排。

下便立成汤沸,再难平息。你虽精于骑射,也不过随身小技,若临阵交兵,可有胜算乎?"

吕产这一席话,说得吕禄大沮,不由抱怨道:"高后经营十五年,今吕氏气焰之盛,已压住半面天,却要坐以待毙吗?"

吕产低头想想,道:"只要绛、灌二人在,就只能坐等。若绛、灌先后薨了,我便不怕他人。"

吕禄无奈,只得怏怏而归,也无心守在北军大营了,只顾回家去饮酒。灯影下,一面饮,一面想到大计落空,好不心伤,便拍剑狂歌起来。

府中家眷们闻听,都惊恐不安,却无人敢出头来劝。恰好吕鱼这日归宁,见阿翁如此失态,忙上前来劝。吕禄便恨恨道:"你那伯父吕产,左怕天塌,右怕地陷,还能做得甚么大事? 此时不为,更待何时? 这大好的天下,难道要白白送人吗?"

吕鱼听了,心中大惊,忙问:"阿翁想做甚?"

吕禄斟满一杯酒,看看吕鱼,又将酒泼在地上,怒道:"你伯父,他就是个妇人!"说罢,便不再言语,只呆望着房梁。

吕鱼虽未问出底细来,但心中已然明白:阿翁与伯父,定是在商量起事! 如此一想,心中不由大恐,也无心再坐,匆忙告辞,返回了家中。

入得侯邸大门,吕鱼腿便一软,竟瘫坐于地。众奴婢见了,慌忙去扶,吕鱼只是摆手道:"不用扶,我且坐一坐。"

刘章闻声赶来,见吕鱼神色慌张,便起了疑心,盘问道:"看你面色发白,何事竟惊恐至此?"

吕鱼手拊胸口,喘息半晌,方才问道:"若父谋逆,事败,子女可免乎?"

刘章闻言,便知事非寻常,一面扶起吕鱼,一面答道:"今有新法,罪不诛三族;然谋逆为弥天大罪,不在此例。"

吕鱼闻言大惊,连叫道:"天,天啊……"

刘章猜出个大概来,便温言道:"你嫁入刘家,便是刘家的人,何事不可对夫言? 你说出来,我也好帮你有个计较。"

吕鱼一听，知无侥幸可言，便狠了狠心，将所闻吕禄之言，备述了一遍。

刘章一凛："你父与吕产，要做甚么？"

"浑家我猜度，定是阿翁欲与伯父倡乱，以吕代刘；只是伯父胆小，未允而已。"

刘章将吕鱼搀扶至内室，叮嘱道："你今日所闻，不可对人言，即便是仆从奴婢，也不可令其知。我原就猜，你父定有此等念头，却不料他下手如此之快。"

"这该如何是好？速报予丞相、太尉知，可否？"

"陈平、周勃，此时正与我类同，手下无半个兵卒，还不抵你父一道令牌有用。"

"除诸吕而外，谁还能掌兵呢？"

"我手下虽无兵卒，然刘氏有人有。"

吕鱼被点醒，想了一想，大喜道："你是说齐王？"

刘章便握住吕鱼之手道："吾兄齐王平素不露山水，等的便是这一日。待我密遣家臣赴临淄，令阿兄起兵西来，讨逆除奸，自立为天子。我与兴居在都中，与大臣为内应。如此里应外合，何患事不成？"

吕鱼忽又犹豫起来，问道："若讨逆事成，我阿翁性命可保乎？"

刘章望望吕鱼，沉默有顷，才答道："当此际，你性命可保，方为正事。"

吕鱼怔怔想了一会儿，忍不住泣下数行，喃喃道："阿翁，孩儿顾不得你了！"

当日，刘章便遣一家臣，微服快马，潜出城去，一路向东狂奔。

旬日之后，家臣到了临淄城南，叩王宫大门而入，见到了刘襄，从鞋底掏出帛书密信来，俯首呈上。刘襄展开看过，脸色就一变，忙命人取出十斤金来，打发了来人，便坐下来想事。

密信中所述，正是刘襄日夜之所思。数年前，袭了齐王后，刘襄谨记父嘱，隐忍退让。齐原本有六郡，先后为吕国（后名济川国）、鲁国、琅玡国划走三郡。刘襄声色不动，仿佛无事一般。早前吕台封至济南时，刘襄还亲迎至济水边。后吕台病殁，刘襄又赠珠宝玉器为墓葬，执礼甚恭。

刘襄如此忍让，竟瞒过了吕后的一双毒眼，以为子必随父。加之刘襄之弟刘章、刘兴居都在宫中宿卫，吕后倚之为心腹，便不再疑心刘襄。

这些年里,刘襄就似薪尽火熄一般,人前不发一句牢骚。直至读罢密信,心头才砰地爆起火来。

当下,他唤了母舅驷钧、郎中令祝午、中尉魏勃三人来,闭门商议。

这三人,平素便为刘襄心腹,皆厌吕后专权。近闻吕后驾崩,都摩拳擦掌,来劝刘襄起兵。前几日,刘襄只是不允,责备诸人道:"高后方崩,上下不安,朝中所提防的,就是诸侯王有异动者。诸位若为孤王好,便请勿躁。灶若无柴,点火何用?想那市井人家,一户之主若丧,家中定会大乱,况乎这天下百万户?我辈只须坐视,自有可观之处。"

那三人听了,皆感气沮。驷钧脾气暴戾,又为刘襄长辈,说话便分外难听:"你脾性随父,只长了个鼠胆,天大的好事都要错过了!"

刘襄听了,也不恼,反倒越发信赖这位母舅。

这日召了三人来,驷钧见刘襄屏去左右,心中便有了数,以拳击案道:"襄儿,莫非朝中有变,可效法陈胜王了?"

刘襄便取出密信来,交予三人传看。看毕,驷钧拊膺大叫道:"这多年,可闷死我了!我这便回府,披挂起来再说。"

刘襄笑着扯住他衣袖道:"舅父,你勇气可嘉,然举兵西向,你一人披挂有何用?"

驷钧便望望中尉魏勃,纳罕道:"俺齐国,不是有兵吗?"

魏勃一笑,回道:"下官虽为统兵之将,然无齐相发给兵符,我带不走一兵一卒。"

刘襄拍了一下掌,对诸人道:"不错,今日来商议,便为此事。丞相召平,行事规矩,以诸君之见,他能否交出兵符来?"

驷钧便道:"那个老古董,吕太后将他遣来,便是要提防你的,他怎肯与你合谋?"

原来,这召平,便是当年萧何的门客,来历大不凡,在秦朝曾为东陵侯,后又曾为陈胜辅臣,陈胜覆灭,他流落民间,终为萧何收入门下。吕后既敬重萧何,自然也知召平名望。萧何亡故后，便征召平为官，遣至齐国为丞相，权作耳目。

召平感激吕后赏识，相齐多年，兢兢业业，凡事从无错漏，世人皆称他"白头丞相"。

议起召平来，诸人都摇头苦笑。魏勃道："欲令丞相交出兵符来，难于登天。"

刘襄便霍地起身，拂袖道："高后已崩，我不想再忍，有无兵符，我都要调兵。劳烦中尉，你便去知会丞相：人心思正道，天下不能久为鼠兔所据；孤王拟近日提兵，西向讨逆；至于丞相跟随与否，孤王并不勉强。"

驷钧当即赞道："大丈夫，当如此决断。这个白头翁，知会他一声，也算是看得起他了。"

魏勃却道："仅凭微臣一语，只怕他不肯。"

刘襄道："孤王礼数在先。若他抵死不交，则……"

驷钧会意，便做手势劈空一砍，道："那就怪不得我辈狠毒了！"

刘襄闭目片刻，睁开眼道："魏勃，你去吧。"

魏勃便领命，来至丞相府，将刘襄之意转告召平。

召平闻罢，浑身一颤，斜睨魏勃问道："中尉，可知你所言为何吗？齐王欲提兵，可有少帝手诏？"

"并无。"

"可有少帝赐给虎符？"

"也无，唯有天道人心而已。"

"你我同僚，就无须在此大言了！齐王无少帝所授虎符，便欲调兵，岂非形同造反？你乃国之重臣，难道不明此理吗？"

"臣为齐王属官，便唯齐王之命是从。"

"你糊涂！犯禁之命，便是乱命。中尉，今日你不能走了。来人！押中尉往后堂去，好生伺候。"

堂上众亲兵闻令，便一拥而上，将魏勃擒住，拖往了后堂去。

魏勃大怒，一路高叫："我传齐王诏令，凭甚将我拿下?！"

待魏勃被推下,召平稳了稳神,取出兵符来,唤一校尉到近前,举符示意道:"高后崩逝,郡国有不宁之象,吾邦尤须当心。为防意外,着令你率封国兵两千,去拱卫齐王宫。无我手令,不许人出入,仅庖厨杂役可通行往来。"

那校尉一怔,便问:"若齐王欲出行呢?"

"此为将令,无有例外。"

校尉眨了眨眼,便会意,退下去点了兵,浩浩荡荡开赴南城,将那王宫围了个水泄不通,有齐国属官来晋见,均被拦住。刘襄在宫内闻报,吃惊不小,便亲上高阁去看。只见宫墙外面,兵甲林立,连只鸟儿都飞不过,不由就长叹:"大意呀,轻看了那老儿!"

在王宫之外,魏勃被软禁于相府,驷钧、祝午亦受困于王宫不得出,急得顿足不止。

僵持了一日一夜,魏勃困在相府后堂,水米未进,心想如此下去,大局必将崩坏,便决意使诈,高声大叫要见丞相。

召平闻下人来报,便命左右将魏勃提上来问。

魏勃踉跄步入大堂,伏地便拜:"丞相,在下自省了一日一夜,痛彻肺腑。觉丞相品格之高,当世罕有。为人臣者,当忠于君事,齐王未得朝中虎符,便欲发兵,确乎形同谋逆。丞相发兵围王宫,善莫大焉!在下枉为统兵之将,险些入了泥淖,今愿将功补过,率兵守卫王宫,不使齐王有异动,以报朝廷之恩。"

召平未曾料到魏勃悔悟,便一时迟疑,摆手道:"中尉并无大过,能做如此想,便是改过。这就可以回府了,照常任事,也不必亲往王宫守卫。"

"丞相,在下统兵多年,熟知兵卒习性。看守王宫为大局,不可稍有疏忽。臣既已悔悟,便不能弃大局于不顾,愿领兵守王宫,勿使有变。"

召平见魏勃说得诚恳,不由大喜:"也好,你仍去带兵吧,都中之兵,尽归你调遣。非常之时,更需好好用心,待此事平息过后,我将上报朝廷,为君请功。"说罢,便将兵符交予魏勃。

魏勃接过兵符,望了一眼召平,忽就满眼含泪,道了声"丞相保重",便深深一揖,扭头走了。

出了相府,魏勃回到府邸,稍事沐浴,便披挂整齐,带了亲兵,飞马驰往城南。一路上,手捧兵符如捧一轮日月,想着汉家百年运祚,当下就在自家手里,心都要跳了出来。

王宫门前,众军卒见中尉驰到,都一阵欢呼。内中有冒失鬼,竟脱口问道:“要攻打王宫了吗?”

领兵校尉闻知,连忙飞奔过来,向魏勃施礼。魏勃理也未理,放马至军前,高声问道:“诸位儿郎,可用过朝食?”

众军卒齐声答道:“用过!”

魏勃便一笑:“用过,便不差力气了。给我一起答:汉家天下,姓甚么?”

军卒便憋足了气力,高声吼道:“姓刘!”

魏勃大喜,当即举起手中兵符,向众军卒宣示,慷慨陈词道:“诸君执戈,深知大义,这便好! 在下今奉王命,拥齐王刘襄,遵高帝‘白马之盟’,发兵征讨非刘氏而妄为王者。儿郎们想必也亲眼见,自高帝驾崩以来,天下怪象丛生,吕氏为王,刘氏凋零,迄今已是人神共愤! 今齐王举大义,行天道,要带领诸儿郎,西进长安,一举平吕。儿郎们,可有此心?”

那诸吕近年猖獗,民间早有非议,军士又焉能不知。日前围齐王宫,军心就甚为不安,唯恐天下将从此多事。今日闻听魏勃之言,正中下怀,恰如干柴遇烈火,勃然而发。魏勃话音方落,两千齐军便一齐举臂,大呼道:“愿从大王!”

内中有胆大者,以剑击盾道:“汉天下,非旧时暴秦,怎么坐着坐着,便要改姓?还不是诸吕贪婪,要巧取社稷。天下万民,早已看清,将军便带我等去立头功吧!”

魏勃大笑,这才转头,对那领军校尉道:“撤王宫之围,全军随我迎出大王,先往齐相府,擒拿逆贼召平!”

宫外诸军动静,刘襄在宫中早看得清楚,知大事已成,不由大喜,立即披了铠甲,亲驾戎车,载了驷钧、祝午,冲出宫门来。

众军卒见了,一片欢腾雀跃,随即簇拥在刘襄车旁,浩浩荡荡往相府去。

大队来至相府近前,刘襄便对魏勃道:"相府无兵,无须大动干戈,围住就好。召相年高德劭,素有威望,军卒不得唐突。你劝他降了便罢,又何必苦撑?"

魏勃领命,便打马来至相府门前,朝司阍大声道:"相府人听着,今齐王奉天命,起兵讨逆,击杀非刘氏为王者。齐相召平,却是执迷不悟,多有拦阻。今大王开恩,有令下:召相若降了便罢,视作同心一体;若不降,便走不出这相府一步了!"

那门前的司阍、卫卒等人,早望见前街烟尘大起,心头便惶惶,此刻又见大队兵甲源源而至,更是慌了手脚。听罢魏勃宣谕,都面色苍白,忙退回门内,关门落锁,奔去禀报召平。

此时召平正在拟奏稿,拟将齐国不宁的情形写明,上禀朝廷,忽闻阍人禀报,忍不住掷笔,霍然而起,怒道:"我五朝为臣,竟为一个小儿所骗!"

此时长史在侧,急切道:"今日之事,或降或死,别无他途。丞相若不欲降,请集合曹掾、家臣、兵丁、仆役等,也可凑齐百十余人,做拼死之斗。"

召平失神良久,忽就瘫软下来,对长史道:"诸君都有家小,作无谓之死,又有何益? 可叹我一世英名,今日尽付流水,唯听天由命而已。那齐王虽造反,然终究为齐国君上,你我不得冒犯,亦不能开门迎降。去架起木梯来,我要与齐王隔墙说话。"

片刻工夫,众属官就在院墙下竖起梯子,召平爬上去,头伸出墙垣,见黑压压遍地都是甲兵,便知插翅难逃,当下打定主意,向齐王遥遥一揖,高声道:"齐相召平,受国恩甚重,不忍见大王误入歧途。自天下无兵燹,不过才历惠帝、高后两朝,何其短也! 莫非大王忍心重见刀兵,要将万民再推入火中吗?"

刘襄听罢,遥遥回了个礼,答道:"召平先生忠君,有大儒之风,然君主若昏聩,权奸又当道,便不是臣民的好天下。高帝白马之盟,言犹在耳,吕氏伪王便接二连三冒出,先生为高士,岂能假作看不见? 若论忠君,将那僭越的逆贼擒住,方为正道。我今举义,顺从天意,上承陈胜王之志,下启万民拥刘之心,所到之处,必是望风披靡,妇孺箪食壶浆以迎。我闻先生早年仕秦,也曾反戈,投效陈胜王麾下。今日之势,堪比昔年诛暴秦。此等大义,先生何不慨然相从,也好善始善终。若为那吕氏殉身，分文不值，徒留后世笑柄而已，还望先生三思。"

召平冷笑一声，反驳道："为人臣者，必遵礼法。大王以下犯上，实为毁礼；擅自调兵，更是犯法。如此鬼祟的乌合之众，居然想举大义而求仁，何其谬也！若此刻大王掷剑于地，不逾矩，老臣我保你无事。若执意要反，须细思量：朝中有几人能容藩王造反？即便事成，终也难逃斧钺。若不信，可拭目以待！"

刘襄渐渐收起笑意，冷下脸来道："既举大义，已将生死置之度外，且我之生死，召相怕也看不到了吧。"说罢，便命魏勃率队进击。

魏勃便掣出长剑来，下令道："众儿郎听令，拆毁墙垣，踏将进去，将逆贼擒住，责令抵罪。"

众军卒得令，发一声喊，便四面动起手来。军卒十人一队，抬起圆木撞墙，其声如雷，地动山摇。

墙内相府诸人，各个拔剑在手，张皇不知所措，都只拿眼看着召平。

墙外魏勃忽又高声道："相府诸人听好，我只要召平性命，与他人无涉。放下刀剑，便是一家，又何必为老叟卖命？"

相府吏员闻言，面面相觑，都垂下了头去。

就在此时，忽见召平从梯上跨步，登墙而上，挺立于墙头，高声喝道："民宅不可侵，何况堂堂相府？齐之封国兵，如此毁墙凿洞，难道是江洋大盗吗？你辈尽都罢手，召平一人做事一人当便是，与手下人无关。只可叹，道家之言'当断不断，反受其乱'，吾未信，乱即到眼前。我知齐王今来，其志不小，亦有心招降我。然我为朝廷命官，握有相印，便不能与叛贼同处于一檐之下。嗟乎！想我五朝为官，阅尽盛衰，今日即便走不脱，又有何憾？以吾区区老命，为你辈小儿……抵罪了便是！"说罢，便猛地抽出长剑，横在颈上，狠狠一抹。

霎时，墙外众军卒皆瞠目结舌，不再鼓噪，呆看着召平血染须发，缓缓自墙头跌落。

此时的召平，仍是一身白袍。衣袂飘逸如仙，坠落墙外，卧于枯草之中。

齐军将士见此，都心存敬畏，不敢上前去看。刘襄望见，忙跳下车，大步奔上前去,驷钧在旁不放心,大呼道:"小心老儿未死!"

刘襄头也不回,高声答道:"召平先生岂能有诈!"便大步来至相府墙下,躬身看去,只见召平双眼圆睁,犹有不甘之态,不由就落下泪来,跪地为他缓缓合上眼皮,而后吩咐魏勃道:"先生以国事死,应享之尊,岂止二千石官秩?请以国礼葬之。"

魏勃领命,朝召平尸身下拜,三叩首道:"丞相,大人也。吾侪共事一场,请勿记恨。"便分派兵卒,将召平尸身仔细收殓了。

刘襄率军返回,眼望王宫,仍心有余悸,索性不再回宫,移往齐军大营住下。隔日,便于辕门竖起大旗,招兵买马。

隔了三五日,投军丁壮虽多,然亦不过万余,加上原有封国兵,也仅两万。若以此数西行讨伐,仍觉势弱。

这日,刘襄便召集近臣,商议此事。驷钧嚷道:"今既已反,便无退路,人少也须杀将过去,不然,我必成今之臧荼,坐等枭首。"

魏勃却连连摆手道:"国舅,使不得!发兵平吕,乃我日夜之所思,然用兵者,最忌单薄。我军仅有两万,实是令小臣为难,即是号称四万,亦为弱旅,不等开拔,便被天下人看低了,如何还能攻城略地?若凑齐四万,我便敢撄其锋,万死不辞。以今日之势,不如先联络近旁诸王,壮大声势,联兵征讨。"

驷钧便嗤笑道:"近旁诸王,是何等猪狗?彼辈如何肯反吕氏之族?那鲁王张偃,是吕太后外孙;琅玡王刘泽,为吕媭之婿;哪个不是吕氏私党?你这里去信邀约,他那里倒要去朝廷变告了!"

刘襄便道:"舅父所论甚是,邻国不来伐我,便是幸事。平吕事大,我只管自谋,无须惊动近邻。"

祝午却道:"微臣以为,鲁王张偃为吕太后血脉,难以说降;然那琅玡王刘泽,辈分甚高,身世与吕太后全不相干,可以为我友。当年他若是甘为鹰犬,何不留任京都,却偏要到齐地来为王?显见是心怀异志。微臣愿前往琅玡,说服他来归,共襄大事。"

刘襄不禁犹疑道:"琅玡王阅历甚厚,若不欲犯上,将何如?"

驷钧便道:"刘泽为人,显是首鼠两端,公然反朝廷,怕是不能。大王不若遣一善辩之士往琅玡,巧夺其军兵,为我所用。"

在座诸人便一起称善,刘襄笑道:"舅父到底多智,如此便罢,明日即由祝午领一彪军,东下琅玡,见机行事,将那琅玡王诓来。"

祝午便起身,领命而退,自去点验兵马了。

刘襄又道:"今齐相空缺,文武之臣名皆不正,出兵怎能有威风?可由舅父接任丞相,魏勃为将军,祝午为内史。如此,便文武齐备,师出有名。今夜便请拟好《告诸侯王书》,传檄四方,起兵平吕。"

驷钧、魏勃闻命,皆叩首谢恩。驷钧更是慨然道:"大王信我,我便为大王剖肝胆,南征北讨,绝不言他!"

次日晨起,天晴丽日,两万余齐军披挂整齐,云集临淄南门。刘襄亦披上戎装、头戴皮弁,登车至军前,展开刚拟就的《告诸侯王书》,高声宣谕道:"高帝平定天下,以诸子弟为王。年前齐先王薨,孝惠帝立臣为齐王,孝惠帝崩,高后擅权,年事渐高,听任诸吕猖獗,废帝更立,连杀三赵王,灭梁、赵、燕三国而代之以诸吕,又分齐为四,益发不可忍。众臣进谏不听,朝廷惑乱不明。今高后崩,帝又年幼,不能治天下,本应依恃大臣、诸侯,而诸吕却又自行加官,聚兵扬威,挟持列侯忠臣,矫诏以令天下。宗庙社稷,因此临危。寡人今举大义,率兵入都,将尽诛不当为王者,以申天下之愤!"

刘襄所读,早已是世人心中所盼,只不过以往无人敢言而已。今忽闻"平吕"二字,众军卒顿感激奋,无不踊跃。

见军心可用,刘襄心中便踏实了大半,即令祝午率兵五千,前往琅玡。祝午领命,将令旗一招,齐军一队,便将那"齐"字大旗高举,鸣起金鼓,往琅玡国去了。

且说那琅玡王刘泽,躲在临海一隅,消停了几年。自吕后驾崩,便觉不安,不知诸吕将如何摆布天下。国中长史田子春倒还沉得住气,屡次劝刘泽静观就是。

那刘泽正在忐忑间,忽闻城上守将来报,说有齐军一彪人马,已兵临城下,不知是何意。

刘泽闻报大惊,自语道:"刘襄这孙辈,与我并无往来,今日齐兵叩门,恐非善意。"遂下令,将城门四阖,要亲上城头去察看。

待上得北门城楼,刘泽手搭遮阳远眺,见城下果然紫旗飘飘,齐军士卒数千,已将琅玡城四门皆围住。正惊异间,城下忽有一戎车驶出队列,车中立者,原是齐国一锦衣高官。

只见戎车驶近城下,那人跳下车来,向城上一躬,高声道:"下官为齐内史祝午,在此拜见琅玡王。"

刘泽只略略拱了拱手,便大声质问道:"祝午! 如此阵仗,不去讨伐匈奴,来我琅玡做甚么?"

"大王问得好! 自太后驾崩,天下不宁,吾王刘襄更是寝食不安。今遣下官来,是要向叔祖讨教,请示行止。"

"看尔等架势,似是要提兵平乱。然天下若生乱,必起于朝中,来此海隅小国有何用?"

"大王教训得是。微臣来,事关大局,不宜声张,请大王下城来,微臣当面讨教,勿为外人所知。"

刘泽想了想,便一撩衣襟,自语道:"下城便下城!"

此时,田子春闻讯赶来,连忙劝阻道:"兵临城下,情势不明,大王不宜出城。"

刘泽便一笑:"刘氏骨肉,还不至于相残。我便去听他怎样说,再做道理。"

田子春放心不下,又谏道:"若怂恿大王起兵,万勿应允。"

刘泽便不耐烦道:"高后已崩,即是起兵,又算得了甚么? 或百姓能闻风而从呢,也未可知,长史何须胆小若此!"

田子春只得退开,仍叮嘱刘泽道:"事若蹊跷,其必有因,请大王谨慎。"

刘泽听也不听,便登上车,喝令戎卒打开城门,单车驶出城门去了。

两人相见,祝午分外殷勤,迎上前去,将刘泽扶下车,躬身道:"近闻诸吕已于长安作乱,劫持功臣列侯,危及社稷。今吾王欲提齐国之兵西向,入都讨逆,然又恐自家年少,不习兵革之事,难孚众望。今遣小臣前来告之,愿以举国之兵交予大王,由大王统领。大王起自高帝驾前,久历兵事,素有人望,今小臣前来,乃因齐王不敢离大军,请大王临幸敝邑,与齐王商量大计,率军西向,平关中之乱。届时若万民拥戴,大王亦可正名。"

刘泽先是不动声色,只想听个分晓。那祝午才说了两句,刘泽心中便已明了,心下只顾盘算利害,并未动心。直至听到最后一句,不禁怦然心动,忽而就大笑:"正名?正甚么名?为天下讨逆,功在千秋,其美名,还用草头百姓来正么?襄儿欲讨逆,我来相助就是。"说罢,便一把拉住祝午衣袖道:"祝内史,今夜,你便随我入城,好好商议一番。"

祝午闻言,怔了一怔,连忙堆笑道:"大王深知大义,为天下所敬。齐国上下,无不称颂,诸臣更是渴慕一见。今吾王已在临淄恭候,请大王及属臣,同来临淄把酒言欢,共商大计,便无须入琅玡惊扰百姓了。"

"哈哈,你家大王,可备了兰陵酒?"

"这个自然。宴请大王,岂能不备美酒?"

"那我今夜便启程去临淄,我那些属臣之辈,无须理会。"

祝午心中狂喜,忙扶刘泽上了车驾,两车一前一后,驶向齐军大营去了。

那田子春立在城头,将前后情形都看得明白。先见刘泽要拉祝午入城,心中便喜。不料一转眼间,刘泽却与祝午一道,往齐营去了,便知事情不妙,忙吩咐守将关好城门,诸军不得歇息,彻夜守望,等候大王归来。

怎料刘泽哪里还能归来?原来,当夜刘泽将那御者、骖乘打发回城,自己由百余名齐军甲士护送,一路狂奔,驰往临淄去了。

飞奔三日,到了临淄,便见刘襄率了群臣,恭迎于郊野。刘泽见此,不再存疑,拉住刘襄衣袖道:"襄儿,数年不见,竟是一虎威少年了!"

刘襄一笑,便将叔祖父迎入王宫,设宴款待。大殿之上,齐国君臣轮流祝酒,刘襄又提起愿将齐军交出之意。刘泽环顾众人,不由踌躇满志,大言道:"两国之兵,还分甚么你我?"

齐诸臣闻言大喜,一片颂声,刘泽更是忘乎所以,饮至半夜,早已是酩酊大醉,人事不省了。散席时,驷钧唤了几个力大的阉宦来,架起刘泽,安顿在了宫中。

至次日晨,日已迟迟,刘泽方才醒来,却见卧在一幽室中,旁有婢女伺候。身上衣物,尽被换掉,连那腰间挂的长剑、印玺、虎符,也不知去向。忙起身问婢女,婢女却只是摇头。刘泽慌了,欲出门去找刘襄,方一推门,却被卫卒两支长戟逼住。

此时,驷钧忽然闪身而入,面带笑意,躬身一揖道:"大王稍安。承蒙昨夜大王应允,两国合兵一处。今晨,吾王已遵大王之命,遣使持大王虎符,送交祝午,调遣琅玡兵去了。"

"调兵? 调兵做甚?"

"回大王,调来与我军会合,也好即日西行呀。"

刘泽素知兵法,闻听此言,便知昨夜是中计了,不由大呼:"刘襄小儿,黄发尚未褪尽,竟骗到祖辈头上来了! 我何时允他动我虎符? 何时允他调我琅玡兵? 我兵权尽失,人又遭软禁,世间羞辱,还有比这更甚的吗?!"

驷钧便略略一躬,赔礼道:"大王息怒! 吾王也是好意。劳师远征,绝非易事,大王昔年征战,多有创伤,实不宜诸事亲为,可于军中压阵,为吾王多献计。平吕之功,将来少不得有琅玡王一笔。"

刘泽气得发抖,戟指驷钧道:"你君臣竟是何等人,没有一个不说谎的! 昨夜方允诺,由我来做两军统领,今日便夺我兵权,又欲挟持我在军中。原来,夜宴之上,好话全是假的,看重的只是我的兵马。"

驷钧也不恼,只冷冷一笑:"大王,常理便是如此。故而,在上者不可轻弃权柄。"

刘泽不由怔住,呆了半晌,才愤恨道:"悔不听田子春劝谏,信了小人之言,失却根本,倒还要谢你君臣不杀之恩了。"

"大王,焉有此等事? 臣只为大王庆幸——不须劳累,便可获澄清天下之功,又何乐而不为? 若与吾王闹翻,大王独自在此,微臣只怕是事有不测。"

刘泽直瞪住驷钧,半晌才啐了一口:"我竟盲了这双眼! 刘襄有独吞天下之志,岂肯让叔祖分沾? 可叹我豪雄半生,到头来,反为竖子玩弄,只怪自家太蠢就是!"

说罢，便颓然坐下，挥挥手令驷钧退下。

自此之后，驷钧每日都来问候。几个婢女杂役，亦是尽心伺候，竟无可挑剔。刘泽无人可以怨，只得任人摆布，暂不做他想。

那边厢琅玡城内，刘泽走后，田子春便下令紧闭城门，遣人多方打探，却无从得知刘泽行踪，亦不明城外齐军动静。

三日后，有齐使飞马至琅玡城下，将刘泽虎符及策书交予祝午。祝午得之，将那盖了琅玡王印玺的策书展开，读了一过，心下大喜，当即点起军兵，来至北门城下，唤守将出来，以刘泽虎符示之，吩咐道："你看清了，琅玡王虎符在此！军情火急，在下受琅玡王之命，进城调兵，请听命。"

那守将接过虎符，看了又看，见无差错，连忙招呼戍卒，放祝午入城。

祝午正欲挥兵而入，那守将忽又上前一揖，问道："吾王日前赴临淄，迄今未归，不知王命意欲如何？"

祝午并不下马，只一拱手道："天下刘氏，根脉一家，将军不必多虑。你家大王今有策书一道，令尔等听命。"说罢，便展开那策书，高声宣读："琅玡王有令：琅玡与齐两军，今合为一处，西行讨逆。琅玡兵暂由齐内史祝午统领，若有不从，便是附逆，必以军法从事。"

那守将听了，脸色便肃然，似有疑虑。祝午便催促道："将军不可再迟疑，请带我赴大营，点起兵将，即刻西行。"

待祝午将琅玡兵尽数带出，正欲出城，田子春闻讯赶来，于北门阻住，大声道："琅玡国长史田子春在此！吾王赴临淄，音讯全无，足下不可凭一符一策，便将我军兵尽数带走。"

祝午一见，连忙下马，躬身一揖道："原来是田长史，久仰久仰。琅玡王与吾王，虽为祖孙两辈，然骨肉却不可分。前日在临淄，已歃血为盟，推琅玡王统领两国兵马。我今所携虎符，便是将令；我今所读策书，便是王命。上有命，下必行之，请问长史：下官祝午，又何错之有？平吕檄文，此刻已传于四方，军情刻不容缓，请长史允我出城。"

那田子春,虽为刘泽心腹,然手中并无虎符,唤不动一兵一卒。虽疑心有诈,却是无力阻止,只得无言闪避一旁。

待琅玡兵万余人开赴城外,与齐兵合为一处,祝午这才朝田子春一笑,拱手道:"琅玡王今在临淄,好吃好睡,田长史尽可放心。"

田子春无奈,只得礼送祝午领军远去,自顾收拾残局。

再说那齐国的都城临淄,此时已如汤沸,人人攘臂,声言平吕。待琅玡兵一开到,义军人数便逾三万,声势顿然壮大。那招兵旗下,每日都有数百壮丁入营,踊跃投军。

儿郎们每日操演,士气甚高,但见金戈耀日,旗幡高飘。人马进退之间,可闻阵阵高呼:"平吕!平吕!"直是将十数年胸中抑郁之气,一泄而出。

刘泽在宫禁之中,听得外面吵嚷,便愈加难耐,想来想去,觉唯有孤注一掷方可。这日,便隔窗大呼,要见刘襄。

刘襄闻报,想想刘泽已无兵权在握,见见也不妨,于是率左右近臣,来至软禁刘泽处,见过叔祖。

刘泽此时,已然气平,见了刘襄,便苦笑:"襄儿,乃父刘肥,忠厚为世间罕有,为何你却有这许多心肠?你欲夺我兵,拿去就是,又何必将我幽禁,整日无事,只盼两餐,好不气闷也!"

刘襄无言以对,只得赔罪道:"叔祖大量,请宽恕晚辈冒犯,事急矣,不得已耳。"

刘泽便道:"你看我如今,王不王,民不民,国也无颜返归,全没个安置处。这数日,我倒也想好了:乃父刘肥,为高皇帝长子;由此推之,大王正是高皇帝长孙,立为帝,本无不妥。然朝中诸大臣,乍闻大王起兵,或心存狐疑。臣刘泽虽不才,在刘氏中却为最年长者,诸臣倒还愿听我主张。今大王留我在此,毫无用处,不如命臣为义军密使,西入关中,暗访大臣,为大王谋事。"

刘襄听了,不禁动容,忙起身揖道:"大王,我为晚辈,你怎可以称臣? 既如此,我也知叔祖之心了。这便将讨逆檄文交予你,请叔祖先回关中一步,为大事谋划。"

当下,刘襄便将琅玡国玺奉还,又命人备好车驾,选了几个得力随从;次日,便放刘泽西行入关了。

刘泽主仆数人，皆换了商贾衣服，微服西行。至霸上，却不敢再前行，于是寻得一间逆旅住下，以观动静。

却说刘泽走后，刘襄便召近臣商议大计，发问道："义旗已举，檄文已发，然兵锋所指为何，尚无定见。今日召诸君来，便是为此事。"

魏勃道："吾王起事，虽属大义，然仅为一方诸侯，势甚弱，与汉军相抗，不宜久战。应效当年沛公军，避实就虚，直捣长安。"

祝午却摇头道："汉军势大，我军岂能直捣长安？两军若迎头撞上，我区区三万兵，又如何能一战？"

刘襄便道："我军薄弱，固不能直趋长安，然亦不能坐守临淄，不然，臧荼覆辙即在眼前。"

驷钧便指点着刘襄，笑道："大王虽不懂兵，此话却说得对！我军若只顾摇旗，不杀出齐境，那吕产、吕禄也要将我看扁了。故而，大军这几日便要动。"

祝午望望驷钧，道："四周诸国，全无响应，我军欲动，未免势孤呀！"

驷钧轻蔑一笑："我军弱小，当如何用兵，要窍就在搅水，搅得涟漪荡起，事便有望。故我军所先攻，只管拣那弱国便好。拿下一个，即声势大振。目下诸吕专权，功臣离心，我军即是小胜，也足可激他生变。"

刘襄顿然醒悟，拊掌赞道："阿舅真是高见！就依此计，明日由魏勃领兵，一鼓作气，拿下那个济川国。"

驷钧便忽地按剑而起，双目圆睁，逼视刘襄道："此役，为举事首战，天下瞩目。即便是小国，也须全力攻取。大王你也要亲征，以取信于天下。你我君臣，不要留一个在临淄！"

刘襄闻言一凛，便也霍然起身，朗声道："好，丞相既不畏死，寡人又岂敢偷生？祝午，去拿酒来！生死明日事，今宵且醉了再说。"

十　未央宫阙悲残阳

　　吕后崩逝没几日,长安城内,便处处暗流涌动。各家各户,都惶惶不安,总疑心将有大祸临头。说来也奇,似是应因人心一般,自八月中起,济川国、鲁国果然就连连有警,飞报入都,说是齐王诛了丞相召平,与琅玡国联兵谋反,不日即将西取长安。

　　不数日,济川国又有信使仓皇来报,说齐兵有数万,直逼济南。济川王刘太是个婴孩,留居长安,并未之国①。强敌压境时,济川相无计可施,官民惶恐,举国已成崩解之势。

　　吕产阅毕急报,立时面沉如水,急召吕禄入宫商议。

　　吕禄闻召奔入,急问道:"齐王果然作乱了?"

　　吕产便将急报递给吕禄,恨恨道:"姑母英明一世,临了却糊涂,齐悼惠王刘肥一门,岂能信任?"

　　"两国急报,都称有琅玡兵参与作乱,却不见琅玡王刘泽踪迹,这倒是蹊跷。"

　　"那刘泽老儿,也万不该放到琅玡去。"

　　吕禄苦笑道:"事已至此,怨姑母已无用。刘襄倡乱,其弟刘章、刘兴居仍在宫

---

　　①　之国,指诸侯王前往封国,亦称"就国"。

中,你看如何处置? 那刘章为我婿,小夫妻并无嫌隙,依我看,尚不至勾连其兄作乱。"

吕产瞥了一眼吕禄,轻叹一声:"也罢。刘章在宫内宿卫,我这里严密看管;他若回府邸,则由你多用心。当此之际,人心都难测……"

吕禄不由一惊,问道:"兄之意,是要我大义灭亲吗?"

吕产却摇头道:"算了! 有你我掌南北军,刘章、刘兴居兄弟,谅也无胆作乱。我若开了杀戒,则都中功臣必不自安,各个与我离心,那倒是大祸患了!"

"唉! 前日我倡言举事,先诛尽刘氏。那时兄若首肯,便无今日之变了。"

"以往姑母诛刘,你我并未出面。今姑母已崩,又何必与刘氏结下血仇? 凡昨日种种,都休要再提了! 今日看来,济川国陷于齐王叛军,只是数日之内事。当今皇长子封国,竟为乱贼所陷,实是我兄弟之奇耻! 我之意,发兵征讨之际,须得声势浩大,不能教那天下人看轻我。可发大军八万,以堂堂之阵,压住那贼势。"

"统军之将,欲用太尉周勃吗?"

"周勃不可动。命灌婴领兵即可。周勃若统兵在外,一旦跑掉,我将无以应对贼兵。留他在都中,即使灌婴战败,我手中还有他这员老将。"

"兄所虑甚周,便将那周勃留住吧,遣灌婴领军亦不妨。昔年追得项王无逃路的,便是灌婴。由他统军,贼势自然不敢嚣张。"

至夕食过后,吕氏兄弟已将大计定好,便唤来张释,起草平乱诏书,以备明晨发下。

不多时,诏书便拟好。张释誊写毕,又细看了一遍,才递给二人。吕产、吕禄阅过,神情郁郁,呆望着张释,竟是相对无言。

此时,正值日暮,斜阳红光自窗棂映入,照在壁上,一派血红。

吕产忽觉不吉,仰天叹道:"鬼谷子言,'欲张反敛,欲高反下,欲取反与'。他刘肥父子,深谙其道,将我姑侄瞒得好苦! 当年项王灭,便源自齐乱;看今日之势,吾辈也难得安生了,只能打起精神来应付。"

吕禄便道:"今日之势,其实姑母早也料到。不然,你我兄弟此刻,岂能稳坐于宫掖？以弟之意，贼来，自有王师阻遏，兄也无须多虑！"

次日，晨钟刚鸣过，平乱诏书便发下，指斥齐王刘襄作乱，人神共愤，天地不容。今加灌婴大将军名号，领北军及关中兵八万讨伐，绝无姑息。

诏书下过，长安官民闻之，无不群情耸动。此时，离吕后下葬尚不足一月，城内仍禁张灯结彩，北军巡行甲士随处可见。市井虽貌似沉闷，私底下却已是滚沸，商民、仆妇窃窃私语，都忧心将有大乱起，怕是要重现秦末景象了。

这日，吕产在未央宫，召灌婴受命。灌婴上殿，向少帝拜了一拜，便对吕产道："在朝列侯，冠盖如云。以灌某之才，实不足以服众，望相国另选他人。"

吕产便道："汉之大将军名号，迄今仅三五人得之，莫非灌兄还嫌威名不重？"

"下官不敢。想那齐王虽叛，然到底是天潢贵胄，小民难分尊卑。不如委任绛侯周勃出征，绛侯声名显赫，师出便有名了，不怕百姓有疑虑。"

"哪里话？将军之名，不输于绛侯。且周勃乃顾命大臣，另有重用。灌兄此去，不过略略费神。一切谨慎从事便可。"

灌婴仍是踌躇，迟迟不愿领命。

吕产脸色便一变，高声问道："将军莫非心向齐王，不欲朝廷得胜乎？"

灌婴额头便冒出汗来，连忙伏地谢罪道："蒙相国看重，本不该有疑，然下官多年未曾操戈，左右臂膀傅宽、靳歙，也先后病殁了，真真有所怯战。"

吕产便大笑："那刘襄小儿，懂得甚么战？将军出马，不过鹰击燕雀耳！能战之将，周緤、徐厉不是还在吗？兄无须多虑了。明日功成，当另有大用。"

灌婴略略一怔，即正色道："臣不求大功，唯求上下不疑，来日也好安安稳稳去见高帝。"

"不疑？"吕产怔了怔，方才领悟，便一挥手道，"自家人，请勿自扰，大将军焉用心疑？甲胄、粮秣需多少，报来相国府，早日出征才是正话。"

"征战事，相国可放心。日后在外应变，还请相国容我临阵做主。"

"这个自然。加你大将军号，便是不疑。高帝、高后或有疑人之举，我吕氏兄弟，却从未冤枉过一个功臣。"

灌婴迟疑片刻，未再应对，道了声"从命"，又向少帝一揖，便退下了。

过了旬日，关中兵马已集齐，与北军拨出的四万余兵合为一军。择好吉日，灌婴便领着八万兵马，吹吹打打出清明门去了。

汉家至今，已有十五年未有战事，百姓闻战，如闻闾巷斗殴，争相来看出征。然无论是兵是民，都不再似高帝在时那般豪壮了，兵马虽盛，却极似执戟巡游而已。

灌婴率汉军一路东行，未曾稍缓，只想离长安越远越好。未及旬日，便来至荥阳城下。高帝驾崩时，灌婴曾奉命驻守荥阳，在城中盘桓有日，内外都熟。此地可进可退，灌婴便不想再走，号令三军歇息，命军卒每日击鼓、吃饭，却不布置征讨。私下里，吩咐副帅周緤潜回长安，与太尉周勃通消息。

周緤易装遮面，单骑潜回长安，见了周勃。数日后，又驰返荥阳大营。灌婴急忙问道："太尉有何话说？"

周緤应道："下官入太尉府，正是日中，见绛侯小睡刚起，于庭中漫步，懒得与我说话。闻我禀报，只以树枝在地上写字，再无二话。"

"写字？写了些甚？"

"反反复复，只是一个'止'字。"

灌婴大喜："好了，足下立了大功。太尉之意，我已尽知。"

周緤甚诧异："只这一个字，大将军可知甚么？"

灌婴笑道："你莫将太尉看得憨直了。这一'止'字，大有深意在。二吕拥兵据守关中，我今若破齐军，得胜回关中，岂非长了二吕的威风？长安诸臣，势将更难，因此伐齐须见机而止。"于是便下令，屯兵荥阳，不再东行，鼓也无须再敲了。

汉军原本就无斗志，闻军令下，满营皆欢呼。立时全军解甲休沐，儿郎们纷纷出营，斗鸡走狗，寻娼吃酒，玩个不亦乐乎。

灌婴便又将周緤唤来，吩咐道："事已至此，齐军那边，闻说已到了定陶，还须你去招呼。只说有功臣在朝中，无一日不想诛诸吕，我今止步，劝齐王也止步，不要相杀。稍假时日，自有人除去诸吕，还天下一个干净。"

周緤慨然应命道："这有何难？下官去就是了。"

灌婴却摇头道："将军有所不知,那齐王,敢冒天下之大不韪,举兵犯上,所为何来?"

"不是平吕吗?"

"若平吕得手,又当何如?"

周緤想了想,不禁瞠目道："那是要……做皇帝?"

灌婴一笑,又道："若齐王军至长安,新帝便非他莫属;然朝臣是何主意,却由不得一个藩王来左右,因此……你附耳过来。"

灌婴将诸般机宜耳提面命,周緤这才领命,趁夜潜出了营,去寻齐军踪迹。

且说那齐军在济南得手,正沿河向西疾行,打算一路向西杀去,再做一回沛公军。

这日,前锋已至甾县(今河南省民权县),忽见一壮汉单人独骑,当道而立,手举符节大呼道："齐军止步!"

前锋数十名士卒,立即将壮汉团团围住,只听那人自报道："我乃汉家列侯周緤,欲见齐王,快去通报!"

齐王刘襄闻知,连忙宣召。周緤来至齐王车驾前,下马刚要施礼,刘襄连忙拦住,满面堆笑道："前辈,万勿多礼! 今微服来军前,定有要事,但说无妨。"

周緤便道："请大王屏退左右。"

齐王连忙挥退左右从人,周緤这才神色肃然道："齐王,大将军灌婴遣下官前来,是为禀告大王:朝中重臣已与大将军有约,军至荥阳,便驻足不前,静等朝中生变。今汉军已止军于荥阳,不再前行。请齐王也止军,两军不可自相残杀。相持而不战,方为万全之策。"

刘襄闻言,颇觉意外,沉吟半晌才道："灌婴将军既有平吕之意,何不与我联兵,或是让开大路,放我军西行?"

齐王所请,早在灌婴预料之中,此时周緤便按灌婴所嘱,从容答道："大王为皇孙,举兵起事,乃为廓清天下,世人也无话可说。我灌婴大将军,只是个臣子,若也随大王举事,则长安一道诏书下来,便立成叛臣。不旋踵间,左右必作鸟兽散,又怎能为大王襄助?"

刘襄不由一悚:"哦?这一层,寡人倒还未曾想过。"

"大将军所统之军,为天下精兵。此军不为诸吕所用,大王显是得天之助。如此想来,不如彼此都收剑,以观长安之变。"

刘襄一时拿不定主意,便忽然一笑,拱手道:"将军千里远来,辛苦得紧,且在营中歇息一夜。天下事,不是这一时半刻就能了的,明日再议也不迟。"

这一夜,周緤在寝帐中安睡无话,齐国君臣却是吵嚷了一整夜。

荥阳有八万汉军挡道,就此止步,还是杀将过去,君臣举棋不定。丞相驷钧平日脾气最暴,这夜却是闷声不响。

魏勃为统军之将,自恃军已壮,便攘臂大呼道:"八万汉军,到底不是楚军,我君臣不可胆怯!今我军已可一击,逢此天时,不战更待何日?天子位,不亲力夺之,何人能为大王争来?"

祝午却道:"灌婴率大军伐我,不来攻,却来约定止军,这个面子,算是给足了。我若攻汉军,便是名不正;名既不正,胜负亦难料。"

刘襄颔首道:"然也。若是诸吕统汉军来,我攻之,是为征讨逆贼;今灌婴统汉军来,我若攻,便是举兵反汉了,顺逆顷刻便颠倒,又将以何名义晓谕天下?幸而灌婴遣使来,相约罢战,已执礼在前,故我军断无攻汉军之理。"

魏勃争道:"你不取,人何予?齐国不动一兵一卒,便有人送来天子冠冕吗?"

祝午便逼视魏勃道:"与灌婴争,怎能与拿下召平相比?依将军你看,可有几分胜算?"

魏勃答道:"我为郡国兵,与朝廷大军争,即便有五分胜算,亦是大胜。"

此时忽闻驷钧几声咳嗽,众人便一起拿眼去瞄驷钧。

驷钧双目圆睁,已闷了好久,此时忽然猛击案几,大呼道:"与汉军争,我军固然羸弱,然你刘襄先祖,莫非一出生便是周武王吗?天赐我良机,千载只这一回,诸君若无大志,自回临淄去,拥娇娘而饮美酒,我本大丈夫,天予而不受,必为后世所笑。

刘襄贤甥，你不敢做英雄，阿舅我便来做！"说罢，便起身拔剑，一把揪住刘襄衣领，"贤甥，甚么汉家不汉家，今日你反也得反，不反也得反！这便举旗，去与灌婴拼个死活。若胜，你便坐上未央宫龙庭，阿舅我不居功，自回临淄做田舍翁。若败，便是我驷钧挟主造反，与贤甥无关！"

当下座中诸人大惊，纷纷跳起，拔剑在手，直逼驷钧。

刘襄急得连呼："阿舅不可莽撞！"

驷钧便仰头大笑道："可惜你先祖豪雄，竟生出此等屡头子孙。座中诸君，拔剑向我做甚？但凡有血性，可上阵与灌婴一决，自家里相残，算得了英雄吗？"

诸臣都脸色惨白，汗流如注，手中长剑微微颤抖，片刻也不敢疏忽。

如此僵持半晌，祝午忽然弃剑于地，悲叹道："我少年时便随齐王，岂有不欲齐王称帝之心。丞相今有为齐王谋天下之心，下官愧不能及。然昔年楚汉之争，勇冠天下之项王，亦不能敌灌婴，今日与灌婴战，我必不能生还。且容下官告假回临淄，与妻、子作别，再来效死。若为灌婴所败，臣必也效项王，阵前自刎，授首于敌。臣若眨一眼，子孙万代皆为人奴仆可也！"

众人闻言，皆是一凛。那驷钧虽正盛怒，听罢也是怔住，刘襄见此，趁势一把夺下他剑来。驷钧顿然气泄，委坐于地，号啕大哭。

诸臣连忙收起剑，上前劝慰。魏勃亦流泪道："我辈死不足惜。只未曾料，今日之事，竟为灌婴所左右！若与汉军和，则新天子将不知是谁；若与汉军争，则新天子必定不是大王。"

众人一时不明其意，思忖了片刻，方恍然大悟。驷钧听了，越发悲伤，只不住地拍膝捶腿。

诸臣又劝了片时，驷钧方才收泪。君臣相对，一派沮丧。刘襄颓然道："走到这一步，实乃天定。"

祝午勉强打起精神，宽慰道："大王系高帝长孙，新天子若不是大王，别人也不易得之。"

刘襄摇头苦笑，道："天命所归，强索不得。如此，也只得罢战。好在有刘章、刘兴居在都中,总还可为我出力。"

魏勃便道:"那刘章、刘兴居,论起来,也是皇孙!"

刘襄愕然,半晌才回过神来,摇头道:"他们……哪里会想做天子?"

此时,驷钧怨气已尽出,遂起身道:"失笑了! 大丈夫,平生唯此一泣。天不佑我,汉祚亦不由我,然诸君气不可泄。此刻天将明,各位也须小睡才好。都散了吧。待朝食之后,请大王礼送周緤回去,与他约好,朝中若有变,再合军攻之。我军先退回齐境,留在边界观望。今后事成事不成,唯看天意了。"

刘襄松口气道:"丞相说得是,诸君不必丧气。平吕之役,我为首功,朝臣必将感恩,不会亏待寡人的。"

魏勃便道:"天气已转凉,今日若罢了兵,拖上一两月,雪落冰封,只怕是欲战而不能了。"

驷钧冷笑一声:"这恰是灌婴之所愿,我能奈何?"

众人听罢,又唏嘘了一回,不知不觉已至天明。刘襄便嘱道:"昨夜所议,万不可泄。我既不能与老臣争,诸事便听天由命。若强自出头,必招来族诛之祸,诸君万勿以为儿戏。"

众臣都默然无语,相互望望,便各自散去。

次日朝食过后,刘襄客客气气送走周緤,便命齐军返国,留驻边界观望,静候消息。

且说陈平、周勃在朝,暗中与吕氏较量,见灌婴率大军出长安,都窃喜,私下里三日必有一晤。

这日夕食过,周勃又轻装简从,到访陈平府邸,见面便笑,附陈平之耳道:"灌婴已有使者来,我嘱他驻马荥阳,以观其变。"

陈平听了,也喜出望外,颔首道:"灌婴那里,不与齐王相杀就好。如此,齐王人马可保,二吕便多些顾忌。"

周勃随陈平进了内室,先向窗外看了看,见院中无人,便拉陈平坐下,低声道:

"灌婴那里,固然无须你我操心,然吕产、吕禄各握重兵,未可小觑。你我这文武之首,形同虚设,那百官都只怕他二人。陈平兄,今有何计,能逐二吕出朝?"

陈平便笑:"太尉稍安,白登之围尚可解,区区二吕,不足为虑矣。"说罢,便高声唤左右,端上两盏临邛香茶来。

周勃略觉诧异,问道:"丞相亦喜此物?"

"宫中诸郎都喜饮之,在下亦受熏染。太尉且饮,饮茶可以安神,诸事全不用着急。"

"若不急,吕产、吕禄怕是要先下手了!"

"他二人,逢迎吕太后,宛如事母。太后丧期中,总要顾忌天下之议,谅他们还不敢即刻就杀人。"

"唉! 我只是连三日也等不得了。"

"太尉急,在下亦急,然心急当不得食吃。人做事,终非鸟卵无缝,必有缝隙,有隙,便可为我所乘。"

周勃将那茶饮了一口,圆睁眼道:"我乃武人,最不喜这茶汁,如温吞水。丞相有何奇计,快些讲出来吧。"

陈平望住周勃,问道:"可知郦商与二吕交好?"

周勃猛地一喜,旋又踌躇起来:"我与郦商,倒是可以共语,然郦商与二吕,也仅是未交恶而已。欲使郦商劝二吕弃兵,难矣!"

陈平便眨眨眼,笑道:"将军临战,岂可不遣斥候打探,你可知郦商之子郦寄?"

"略知。此竖子,不大成器。"

"此子与吕禄素为密友,朝夕与共。郦寄若能进言,吕禄必信。吕氏之破绽,便在此处。"

周勃心头一震,猛然站起,问道:"丞相要我做甚,是要将郦寄那小儿绑来?"

"你手下,可有死士?"

"从军多年,岂能无死士相从。"

"好好好! 即去将那曲周侯郦商绑来!"

周勃立时涨红脸，瞠目道："郦商？绑一个列侯来……"

陈平也起身，略一拱手道："列侯也是常人！太尉若绑了郦商，其子郦寄为救父，自然劝得动吕禄弃兵。"

周勃怔了一怔，不由拍掌道："丞相之机巧，当世所无，即便鬼谷子也是难及！"当下便拉陈平坐下，又密语了一番，将大计商定周全，至日暮方告辞。

数日之后，离曲周侯邸不远处，忽多了几个黑衣人，闲散观望。

正值郦商这日闲得无事，午间寂寞，便唤了几个随从，往巷口酒肆去，打算邀几个父老饮闲酒。

那几个黑衣人转脸望见，便一起闲踱过来，与郦商等人相向而行，老远便闪避路旁，躬身揖道："曲周侯安好！"

郦商只当是解甲的旧部，挥挥袖应道："都好，都好！儿郎们，毋庸多礼。"

说话之间，两伙人错肩而过，但见有一黑衣人忽地伸手，迅疾如电，点中了郦商后肩穴道，郦商刚一张嘴，便动弹不得了。

另一黑衣人撩开衣襟，拽出一个布袋来，趁势一跃，竟将郦商兜头套住！

郦府随从料不到会有这变故，都惊呆了，正要拔剑，几个黑衣人早已一拥而上，只三五下，便将一行随从统统击倒在地。

为首一个黑衣人将郦商扛起，转身便走，一名随从躺在地上，挣扎着呼道："英雄且慢！我家主公，不知得罪了何人？有话可讲，万不可伤及将军性命。"

那黑衣人便转身，冷冷道："你家主公，得罪了天下人！我辈并不要他命，只要他赔罪。"

那随从又道："郦商将军若有闪失，不单是小的们必死，各位英雄，莫非也不惜命吗？"

黑衣人便仰天一笑："你等若敢报官，待廷尉来了，便只能见到将军头颅！"

那随从连忙爬起来，伏地哀告道："我家主公得罪人，想必是因往日军务，此非私怨，万望英雄手下留情。"

"任是公仇私仇，总要他赔罪方可。"

"请英雄告知：事应如何疏通？"

那黑衣人回首望望，哼了一声："算你聪明。若想转圜，去太尉府打探就好。"说罢，一声呼哨，便有人牵马过来。为首黑衣人将郦商往马背一抛，飞身上马，打马便走。其余人也撩开大步跟上，转过街角，一阵疾奔，便无影无踪了。

这一场劫人，只在三五句话之间，便干净利落收手。巷中本就清静，动手之际，正是正午，行人寥寥，竟无一个闲人在旁侧看到。

几个随从爬起来，朝远处张望了一回，不知所措，只得垂头丧气回府，去禀报郦寄。

郦寄闻报，心中大骇，不由脱口啐道："太后方崩，长安竟有这等事出来？我这便去报廷尉，不信拿不住这几个小贼！"

众随从连忙恳求道："小主公，万万不可报官，只按那黑衣贼所言，去太尉府打探便好。"

郦寄心中大起疑惑："太尉与我家能有何仇？只怕是贼人胡乱说。"

随从们又苦劝道："信与不信，任小主公自便，然总要往太尉府去问一问。"

郦寄想想，也别无良策，只得换上衮服，带了亲信，骑马往太尉府去了。

在太尉府门前，郦寄递了名谒进去。稍后，司阍出来道："小将军，太尉有请。"

此时周勃正在庭院中，斜倚着案几赏菊，见郦寄进来，便扬手招呼："贤侄，你也来坐，看看这黄花。吾老了，唯有园圃可赏。这个……令尊近来如何？这几年风头不对，他便不来走动了，也不知他怕的是甚？"

闻听此言，郦寄便咕咚一声跪下，叩头如捣蒜。

周勃连忙坐起，板起脸道："贤侄，有话就说，这是为的甚？"

郦寄泪流不止，泣道："家父粗人一个，早年不过一豪强，侥幸得封列侯，但仍不知轻重。在太尉面前多有得罪，还望太尉海涵。"

周勃只做惶恐状，连忙起身，将郦寄扶起，嗔怪道："贤侄这是哪里话？郦氏一门，非忠即烈，令尊更是武人中之君子，待人谦和，如何便能得罪周某？"

郦寄便将老父被歹人劫走一事，详述一过。

周勃听了，略显诧异之色，问道："何不速报廷尉？"

郦寄道："家父身边随从皆言，看那几人，不似江湖之徒，倒颇似军伍中人。那几人又放话：转圜须找太尉府。小侄这才斗胆前来，有扰太尉了。"

周勃拈须沉吟片刻，才道："听你叙说，歹人手段确非寻常，至于言语涉及敝府，却是其意不明，你还是告官为好。"

郦寄又连忙哀告："小侄若告官，家父性命必定难保，周世伯不可不救！"

周勃起身，踱了两步，这才回身道："患难同袍，我岂能不救？那些歹人，或为解甲兵卒，与你父有旧怨，不过是挟嫌报复。幸而，军中各部，迄今还都买老夫的账，彼辈若是军伍旧人，且容我几日，定可查出。只是……此事既不欲报官，便须自始至终私了，贤侄不可节外生枝，免得有不测。你且回府吧，三日后再来。"

闻此言，郦寄心中一块大石落地，知周勃定与此事有干系，既有此话，便可保老父无虞。然老父究竟如何得罪了太尉，却是一件蹊跷事，一时也想不出名堂来。只得拭干了泪，向周勃再三叩首致谢。

周勃淡淡一笑："贤侄无须忧心，我手下，倒还有些鸡鸣狗盗之徒。不出三日，定能探听出眉目来。"

郦寄这才愁云顿开，喜道："事成，我必倾家以谢太尉。"

周勃笑道："贤侄，你这是说笑了。乃父与我情同手足，我何须你来谢？"

三日后，郦寄如约来至太尉府门前，却为一陌生司阍阻住。那人一脸漠然，摇头道："太尉今日有令，无论公事私事，概不见人。"

郦寄便急得直顿足，大呼道："这如何使得？这如何使得！"

那司阍连忙拉住郦寄，低语道："公子莫急，请随我至僻静处说话。"

郦寄望住那司阍，迟疑道："请问足下贵姓？"

"公子客气了，门下之人，还谈甚么贵？敝姓李，名尹桑。公子之事，小的也略知一二，颇为之不平，愿为公子尽绵薄之力。"

郦寄虽是满腹狐疑，终还是横了横心，随李尹桑入了府门。两人一前一后，曲曲折折走入一个僻静处，见前面有一茅舍，室内幽暗，恍似洞窟。

李尹桑将郦寄引进门，回首笑道："公子之事，白日底下说不得，且掌了灯来说。"便用火镰打起火，点燃油灯，请郦寄坐下。

郦寄只觉此境有如梦寐，心中便不安，勉强坐下来。那李尹桑仿佛看透郦寄心事，只淡淡道："此屋虽陋，然可议大事。"便从袖中摸出一条缣帛来，递给郦寄。

只见那帛上，草草写了"吕禄就国"四个字。郦寄看过，认出是老父字迹，不由就脱口而出："就是为此事吗？"

李尹桑答道："劫令尊之人，来头不小，乃绝代侠士。莫说太尉，即是吕禄、吕产，也奈何他们不得。如今之事，只能照侠士之意，劝吕禄速离北军，赴邯郸去做诸侯王。侠士放话，吕禄何日离京，令尊便何日得解脱，其余再无二话。"

郦寄顿时惶急，几欲泣下，搓手道："我如何劝得动吕禄离京？"

李尹桑道："侠士既如此说，必有其因。小的虽不才，倒是为公子想了些说辞。"

郦寄连忙拱手道："在下愿闻。"

李尹桑便附郦寄之耳，说了些言辞。郦寄连连点头，茅塞顿开，听罢便伏地叩首。

那李尹桑忙扶起郦寄，连声道："公子礼忒大了，小的消受不起。请公子勿疑有诈，今日便去见吕禄。早一日进言，便早一日收效。旬日内，即可接回令尊。"

郦寄又叩首谢道："李公仗义相助，郦某感激不尽，容日后再谢。也请转致太尉，救命之恩，小侄没齿不忘。"

李尹桑却诡秘一笑，将那缣帛拿过，放在灯上烧了，而后嘱道："此事，太尉一无所知，李某亦是受人之托。公子自去救父，无须言谢，今后也不要来寻李某。太尉门下，确有李尹桑其人，却是在十年前就已病殁了。至于鄙人是谁，公子今生，怕也是探听不出了。救父事急，迟缓不得，请公子这便回府！"

郦寄惊得目瞪口呆，想了想，也不敢造次，只得向那假冒的李尹桑深深一拜，返身出了太尉府，去寻吕禄。

郦寄与吕禄交好，每三五日便有一晤，故而早已知：自高后驾崩，吕禄就极少在家中，日夜都在北军大营中。郦寄来至辕门前，卫卒见是熟面孔，也不通报，便放他进去。

吕禄见郦寄来，便笑道："郦兄，如何气色不对？今日来此，又想去何处玩耍？如今齐王作乱，害得我也玩不安心，出城围猎是万万不能了。"

郦寄便道："如今之势，岂有心思游猎？来此，是打算与吕兄切磋棋艺。"

"你来弈棋？笑谈吧？"

"绝非玩笑。太后驾崩后，世事就是棋局。目下吕兄已执了先手，开局也是好局，然只要一子落不好，就难免满盘皆输。"

吕禄望望郦商，疑惑道："你怕不是来弈棋的，要说甚么，走，去校场上说。"

两人便来至北军校场。此刻，场上并无士卒操演，除两三卫卒值守外，四处空空荡荡。

步入场中，吕禄便道："郦兄，你是整日里说笑之人，今日不苟言笑，必是有惊天的大事。你说吧，弟这数十日来，如坐火炉，也是烧炼出来了，天大的事，也不焦灼。"

郦寄便一揖道："素日与兄来往，弟只知纵情声色，今日忽生一念，不可不说与兄听。"

吕禄便拉了郦寄席地而坐，颔首道："唔，且说。"

郦寄拱了拱手，徐徐说道："高帝与太后共定天下，刘氏立了九王，吕氏立了三王，皆出自大臣之议。吕氏新封王，事前告知诸侯王，各王都以为相宜。朝中之事，看来已各自相安。今太后崩，新帝年少，兄台不急于之国，好为天子守藩，反而仍为上将军，留京统兵。如此悖理，大臣、诸侯怎能不疑你？"

"之国？前此，是太后不欲我赴赵国。且那几个赵王，接二连三地薨掉，我想想便胆怯。"

"正是刘氏坐镇不住，才要你去！赵地紧邻塞上，天高皇帝远，正是逍遥的好去处。刘氏王之国便薨，是他们命不强；吕兄乃天地间强者，百毒不侵，神鬼远避，何人敢与你为难？何不归还将军印，速交兵权予太尉；并请梁王吕产也归还相国印，与大臣盟誓，永不相犯，而后你二人各自之国，做个逍遥诸侯去？如此，齐王师出便无名了，必然罢兵，大臣也乐得自安，不再与吕氏龃龉。兄台为王，高枕而拥千里之地，岂不是万世之利吗？"

吕禄面露迷惘，道："郦兄今日，怎的忽然雄辩起来？这道理，我竟听不大懂了，你再说一遍。"

郦寄忙拜了两拜，重说了一遍。

吕禄摇头道："心里乱了！也知郦兄是为我好，然我须静一静，理出个头绪再说。"

送走郦寄，吕禄在军营呆坐半晌，耳听得士卒操演呼喝声，忽觉心烦，叹了一口气，自语道："郦寄所言，当是至理！人生在世，快活莫过于封王。放着清福不享，日日如此怵惕，所为何来？"

想到此，吕禄便狠了狠心，决意退让，不再过这焦心的日子了。当即起身，欲往未央宫去找吕产商议。然转念一想，若吕产及诸吕不赞同，则此事必将落空，不如遣人知会一声就算了事。想到此，便唤了一名心腹来，将郦寄所言告之，命其入宫禀报吕产。

吕产闻报，吃了一惊，再三盘问来人，知吕禄退意已决，亦是无奈，只得召来诸吕老人商议。众人闻听吕禄有意之国，立时起了争议，或以为可行，或以为不便，乱哄哄地吵成一团。

赞同者言："投桃报李，是为常理。吕氏半有天下，今让出高位来，大臣岂能不感恩？如与大臣盟誓，相安勿扰，则天下万世可安。"

言不便者则甚感疑虑："吕氏之盛，缘于太后，太后今已不在，空有威名，能吓得住谁？世事之变，不可不防。吕产、吕禄在朝中，百官不得不服；一旦离朝，诸吕又何所依恃，岂不成了待宰的猪羊？"

吕产听了半晌，也不得要领，便对众人道："设若今日我诸吕起事，易了这汉家旗帜，又何如？"

众人惊异片刻，都一迭连声说不可。有人忧心忡忡道："我吕氏所提防者，内有陈平、周勃，外有灌婴、齐王。我若举事，灌婴率大军叛去，我将奈何？"

也有人谏言道："不若稍候,免得四面树敌。若闻灌婴有与齐王勾连之举,则在长安以吕代刘,也不为迟。"

因兹事重大,吕产犹豫而不能决,便令诸吕都散去,改日再议。

那边厢,吕禄却是铁了心肠要走,只觉一身轻松,便邀郦寄来,同去打猎。

二人带领随从,驰出清明门,一路往骊山狂奔。吕禄挥鞭策马,逸兴遄飞,笑对郦寄道："这一月有余,为天下事担惊受怕,夜不能安枕。今弃重权,坐享诸侯之福,方为人间至乐也。"

郦寄心怀异谋,便无一句真心话,只一力劝诱道："赵地虽为边塞,然天高地阔,最宜快意驰骋。兄若之国,弟当为宾客。三秋草黄时,与兄同赴塞下,纵马游猎,岂非神仙日子?"

吕禄大笑道："正是。天赐我一个姑母,得享这万人所羡之福,若不尽兴,便是愧对上苍了。"

郦寄心中且叹且笑,只附和道："正是。天道将如何,人不能逆。"

吕禄回首望望郦寄,又道："吾有郦兄为友,也是天之所赐,吕某今生足矣!"

两人恣意玩了大半日,猎得许多禽鸟狐兔,载了半车归来。入城后,恰好路过临光侯吕媭府邸,吕禄便忽然想起,对郦寄道："我多日未见小姑母了,今日顺路,正好略作问候。郦兄且在门外稍候。"便提起几只猎物,进了临光侯邸。

不想,吕媭一见吕禄来,勃然大怒,戟指责问道："你来做甚么,还未赴塞上逍遥?你好得意,上将军都不想做了,竟想弃军权而去,好一个败家竖子!想当初,这将印还是我为你争来。此物有何不好,有何不吉?竟弃之如敝屣!我这寒舍,你也无须再来了,再来还不知谁住在这里。竖子无能,不知好歹,我吕氏一门,还有何处可安身?"

吕媭之威,一如往日,吕禄虽横霸,然自幼便怕这位姑母。今日遭吕媭劈头喝骂,全不敢回嘴,只嗫嚅了两句"这又何必",便抛下猎物,返身出了门。

吕禄走后,吕媭犹自愤恨,急唤左右来,将室内珠宝箱笼,尽都搬上堂来。吕媭上前,掀开盖子,将箱笼全都翻倒,霎时珠宝倾泻一地,堂下各处,一片狼藉。

　　吕媭双手叉腰,眼望堂下,怒道:"留此物何用,还要为他人守财吗?"

　　左右不禁目瞪口呆,全不知女主为何发火。有几个婢女心中不忍,默默流泪,欲弯腰去捡拾那珠宝,吕媭却高声喝止:"莫动! 拿去赏了门外乞丐。吕家的饭食,不知能吃几日,无须你们心痛!"

　　那侯邸门外,郦寄见吕禄满面阴沉而出,心中一惊,忙问:"临光侯不欲你之国?"

　　吕禄叹口气道:"妇人之见,唯重眼前,我不与之计较。"

　　此后数日,郦寄唯恐吕禄变卦,便撺掇吕禄离了大营,搬回府邸去住。又每日上门走动,呼朋唤友,饮宴终日,令吕禄更无意恋栈。

　　如此,秋光易老,人心纷乱,堪堪已近八月末梢。庚申这日午间,曹参之子曹窋在朝房值守,正与吕产商议朝中事。此前,因任敖患病,已由曹窋代行御史大夫职,执掌朝政。

　　两人正说话间,忽有郎中令贾寿,出使齐国归来,到朝房来缴还符节。吕产、曹窋见了,忙问:"齐王事如何?"

　　那贾寿乃一本分之臣,恪守上下尊卑,二吕当朝,他也并无贰心。日前,奉吕产之命出使齐国,劝齐王息兵。一番言说,并无收效,只得黯然而归。想想二吕种种失策,心中自然有气,这时便数落吕产道:"相国日前不早些之国,如今欲往梁国去,还去得了吗?"

　　吕产便一怔:"此话怎讲?"

　　"相国端坐朝堂,仅凭着文牍获知天下事,其谬误,就是神人亦不可免!"

　　"你这是如何说? 莫非灌婴那边,有了闪失?"

　　"岂止是闪失? 灌婴率军进至荥阳,便按兵不动,已与齐王暗中有约,合纵抗旨。眼下无声息,只是在坐等时机罢了。"

　　吕产惊呼一声,腿一软,险些跌坐于地,愤然道:"难怪近日传回的军书,都是在搪塞。这灌婴……岂不是反了吗?"

　　贾寿道:"灌婴此举,朝中大臣岂能不知,怎的将相国瞒到今日? 大乱或在眼下,请相国速回宫,早做防卫。"

曹窋在一旁听了,心中一惊,知大臣密谋已然泄露,忙以虚言劝吕产道:"相国勿虑,灌婴将军并未明发檄文,便是尚未反,事犹可转圜。"

吕产想了想,便道:"你二位请在此,容我回宫稍作应对。"说罢,便疾步奔出公廨,上了车,往宫中狂奔而去。

曹窋、贾寿眼望吕产背影,一时都怔住。

曹窋望望贾寿,低声问道:"此去所见,大势如何?"

贾寿冷笑一声,应道:"大势去矣! 相国若不先发制人,就只有秦王子婴一条路了。"

曹窋闻之,更加急不可耐,便推说有事,匆匆出了公廨,跨上坐骑,往右丞相府飞驰而去。

到得丞相府外,曹窋滚下马来,一迭连声地呼道:"速去通报,中大夫曹窋求见!"

司阍通报后,便将曹窋引入,陈平闻声,忙迎出屋门来,见曹窋满头大汗,神色不宁,便笑道:"贤侄,何事张皇,竟貌似逃人一般?"

曹窋气喘吁吁道:"小侄确是逃出来的。"

陈平又瞄了他一眼,心中有了数,便低声道:"贤侄,请随我入密室谈,太尉也恰好在此。"

曹窋不由惊喜:"甚好甚好,真是天意也。"

待曹窋见过周勃,陈平便请他坐下,笑道:"贤侄平素稳重,今日却衣冠颠倒,汗流浃背,莫非出了大事?"

曹窋面露忧色道:"适才,下官与吕产在朝房议事。有郎中令贾寿使齐归来,言灌婴已与齐王盟约,伺机西向讨吕。吕产闻此言,转身就回宫中去了。"

周勃大惊,拍案道:"密谋已泄,二吕若先动手,则吾辈命将不保矣!"

陈平道:"吕产必已猜到,你我二人也有参与,故此,才仓皇逃回宫中。"

周勃道:"事不宜迟,这便发动吧。"

陈平略作沉吟，道："诸吕所恃，唯南北军耳。南军守在宫内，我辈无可奈何，然北军却在未央北阙之外，吕禄又搬回了府邸，这便有隙可乘。"

周勃凛然道："那么，老夫就赌上这条老命，直入北军，策动将士倒戈。"

陈平迟疑道："然太尉无符节在手，可入北军乎？"

周勃道："往日前往北军，并无人阻拦，今日唯有舍命一试。"

曹窋急道："事有凶险，太尉不可轻动。"

周勃并未应答，起身正了正衣冠，才从容道："求生求死，都只此一途了！"

陈平也起身，向周勃深深一揖道："太尉保重，我这便知会张释、刘章、刘兴居，在宫中策应。"

"张释那阉宦，可与我一心乎？"

"人同此心，无人情愿做贼。在下早已与之有约。"

"那好！若死，只死我一个，总强于诸臣皆死。若闻听我在北军遭不测，速知会众臣逃出城去。今日，即便二吕得手，他二人也活不到落雪之日！"

周勃与陈平作别，带了曹窋及随从，便疾奔北军大营。至辕门，本想如往日一般，昂然而入，不料众多卫卒挺起长戟，拦住了去路。

周勃厉声喝道："放肆！连老夫也不认得了吗？"

只听为首一校尉答道："太尉请息怒。大将军吕禄有令：无符节者，断不可入。恕下官有所冒犯。"言毕一挥手，数十士卒便一字排开，长戟向外，堵住了辕门。

周勃只得退回，勒马在营前空地上徘徊，不由得急出满头汗来。点数身边的随从，计有五六名，便命他们分头去请人，将那纪通、郦寄及典客刘揭等人，一并请来。

那纪通，乃汉将纪信之侄。纪信早在荥阳被围时，就做刘邦替身赴死了。纪通因伯父之功，得封襄平侯，在朝中掌符节事。他平素敬重周勃，事之如父，视诸吕则如寇仇。此时闻召，立时遵周勃之嘱，持了符节赶来。

周勃一见纪通，便面露喜色，心知大事必成，遂嘱道："贤侄，你乃忠烈之后，应知大义。汉家运祚，今日即在你手中，请速持节，传令卫卒：君上命太尉周勃统领北军，命北军速迎太尉入营，听候调遣。"

纪通闻之,热血上涌,知平吕大计已然发动,便欣然从命,拨马驰至辕门前,高声宣谕"诏令"。那些北军卫卒听了,又见纪通高擎符节,自是无话可说,便闪开了辕门通道。

说话间,郦寄、刘揭也都骑马赶到。周勃便问郦寄:"吕禄今日可在家中?"

郦寄答道:"在。"

周勃便吩咐道:"你与典客往他府邸去,劝他交还将印,从速之国,从此万事皆消。"

郦寄拱手道:"世伯放心,小侄定然能说动他。"说罢,便带了刘揭,飞马驰至吕禄府邸。

吕禄见郦寄来,全不知大祸将至,只顾笑道:"一日不游猎,你便心痒,今日又请了刘揭兄来?"

郦寄答道:"非也。朝中有事,弟已无心玩耍。今晨有诏命,命太尉周勃领北军,令吕兄尽早之国,从速归还将军印。不然,恐将有祸至。"

吕禄闻言,蓦然惊起,望望典客刘揭,疑惑道:"上命将印信交予你?"

刘揭朗声答道:"然也。"

吕禄喃喃自语道:"如何有此等诏命? 莫不是宫中有变?"

郦寄便笑道:"有相国在,宫中怎能有变? 无非吕兄欲之国一事,相国已经准了。"

吕禄便一振:"也好,从此不为天下事担忧了。"便解下腰间大将军印,交给刘揭。案头上还有些军中文牍,也请郦寄转交周勃。

郦寄见吕禄面色怏怏,便安慰道:"临行前,吾当为兄饯行。待明春,弟便往赵国去,与兄同乐。"

吕禄心神不宁,惨然一笑:"彼时若无寇犯,你自可前往。嗟乎,朝中数月,恍如一梦。我此去,或将终老于塞下也未可知。"

郦寄便笑:"兄将去逍遥,却如何要感伤? 明日我来,与兄再作一日游猎。"

吕禄神色却愈发黯淡,略一揖道:"多谢郦兄好意。你二人,便复命去吧。"

待郦寄、刘揭驰返北军辕门前，见门前已聚起多人，皆为功臣及其子弟。各个神情激奋，摩拳擦掌。

周勃接过大将军印，高高擎起，喊了声"好也"，便系在了腰间，而后一挥手，带领众人驰入了辕门。

进了中军大帐，众人略作收拾，周勃便发下号令，令众军在校场集齐，有话要说。

此时北军大营中，尚有八千余名士卒，闻太尉奉诏掌北军，都大感振奋，不消片时，便齐集于校场。

周勃自大帐虎步而出，率曹窋、郦寄、纪通等一干人，登上校阅台，环视众军，一时沉默。

此时秋风萧瑟，可闻黄叶簌簌作响。头顶天穹淡远，白云渺渺，越发多了些苍凉意。众士卒眼望周勃立于台上，战袍飘飞，若天神下凡，便都心存敬畏。

指顾之间，周勃忽觉时光倒流，似又回了楚汉交锋时，顿时血脉偾张，决意冒险一试。遂将左襟拽下，露出了左臂来，高声道："儿郎们，苍天在上，为吕氏者右祖，为刘氏者左祖！"

众北军将士闻此言，心中顿时豁亮——这世道，要变了！

十五年来，吕氏跋扈，刘氏衰微，民间多有怨言。北军将士耳闻目睹，亦是人同此心。闻太尉这一声猛喝，多年积怨顷刻涌出，都一齐左祖，呼声震天。

周勃大喜，又道："诸吕猖獗，狐假虎威，将那高帝骨血，逐一诛灭。去年春正月，赵幽王刘友于上元节遇害，临终前，仍念念不忘两字，那便是——'平吕'！"

众士卒顿时狂喜，以戈击盾，齐声呼号："平吕！平吕！平吕！……"

此时，北军虽仅八千，然亦遍布校场内外，望之如海。兵士之玄色甲胄，与汉家旗色相映，气势雄浑。儿郎面容，个个黧黑如铁，其怒声一出，便地动山摇，外人闻之丧胆。

周勃举起臂，猛向下一劈道："儿郎们，且执戈待命，养好精神，即日起将有大用。"

众军皆大呼:"愿从太尉之命!"又喧腾雀跃多时,方才各自回到帐中。

步下校阅台时,纪通悄悄拽住周勃衣袖,问道:"太尉,何不趁势攻南军?"

周勃摆手道:"汉军自家相攻,终是不妥,勿轻开此例。"

此时在右丞相府中,陈平闻周勃得手,顿觉忧喜参半,只怕周勃一人独力难支,忙唤了刘章来,命他速往北军大营,助太尉一臂之力。

刘章闻之大喜,片刻不留,翻身上马,疾驰往北军大营。周勃闻刘章来援,连忙召进,急急道:"来得好!那吕产如何了?"

"禀太尉,吕产闻灌婴已与齐王盟约,便急返未央宫,在东阙与南军诸校尉商议,拟据武库,挟天子,举旗作乱。"

"哦!天子竟被他所挟?"

"幸而尚未。天子仍居前殿,暂无恙。南军诸校尉还在议论不休。"

"这真是,天不予逆贼活路!你便为我守住这辕门,兵不得出,将不得入。今日掌了这北军,便是掌了汉天下。"

刘章领命去守营门,周勃便又急唤曹窋前来,询问道:"未央宫卫尉,如今是哪个在任?你可熟否?"

"俞侯吕他,今为未央宫卫尉,下官与他倒还熟。吕他也是太后之侄,却并不服吕产、吕禄,平素只恨二人跋扈。"

"好!你这便入未央宫,知会吕他,便说今上有令,不放吕产入前殿之门。你一向为帝近臣,又兼代御史大夫职,依你看,如此矫诏,他可否听命?"

"小侄以为:以我二人交情,他定当不疑。"

"那你便去,成败皆在于此。即是杀身成仁,亦不能退!"

"小侄明白。天雷轰顶,亦决不瞬目。"

曹窋当下奔回未央宫,见到吕他,便假传诏令。吕他闻言,也不疑有诈,笑对曹窋道:"莫说皇帝诏令,即是你曹大夫有令,我亦不许他吕产入殿门。"便立调郎卫上百名,将前殿之门严密守住。

曹窋不放心,问道:"若吕相国拥兵闯门,俞侯将奈何?"

"他若敢攻殿门，便是作乱。本官一声令下，南军人人皆可诛之。"

曹窋大喜，朝吕他揖了两揖，这才离去，寻了个僻静处远远观望。

此时，吕产并不知吕禄已弃北军而去，只道是南北军互为应援，谋变之事，何愁不成；便与几个南军校尉商议好，欲劫持少帝，矫诏杀尽功臣。

将大计议罢，吕产便率诸校尉离了东阙。一行人执戟提剑，来至前殿，忽见殿门紧闭，门前有郎卫群集，剑戟如林。为首者，乃未央宫卫尉吕他。

吕产便大呼道："吕他，无事关闭殿门做甚？我有急事，要面谒陛下。"

往日吕他见了吕产，不得不客气三分，今日则换了一副面孔，冷冷答道："奉帝命，无论何人，均不得入殿门。"

吕产闻言，大出意外，立时质问道："相国入殿奏事，也不许吗？你身为未央卫尉，何人命你阻挡相国？若有诏令阻我，你拿少帝错金符来！"

吕他正不知如何应对，殿门忽然打开，里面走出一娉婷妇人来。

众人一齐注目看去，原是皇太后张嫣。张嫣闻听殿外嘈杂，听出是吕产欲闯殿，不由就警觉，唯恐二吕与群臣争斗，殃及少帝，便命郎卫打开门，走出来道："帝今日疲累，须小睡片刻，都不要再喧嚷了。"

吕他连忙告状道："相国吕产不从帝命，欲闯殿门。"

张嫣便望住吕产，高声问道："吕产，何事心急，片刻也等不得了？且退下去！"

吕产见张太后出来，气便短了三分，连忙拱手道："遵太后懿旨。臣不过有急事，欲面奏陛下。"

张嫣平素就看不惯二吕跋扈，此时便叱道："高后驾崩，不过一月，汉家莫非要礼崩乐坏？不奏而行之事，你也做了许多，如何今日非要面奏？且去稍歇，我只不想听到喧哗。"说罢，掉头向吕他伸出手道："殿门钥，你都交我。"

吕他连忙解下一串门钥，递与张嫣。

张嫣收了门钥，回首瞄一眼吕产，对众郎卫道："前后门及掖门，全都落锁，我不发话，便不许开。"

吕他应诺了一声，便要随张嫣进殿门去落锁。张嫣却伸臂拦住，道："你且在门外，亲执戟戈，任是谁也不得入。"说罢转身进门，两扇松木殿门便重重阖上，门内再无声息。

吕产左右亲随见了，大为惶急，对吕产道："情势有异，不如杀进去便罢！"

吕产却摇头道："不可。少帝与张太后在殿内，此时动武，便是作乱。名既不正，人人皆可来诛，我贸然撞门，惊动内外，便是自陷死地。帝既小睡，且稍候再说，事尚有可为。"

如此，一行人拔剑在手，望殿门而却步，只得按下性子来等。

曹窋在旁殿远远望见，知吕产并无急智，便略微放心，然仍恐情势有变，若吕产侥幸进了殿，后事便难料。于是急忙出宫，骑马驰入北军大营，催促周勃领兵逼宫，以诛吕产。

周勃低头稍沉吟，而后道："北军仅有八千，两宫各处，南军计有两万余。一旦相杀，难有胜算，故此时不可声言诛吕产。"便急唤刘章来，吩咐道："吕产率属官，欲入前殿劫持少帝，暂为未央宫卫尉吕他所阻。情势危急，你这便入宫去，护卫少帝。"

刘章怔了怔，脱口道："职下仅一人，如何能成大事？不如拨与我一彪人马，伺机行事。"

"也好，这便拨一千兵卒与你。只须与吕产相持一日一夜，便是大胜，我这里自有调遣。"

"谢太尉！人心向刘，这一千兵卒，便可当万人来用。"

当下，刘章便率了一千北军士卒，疾步奔至北掖门。卫卒见北军络绎而来，心便起疑，正要拦阻，见是朱虚侯领军，便不疑，闪避开放行了。

入得宫门来，一军疾行至前殿外，恰好望见吕产在。此时，吕产在中庭徘徊往复，不知所为。其所率南军校尉，也在殿门前或立或坐，与守门郎卫僵持。刘章望见，便未敢造次，令千名兵卒单膝跪下待命。

那边厢，吕产忽见有上千北军突入，吃了一惊，立即遣人来问。刘章从容答道："奉帝命，未央宫内外不靖，调北军来助相国。此部千人，奉上将军吕禄之命前来。"

吕产闻报,这才放下心来,嘟囔了一句:"此处何用吕禄操心?"便仍去痴等少帝睡醒。

至日交申时①,天色已暮,残阳血红,四面有薄雾泛起。北军兵卒等候了多时,皆不耐烦,队中便略起骚动。刘章见此,心知不能再拖了,便举剑大呼道:"起来!"

千名北军一同起身,眨眼间,竖起了一片长戟。

刘章豪气冲天,下令道:"众儿郎听令,今日将有大用!"

众军闻令,便是一激,长戟铿锵相碰。

刘章便剑指殿门,一股怒气,冲口而出:"帝有命,诛吕产了——"

北军士卒便发了一声喊,挺起剑戟,向殿门步步挺进,一面大呼道:"吕产不要走!"

吕产在殿门前猛回首,望见残阳殷红,有如滴血;暮光中,千余北军挺戟逼近,心下不禁大骇,惊呼道:"北军如何能反?"便喝令南军校尉列队,阻住乱兵。

望见刘章仗剑,正冲在前面,吕产便怒喝道:"吕禄之婿,你也要反吗?"

刘章剑指吕产,斥道:"天下姓刘,我如何要反?欲谋反的,正是你!"说罢,又回首高呼:"诸吕无道,罪不可赦!众儿郎听好,得吕产头颅者,赏千金。"

众北军便齐呼道:"愿得赏!"遂各个疾步往前。

吕产见势不妙,也顾不得属官了,往殿外夺路便逃。

此时,南军校尉尚能听命,都提剑在手,疾呼道:"宫禁之地,岂容作乱!"遂高声召集前殿南军,欲与北军格斗。

恰在此时,忽有大风骤起,飞沙走石,对面看不见人。南军将士正是迎风而立,脚便立不稳。

刘章见此,腾跃大呼道:"我乃朱虚侯。南军亦属汉家,勿为诸吕死!"众北军也齐声呐喊,趁机进击,一时刀剑相撞声四起。

南军校尉闻喊声,都心慌意乱,顿失斗志。加之吕产平素并未格外施恩,众人

_____

①　中国古代采用十二时制,表示每日时间。　申时,即下午3时整至下午5时整。

也无效死之心，抵挡了片刻，便一哄而散。南军兵卒见官佐遁逃，更无心卖命，都纷纷弃戟，伏地请降。

北军兵卒也不去理会，只瞄住了吕产一路狂追。吕产慌不择路，窜入前殿之外的郎中府内，见有一茅舍，便慌忙奔入。原是吏舍的茅厕，当下也顾不得肮脏了，蜷缩于角落，欲躲过一时再说。

不过片时，便有一彪北军追至，将吕产搜出。吕产持剑不降，斥骂道："贼子作乱，必遭天谴！"

北军中有校尉回骂道："谋害高帝之子，你才是个贼子。"众军卒便一拥而上，将吕产团团围在核心。

吕产环顾众军士，仰天叹道："刘氏子侄，哪个是我吕产所杀？鼠辈居心，无非在篡逆，名既不顺，竟以流言灭我，天道何其不仁也！"

那校尉啐道："恶贼居庙堂，不知己恶，反自认是善人。可知民间怨愤，已恨不能食你辈之肉！昨日跋扈，便是你今日罪状，死到临头了，还有何怨？"说罢上前便是一剑，将吕产砍翻在地。

众军卒见了，都欢呼向前，一阵乱砍，割下头颅来，提着请功去了。

刘章见斩了吕产，精神大振，提剑来至殿门，对诸郎卫道："请速报陛下，朱虚侯刘章奉太尉之命，率北军入宫除逆，已诛吕产。"

吕他在人丛中闻之，魂飞天外，怕乱兵杀红了眼，株连到自己，连忙抽身而退，逃出宫去了。

前殿之上，少帝刘弘闻报，方知殿外出了大事，忙去问张太后："外面兵乱，刘章已诛吕产，奈何？"

张嫣略一惊，默然片刻，方应道："孩儿，你我妇孺，能如何？既如此，须安抚好刘章，不得激怒。"

刘弘便向张嫣索要了门钥，吩咐谒者苟贞夫，持节出了殿门去，慰劳刘章。

刘章一面遣人安抚南军，一面谋划夺取长乐宫。此时见谒者出来劳军，忽生一念，便去抢夺苟贞夫手中节杖。

苟贞夫不肯放手，死死将节杖攥住，只道："朱虚侯可杀我，然苟某不敢失节。"

刘章怒气上来，欲挥剑斩杀苟贞夫，转念又觉不妥，于是拉住苟贞夫衣袖，拽他上车，命道："谒者请随我来。"遂带了五百北军兵卒，往长乐宫而去。

长乐宫卫卒早知未央宫有变，虽不知出了何事，然闻听隔壁有喊杀声，便知是动了刀兵。日暮不久，忽见刘章率数百北军，各个擎火把，杀气腾腾来叩北阙，众卫卒便大骇，一面持戟阻住宫门，一面飞报长乐宫卫尉。

那长乐宫卫尉，是吕后的另一侄儿，名唤吕更始，年前新封了赘其侯。闻说有谒者及北军至，连忙迎出。见是苟贞夫持节与刘章同来，便不疑有他，施礼道："足下持节来，不知君上有何诏命？"

刘章便抢先答道："赘其侯听好，我奉帝命，前来诛杀诸吕，一个不留！"

吕更始浑身一震，脸便惨白。刘章不由分说，掣出剑来，对他当头就是一剑！

只听吕更始闷哼了一声，便缓缓倒下，颈血如喷泉般涌出。转眼间，便有士卒围上来，割下了他头颅。

长乐宫卫卒见此，皆大惊，纷纷挺起长戟，准备厮杀。那苟贞夫身不由己，只在车上僵立，并无一语。刘章望了苟贞夫一眼，便高声矫诏道："今上有诏，诛杀诸吕，与他人无涉！"

众南军闻听此言，知并无性命之忧，便都松了口气。稍事商量，便一齐向刘章喊道："愿从帝命！"

至此，两宫南军都愿臣服。刘章大喜，对南军士卒道："相国吕产欲谋乱，今已伏诛。南北军之权，均归太尉，诸儿郎只须守好宫掖，便是立了大功。"

此时，刘章身后的北军将士，都一齐呼道："平吕！平吕！"其声如巨浪拍岸，一声高过一声。

诸南军见吕产已死，北军都听命于太尉，知吕氏败亡已成定局，便也无人愿为吕氏卖命，都跟着高呼"平吕"。两宫各处，一时喊声如雷，成排山倒海之势。

刘章在两宫宣抚毕，命南军各尽职守，勿信谣诼，便率千名北军驰返大营，去向周勃复命。

周勃坐于军帐中,连连接到刘章捷报,已是大喜。至入夜后,见刘章率队浩浩荡荡返归,提了吕产、吕更始头颅来,更是喜不自胜。周勃起身离座,伏地向刘章一拜,欢欣道:"贤侄有虎威! 吾所患,唯吕产一人耳。今吕产已诛,天下即定矣!"

刘章连忙上前,扶起周勃,脸红道:"太尉,使不得。你是祖辈,小儿当不起。"

周勃起身,执刘章之手道:"天有眼,天有眼呀!"两人便相视大笑。

当夜,周勃与陈平、刘章、曹窋、纪通、郦寄等人商议,既诛了吕产,诸吕或有耳闻,必连夜潜逃,故应围住诸吕府邸,不教他脱逃一人。至天明,待与右丞相陈平会齐,再行处置。

曹窋忽然想起,急忙道:"俞侯吕他,从我之言,未放吕产入殿门,其功可以抵罪,请勿追究。"

周勃想想,便道:"吕氏之恶,人人切齿,已无可转圜,宽纵俞侯,怕是不易。此事勿张扬,嘱俞侯潜逃便是。"

当下,刘章、曹窋等一干文武,便分领兵卒,去围困诸吕府邸。

次日辛酉,将至平旦,陈平便偕同廷尉冯围、代御史大夫曹窋,前来北军大营,与周勃会齐。

众臣当日要务,是要将诸吕悉数逮住,如何处置,便是一桩大事。陈平率先道:"凡吕氏三代,须斩草除根,勿留后患,免得三十年后朽木复生,吕氏子遗来掘我祖坟。"

周勃道:"正是。拨乱反正,对余孽不存仁心,便是最大仁心。"

曹窋忽想起问道:"张太后及鲁王,应如何处置?"

陈平应道:"张太后到底是高帝血脉,且无大恶,究竟该如何处置,日后再议吧。鲁王张偃,可废为庶民,任其在民间生息,如何?"

诸人想了想,皆曰可。周勃笑道:"如此甚好,高帝的面子,也顾到了。"

陈平也一笑:"诸君既无异议,我便代帝拟诏了。"于是亲自挥毫,草拟诏令,分派吏员偕兵卒四出,捕捉都中所有诸吕眷属,无论男女长幼,皆解往诏狱。诸吕在封邑之地的,则遣使携赐死令前往,会同有司,勒令其阖家自尽。

此令一出，各地的诸吕王侯被一网打尽，如燕王吕通、沛侯吕种、扶柳侯吕平、吕城侯吕忿、东平侯吕庄等，皆是全家赐死，无一孑遗。

那吕禄在府邸中，昨夜听到些风声，也知宫内有变。欲往宫内探听，却为府门的北军士卒所阻，半步也不得出。由是彻夜未眠，绕室徘徊，却无计可施。

晨间，尚未至朝食，曹窋便领了一队兵卒，闯入吕禄府邸。吕禄在堂上，见是曹窋带人来，便明白了七八分，心下一沉，勉强寒暄道："曹窋兄，平日有所得罪，今日时势易耳，还望兄手下留情。"

曹窋也不理会，只高声道："奉诏，捕逆贼吕禄全家入狱。"

吕禄眉毛便一跳，惊道："逆贼？全家？高后尸骨未寒，尔等便来捕我，是何心肠？"

曹窋睨视吕禄，微微一笑："朝堂上的事，心慈不得！否则被缚者，还不知是谁人。"

"曹窋！高后待你父不薄，我亦敬你三分，怎忍心做这不仁不义之事？"

"此事无关恩怨，你兄弟是开罪了全天下。否则，我怎能得此诏令，又怎能进得你府中？"

吕禄愤然道："昨日尚同堂共事，今日便成寇仇，人心便是如此吗？后世又岂能怨赵高歹毒！"

曹窋喝道："谋害赵王之日，怎不闻你嗟叹？今日才来问人心，迟了！"言毕，便一挥手。

众兵卒见了，一拥而上，将吕禄按在地上，一根绳索捆了。又将他全家亲族聚拢，全都绑缚了。

此时，忽有廷尉冯围飞骑而至，下马奔入大门，对曹窋道："奉太尉之命：吕禄罪大，全家无须解至诏狱，当街斩了便是！"

吕禄闻听，挣扎而起，怒道："汉家还有王法吗？我本赵王，岂能说杀便杀？"

冯围叱道："这话，昨日还可当作圣旨，今日便是屁话！汉家怎无王法？'非刘氏者不得封王'，难道不是王法吗？"

吕禄顿时怔住，无言以对，少顷才又道："高后不该诛刘氏子，然高帝亦曾诛杀过功臣，前代之事，后辈何辜？诸君亦可问闾里百姓：哪个刘氏子，是死于我吕禄之手？"

冯围呵斥道："吕氏兴，汉家君臣，便如黄叶飘落，死无葬所。此乃世人所共睹，狡辩还有何用？能瞒住百姓，能瞒住苍天吗？"

曹窋在旁亦道："吕氏得意时，可知冤魂有多少？至天道已移，尚不知收敛，岂不是自寻死吗？"

吕禄遂大悲，仰天哀号道："吕产无能，害我灭族呀——"

冯围哪里还想听他啰唆，一声令下，众兵卒便将吕禄及家眷拖出大门，拔出剑来，恣意砍杀。不多时，吕禄阖府数十口，便都人头落地。

此时吕禄府邸门口，观者如堵。每落一头，便有欢声四起，热闹犹如围观赛龙舟。

另一边，那吕媭府邸中，则由刘章亲率军卒上门，将家小捉拿净尽。吕媭不服，虽被捆绑，仍是一路狂骂："刘章小儿，你父是野种，果然你也不正。以吕氏之婿，竟敢犯上作乱，任是谁坐天下，也容不得你这等禽兽！"

刘章气盛，焉能忍受如此詈骂，然吕媭屡屡提及吕禄，便也不好回嘴，只得忍了，一路面色铁青。至诏狱，廷尉冯围收了人犯，便命狱卒为诸人戴上枷锁，分室关押。

狱卒来戴枷时，吕媭劈面就是一掌，回首怒骂不止："廷尉，你是哪家的廷尉？我堂堂临光侯，是汉家皇亲，今日坐汉家何罪？犯汉家何法？敢打我入牢狱？！"

冯围叱道："有诏令，吕氏尽捕，不留一个。你若是识相，只管闭嘴。"

"刘弘为我亲侄孙，他怎能有如此乱命？尔辈乱臣贼子，矫诏欺瞒天下，总不得好死。"

"临光侯，你从未入过诏狱，可知这诏狱是何处？"

"是恶狗成群之处！你主子，无非陈平、周勃者流，食汉家禄，却存反噬之心，还能是甚么好物？"

冯围旋被激怒，喝道："诏令虽未教你死，然诏狱可教你死！"

吕媭也气极，戟指冯围道："你敢！"

冯围便回首唤道："狱令！此妇闹狱，你且稍作教训，笞一百杖即可。"说罢，掉头便走。

吕媭不禁狂怒，大骂道："恶狗，下世亦是变狗！"

狱令大喝一声，即有狱卒上前，将吕媭按倒，以竹杖一阵乱笞。吕媭一老妇也，哪里禁得住这般打？起初尚能哀号，后来渐无声息。狱卒有恃无恐，也不知打了几百下，再看人，早已一命呜呼了。

将近午时，宫中又有诏令传出：将所有已捕诸吕眷属，无分老幼，尽都解至西市，斩首弃市。

至正午，数百诸吕男女，皆是五花大绑，背插斩标，解至西市街面跪下。内中有那嗷嗷待哺小儿，也都弃置于地，任由哭号。长安百姓闻讯，蜂拥而来，将刑场围得水泄不通。

在场监斩官，正是廷尉冯围。待三通鼓擂过，冯围一声号令，一队刀斧手便应声而出，人人赤膊，头系红巾，手提鬼头刀，在刑场当中站定。

冯围望望日影，静默片刻，便一挥袖道："吕氏重犯，全数在此。儿郎们，开刀问斩！"

众犯跪在地上，闻令便是一片哭声。观者也知好戏将要开场，都争相向前。

霎时，刀斧手齐声低喝，震人心魄。当下便有差役出来，将人犯十个一排提出，刀斧手轮番上前，但见刀起头落，血光四溅。

围观人众顿时一片哗笑，喝彩声阵阵，随刀光阵阵腾起，如浪拍岸。

至此，单父吕公一门，几近全数灭门。仅俞侯吕他一家，因曹窋报信，得以趁夜逃匿，陈平、周勃亦有意放过，不予追究。这一支吕氏，便藏匿民间，后改姓为"喻"，竟也繁衍了下去。

这一日过去，不知有多少人头滚落，市井小民看得尽兴，流连忘归。至日暮，陈平、周勃复召大臣商议。陈平道："今日灭了诸吕三族，煞气未免过重，须适可而止。

诸吕猖獗十五年,附庸者众,若究治太急,或激起变乱,那便不好了,我意须略施宽怀,以安人心。"

周勃未料有此议,亢声道:"我正嫌杀得少呢,如何便要宽大了?"

陈平笑笑,对周勃一拜:"太尉除孽之心,人皆有之,然朝政即是调理人心,不可操切。吕氏一党中有一人,若得宽恕,则所有附吕之官吏,闻之必安心,不至于生乱。"

周勃笑道:"何人能有此神通?"

陈平缓缓道:"便是审食其。"

周勃不禁一怔:"审食其?此贼亦可不诛乎?"

陈平道:"陆贾老夫子,于平吕之事居功甚伟。今日大臣能同心,咸与平吕,全凭他当初奔走说服。然陆贾素与审食其友善,早就为审氏说情在先,我迫于彼时情势,便应允了。今日诸吕已平,则不可背弃前诺。"

"竟有此事!"周勃大出意料,想想便叹道,"那么,这个面子,也只得卖与老夫子了。"

这日大臣之中,多半也受了平原君朱建游说,都纷纷附和陈平,以为审食其曾追祭赵王如意,尚存仁心,可不诛。原来,当年朱建曾受审食其赠金葬母,有心报答,昨夜闻诸吕被逮,知审食其将有大难,晨起便四处游说公卿,为审食其解脱。

众人保下审食其,诸吕余党自是亦概不追究。议定,陈平遂知会张释草拟诏书。

次日,便有后少帝诏下,命审食其复任左丞相,称:审食其曾于高后未崩之时,顺天应人,为赵王如意修墓祭扫,存大仁之心,堪为天下楷模,故复其原职,以示嘉勉。

此诏一下,原阿附于诸吕的大小官吏,都松了口气。朝野上下,人心渐安。此举可谓深谋远虑,那吕氏党羽得了宽恕,都心存感激,自此再无异念,心甘情愿归附了老臣。

此后,又过了六日,朝中接连下诏,将那后少帝之子、济川王刘太徙为梁王。此前被吕后幽禁而死的刘友,有一子名曰刘遂,今尚在,遂立为赵王。如此,吕产、吕禄死后空出的王位,便有人接替了。

同日,陈平、周勃又遣刘章出使齐国,通告诸吕伏诛事,请齐王刘襄罢兵;并诏令灌婴亦罢兵,自荥阳还都。

行前,陈平唤刘章至近前,殷切道:"平吕大义,乃兄刘襄功不可没,然诸吕既伏诛,则诸侯便不宜拥兵,你此番去,务必劝乃兄罢兵,不得借口拖延。"

刘章当即慨然应诺:"此番去,定不辱使命,勿使天下生乱。"

陈平又密嘱道:"至于废少帝、立新帝之事,今日看来,须经大臣共推。请嘱乃兄,万不可造次,勿留千古之憾。"

刘章领命,便道:"下官谨记,以天下为重。丞相可放心。"

半月之后,刘章驰驱千里入齐境,见了长兄刘襄,便将都中诛吕之事详述一过。

刘襄听罢,也觉惊心,呆了半晌,方道:"诸臣既有此意,我罢兵就是。看来拥立新帝事,非你我兄弟所能左右。"

刘章道:"正是。老臣在朝中,深根固蒂,非同寻常。吕氏专擅十五年,竟一朝覆亡,况乎他人? 故万不可莽撞。"

刘襄颔首道:"天不助我,只得隐忍,你且回去复命吧。"

当日,驷钧在营寨中见到刘章,便觉惊奇:"朝廷如何不召齐王入都,却遣了你来?"

刘章答道:"是为宣谕齐王罢兵。"

"是何人遣你来?"

"甥儿奉诏命,然实是陈平、周勃之意。"

驷钧仰首想了想,猛然一甩袖,顿足道:"我辈今日是输了! 那陈平、周勃之流,到底是狠辣之辈,岂肯将天下让与我? 夫复何言,唉,夫复何言呀!"说罢,扬了扬手,扭头便走了。

此时,灌婴也于同日,得了朝中罢兵诏令,探得齐王已准备罢兵,便传令三军,收拾齐备,拔营还都。

　　北军离长安时，是为扑灭齐王而发，然返回之时，却似平吕大军得胜还朝。入都门那日，引得阖城百姓都来观看，热闹异常。

　　眼看内外事定，陈平、周勃便召夏侯婴、灌婴、张苍、张释等人，商议大事。此时刘泽蛰居于长安郊野，闻诸吕伏诛，才敢现身。陈平便也唤了他来。

　　原本也曾邀郦商前来，然郦商为周勃设计所绑，扣为人质，至吕禄伏诛日，方才放归，于此事羞愤难当，拒不入朝，此后又大病一场，不久竟薨了。自此，郦寄便袭了曲周侯，然并不得意，皆因天下人都说他卖友求荣，令他百口莫辩。此为后话了。

　　且说这日，诸臣在右丞相府聚齐，便拉低帷幕，屏退左右。几位重臣欲密议之事，是一桩惊天的大事——谋立新帝。

　　陈平先开口，一语便道出诸臣心中所虑："少帝及淮阳王、常山王、新立梁王这四人，名为孝惠子孙，实则，有哪个是真的？都是吕后使计，以他人之子调换，杀其母，养于后宫，令孝惠认作亲子。其用心，无非是借此壮大吕氏。今已诛灭吕氏，若置这几人不顾，将来年长，追怀吕氏，则我辈便要无活路了。不如尽行废黜，在诸王之中，觅一贤者，另立新帝。"

　　此言一出，众人知事大，都沉吟不语。稍后，张释才试探道："另觅贤者，便是要回避吕氏遗脉。齐悼惠王刘肥，乃高帝庶长子，与吕氏无缘。其嫡子刘襄袭为齐王，又首举讨逆之旗，天下皆赞之。追本溯源，刘襄为高帝长孙，名正言顺，可立为帝。"

　　话音刚落，张苍便大有异议，刘泽也不住摇头。

　　张苍道："吕氏乱政，是因皇帝外家恶，故而几欲危宗庙、灭功臣。今齐王母舅驷钧，亦是个大恶人。若立齐王，则又来一个吕氏，天下将何以堪？"

　　刘泽便苦笑道："那驷钧之恶，我是领教过的。"

　　张苍又道："幸而齐王为灌婴所阻，未能一路打到长安来。否则，重现吕氏之祸，恐也难免。"

　　周勃闻言赞道："说得好！遣刘章去劝齐王罢兵，正是陈丞相所出的万全之计。"

夏侯婴此时便提议道："淮南王刘长,为高帝幼子,年少可教,其母为赵姬,与吕氏并无血缘,不如将他立为帝。"

众人又一齐摇头,纷纷道："淮南王母家,终究还是吕后,此议不妥!"

陈平见此,便道："数日来,我食不甘味,于此事翻来覆去想了个遍。目下有一人,想来诸君定无异议,那便是代王刘恒。高帝之子,今尚存二人,代王刘恒年为长,仁孝宽厚,天下闻名。代王太后薄氏,又是恭谨温良,颇有美名。若立刘恒,便是立长,名正言顺。母贤子孝,立为帝,也好向天下万民交代。"

诸人纷纷颔首,又都一齐注目刘泽。刘泽低头想想,复抬头,拊掌笑道："此子甚好! 实乃汉家之福。"

周勃拍掌道："如此便好! 今日即可遣密使赴代,迎刘恒入都。"

于是,大事就此议定。陈平唤从人进来,拉开重重帷幕,阳光顿时透入,满室明亮,众人心中便是一松。

陈平眯起眼,凝望窗外片刻,方叹道："社稷安危,天下归属,尽皆于密室中议决。待何时无须如此,方才是圣人之世吧?"

众人也都生出些感慨,周勃更自嘲道："早年在故里织席,一便是一,二便是二。入了这仕宦场,却是一不能直,二不能白。"

陈平笑笑,忙叮嘱众人："说是说,此事却是万不可泄。若事泄,内外皆有怨望者,必起而作乱,我辈老臣便难堪了。"

周勃道："这个自然。在座仅数人,各个都闭好嘴就是。"

陈平注视周勃良久,对众人道："高帝识人,天下无人可及。以今日观之,安刘氏者,岂不正是绛侯? 往日萧曹在,我辈饱食终日,不知其苦心。今日方知:天下只这一个'安'字,竟是如此之难!"